眼之壁

松本清張

MATSUMOTO SEICHO

眼の壁・めのかべ

邱振瑞——譯

日本推理大師經典

眼之壁

松本清張

CONTENTS

出版緣起

日本推理大師，永不墜落的熠熠星團

編輯部

一九二三年，被譽爲「日本推理之父」的江戶川亂步推出〈兩分銅幣〉之後，日本現代推理小說正式宣告成立。若包含亂步之前的黎明期，此一文類經過了將近百年的漫長演化，至今已發展出其獨步全球的特殊風格與特色，使日本成爲最有實力的推理小說生產國之一，甚至在同類型漫畫、電影與電腦遊戲的推波助瀾之下，日本著名暢銷作家如桐野夏生、宮部美幸等也已躋進亞洲、歐美市場，在國際文壇上展露光芒，聲譽扶搖直上。

我們不禁要問，在新一代推理作家於日本本國以及臺灣甚或全球取得絕大成功的背後，有哪些強大力量的支持、經過哪些營養素的吸取與轉化，能夠在競爭激烈的國際舞臺上掙得一席之地？在這些作家之前，曾有哪些重要的作家精耕此一文類、獨領當時風騷，無論在形式的創新或銷售實績上都睥睨群雄、立下典範、影響至鉅？而他們的努力對此一文類長期發展的貢獻爲何？此外，日本推理小說的體系是如何建立的？爲何這番歷史傳承得以一代又一代地開發出一批批忠心耿耿的讀者，並因此吸引無數優秀的創作者傾注心血，人才輩出？

爲嘗試回答這個問題，獨步文化在經過縝密的籌備和規畫之後，於二〇〇六年年初推出全新書系「日本推理大師經典」系列，以曾經開創流派、對於後輩作家擁有莫大影響力的作家爲中心，由本格推理大師、名偵探金田一耕助及由利麟太郎的創作者橫溝正史，以及社會派創始者、日本文壇巨匠松本清張領軍，帶領讀者重新閱讀並認識在日本推理史上留下重要足跡的作家，如森村誠一、阿刀田高、逢坂剛等不同創作風格的重量級巨星。

日本推理百年歷史，從本格派到社會派，到新本格、新新本格的宣言及開創，眾星雲集，但跨越世代、擁有不朽魅力的巨匠們，永遠宛如夜空中璀璨耀眼的星團熠熠發亮，炫目不墜。

獨步文化編輯部期待能透過「日本推理大師經典」系列的出版，讓所有熱愛或即將親近日本推理小說的讀者，親炙大師風采，不僅對於日本推理小說的歷史淵源有全盤而深入的理解，更能從經典中讀出門道、讀出無窮無盡的趣味。

總導讀

那燙手的「昭和之心」：松本清張的推理文學世界

陳國偉

昭和：進入清張的關鍵字

轉眼間，「昭和」（1926-1989）竟已是三十年以前的事，以我們受教育過程中被灌輸的歷史概念來看，那可以說已然是上上個「朝代」了。甫邁入令和的此時，即使連平成（1989-2019）的記憶都需要追溯，年輕一點的朋友，甚至是從此刻的追憶，才開始在腦中勾勒與建構出平成年代的樣子，在這樣的空氣中，昭和這麼一個遙遠的名字，到底想要訴說些什麼？於我們而言，它又代表著什麼意義呢？

那就是，如今開始一切關於令和時代的挑戰，都是平成無法解決的難題，而這些難題，其實正是昭和留下的債務。昭和總結了在此前日本近代從明治（1868-1912）到大正時期（1912-1926）的榮光與闃闇。它曾經幻想著一路挺進南國，成爲東亞的統御者，那不切實際的日本帝國大航海之夢，但對其他戰爭受災國而言，卻是傷痛與恥辱的記憶。直到那原爆的蕈狀雲在日本列島升起，這一切才告一段落，所有的苦難與恥辱才終於回到日本自身，自此開啓了大和民族從廢墟中榮耀再起的戰後七十年。

而這一切，正是松本清張文學的起點，雖然他出生於一九〇九年的明治時期，但他直到一九五一年四十二歲才因爲處女作〈西鄉紙幣〉入選《朝日新聞》的「百萬人小說」徵文獎而出道，並且要到一九五五年四十六歲才首度在《小說新潮》發表短篇小說〈埋伏〉，開啓了他的推理創作生涯。而他自己的生命史，也與昭和時代緊密相連。無論是兩次大戰期間他進入社會結婚生子，還是二戰時被徵召從軍派駐朝鮮，或是經濟大蕭條階段因爲貧困輾轉於各種工作間，到目睹戰後日本被美軍佔領到經濟奇蹟所遺留下各種歷史問題，最終孕育出他穿透表象直視問題核心的犀利目光，以及觀看且批判社會各種階層的文學視野，進而改造了日本推理小說的格局。

也因此，我們必然得重返昭和，才能親近那用脆弱的時代之砂捏製的器皿盛裝著的，燙手的清張「昭和之心」，裡面不僅潛藏著日本島嶼的歷史黑霧，以及那怎樣都無法用點與線勾勒出的、深陷在戰後迷走地圖中日本人那徬徨的青春與心靈。

推理：被清張改寫的名字

眾所周知，推理這個類型，在二次世界大戰之前，是以「偵探小說」之名通行於世，自十九世紀中期從西方傳播到日本後，歷經了作家們的各種嘗試，最終在江戶川亂步的手中完成了「本格」（正統）的書寫形式，那是以愛倫坡爲典範、講究展示科學理性邏輯推論的敘事法則。但由於這個新興類型大受歡迎，因此開始出現了許多徒有偵探角色，卻是以感官獵奇爲訴求的「變格」之作出現。其後更隨著二戰的白熱化，偵探小說因爲它的西方血緣而被視爲「敵性文學」查禁，生存面臨了極大的考驗，直到戰爭結束後，才又逐漸復甦起來。

而在這過程中，具有醫學博士身分的偵探小說家木木高太郎，從戰前以來就一直主張「偵探小說」應該包括具有文學性與思想性的作品，因此到了二戰之後，他開始提倡用「推理小說」來代替「偵探小說」之名，甚至與江戶川亂步有過論爭，但都得不到文壇的支持而不了了之。

但沒想到松本清張在一九五〇年代中期橫空出世，原本在雜誌連載便大受好評的《點與線》與《眼之壁》，一九五八年出書時竟創下超過百萬本的驚人成績，成了當時最受矚目的文學現象。由於清張一反過去偵探小說的慣例，以社會中的普通人作爲主角，並且強調犯罪動機的重要性，因此吸引大批非知識分子的一般讀者，擴展了偵探小說的受眾。因此媒體發明了「清張之前」與「清張之後」的說法予以區別，將清張所帶動的「社會派」風潮，結合木木高太郎提倡的名稱「推理小說」，賦予清張這種風格之作新的命名，也因此，「推理小說」在當時是與清張劃上等號的。

對於木木高太郎來說，清張的作品也的確能回應他的理念，他認爲清張將原本已經情色化、變格化的偵探小說轉向社會問題的關懷，並且透過對人性深刻的描寫，將類型化的偵探小說提升到文學的層次。（**註**）而寫出權威性的《日本推理小說史》的評論家中島河太郎也

註—木々高太郎，〈探偵小説の諸問題〉，木々高太郎、有馬賴義編，《推理小説入門》（東京：光文社文庫，2005），頁219-220。

指出，清張的作品往往從日常的瑣碎物事作爲起點，通過謎團的開展與偵察推理程序，最終揭露事件的眞相，這樣的一種敘述方式，改變了過去推理小說是「桌上殺人遊戲」的印象，而讓社會大眾更願意親近這類作品。（註一）

也因此，許多讀者後來望文生義，以爲「推理小說」應該是強調「推理邏輯」的作品，而對社會派甚至後來的冷硬派、警察小說被劃歸在推理小說而感到質疑，其實他們從來不知道，「推理小說」這個名稱，才是確確實實社會派催生的產物。

透過清張的努力，在昭和年代這個歷史的轉捩點，日本大眾文學成功地進行了「推理小說」新名稱與概念普及化的工程，「推理」自此成爲這個類型的代名詞，讓此類型有了新的進化。而且由於「推理小說」是日本人獨創的漢字名詞，因此沒有對應的英文翻譯，到目前爲止僅流通於日本跟華文地區，也創造出兩種文化體之間獨特的「推理共同體」。

歷史：社會表象的歪曲複寫

但要說到清張眞正的偉大之處，還是在於他徹底地改造了日本推理小說的體質。讓推理小說不僅可以跟嚴肅的純文學鼎足而立，且無須犧牲自身原有的文體特性，甚至它能比純文學更尖銳地挖掘社會最底層的問題，甚至向國家與國際政治提出犀利的質問。

所以雖然本格（正統）推理小說所重視的謎團跟詭計，在清張的小說中並沒有消失，（《點與線》那名垂日本推理史的「空白四分鐘」就是最好的例子），但作品世界的核心已經被轉移到與社會性及人性連結的「犯罪動機」之上。正如評論家尾崎秀樹所指出的，透過具有一般人性質的角色所受到的政治束縛，以及背後所牽動的社會複雜性與現實感，清張成功地讓讀者意識到，政治與日常生活之間實質上是非常緊密的，因而對日本社會的種種問題性有了覺醒。（註二）正是因爲如此，推理小說擁有與社會對話的積極性意義與功能，也爲推理這個類型，創造出在日本更爲普及化與在地化的新途徑。

然而跟隨著清張走上社會派路線的其他作家，包括森村誠一、夏樹靜子、水上勉等幾位代表，雖然也寫出非常傑出的作品，但卻無一能夠達到清張如此高的成就，甚至出現所謂「清張之前無社會，清張之後無社會」之說。其關鍵原因便在於，清張小說聚焦的並不只是社會的表象，而是穿越他所曝光的醜陋地表後，潛藏在地層之中的歷史伏流，所有對社會提出的質問，指向的其實是日本戰後的歷史進程，必須回到歷史的特殊時空中才能得到眞正的解答。

所以像是他第一本聲名大噪的長篇《點與線》，表面上是一對男女從東京車站出發、最後卻在一千公里外的九州香椎海岸殉情的奇聞，但眞相卻直指日本戰後追求經濟復興的過程中，官商勾結的綿密網絡黑幕。而《零的焦點》中新婚女子一路追查丈夫的行蹤而來到金

註一——中島河太郎，〈解說〉，松本清張，張杏如譯，《黃色風土（下）》（台北：林白，1988）。頁261-268。

註二——尾崎秀樹，〈『寶藏疑雲』解說〉，松本清張，譚必嘉譯，《寶藏疑雲》（台北：志文，1987），頁3-6。

澤，最後才驚覺必須回溯到戰後初期日本被美國託管，佔領期間個體掙扎生存的悲慘歷史，才能找到那讓人不忍的不堪眞相。同樣的在《砂之器》裡，偵探窮盡兇手生命之旅追索到最後，看見的卻是因爲時代與人性的殘酷，而被迫流放與遺忘的童眞自我，那突然到臨的痛下殺手，其實只是好不容易活下來的自我生存保護本能。

一切的答案，都是必須仔細聆聽的，戰後日本的歷史回音。而在其中搖曳著的，是一個又一個如風景斷片般的時代隱喻。

那是〈越過天城〉（〈天城山奇案〉）隧道彼端微弱的光？還是《砂之器》中和賀英良爲自己過去的人生，所譜寫波瀾壯闊的鋼琴協奏曲《宿命》？但記憶所及，只剩他與父親走過寒冬暴雪亡命天涯的零落背影，彷彿在講述著，當歷史的洪流往我們身上沖來，而我們不僅無法抵禦，也難以逃脫，這就是戰後日本人心靈無可迴避的「宿命」。

那也是《零的焦點》金剛斷崖旁洶湧拍岸的浪濤，現代化的浪潮隨著黑船來航，是時代的原點，更是日本現代化的原點。明治維新開展了現代的榮光與美好，然而正是因爲國家與軍事的現代化，帶來了侵略的野望。「零」作爲隱喻，既指向過去歷史的時間點，也標的出當下的開端，戰後發展的扭曲複寫，而宿命彷彿是重新拷貝一般，無論怎麼試圖遺忘，過去它終究會如幽魅般襲來，一如《砂之器》中那樣。

直到今天，作爲二戰的發動國，也是戰敗國，日本一路從明治維新到戰後的經濟成長期，宿命般地仍在現代性的延長線上不斷疾走著，彷彿這樣奔馳就能擺脫那些希望被遺忘的過去。然而歷史永遠不會消音，更永遠不會過去，作爲昭和年代的大文豪，他爲時代留下最燙手的見證，爲這個國家保存最具重量的歷史記憶，他是拒絕國民集體忘卻的「國民作家」松本清張，因爲他有著最炙熱、但也最憂鬱的「昭和之心」。

本文作者簡介：

陳國偉，曾出版過小說集，得過幾個文學獎，現爲國立中興大學台灣文學與跨國文化研究所副教授兼所長、台灣人文學社理事長。著有研究專書《越境與譯徑：當代台灣推理小說的身體翻譯與跨國生成》（聯合文學）、《類型風景：戰後台灣大眾文學》（國立台灣文學館），並執行多個有關台灣與亞洲大眾文學推理小說與發展的學術研究計畫。

推薦序

歷久彌新的「清張傳奇」——閱讀松本清張

楊照

松本清張是個傳奇，無法複製的文學史，甚至是人類文化史傳奇。

出生於一九〇九年的松本清張，遲至一九五三年以〈某「小倉日記」傳〉獲頒芥川賞（一九五二年度下半期），正式在日本文壇嶄露頭角，已經是四十出頭的中年人了。

之後，松本清張才遷居東京。在此之前，他大半生四十幾年寓居在北九州的小倉市，說他是個日本戰後文化的邊緣人，是個東京人眼中的南方鄉巴佬，絕不爲過。

然而，這樣一個邊緣人、鄉巴佬，一到東京卻立即躍居中心。一九五七年的《點與線》、《眼之壁》，一九五八年《零的焦點》，一九五九年《波之塔》、《霧之旗》、《小說帝銀事件》，一九六〇年《球形荒野》、《砂之器》，一連串傑作相繼發表，同時跨入非小說事件調查的艱難領域，寫作《日本的黑霧》，每一本書幾乎都像重錘一般，打在日本社會集體心靈上。

遷居東京五年內，松本清張已經崛起成爲日本最暢銷的小說作者。松本清張也成了全日本報刊雜誌最積極拉攏的連載作家。爭取松本清張作品連載，不再只是一種促銷報刊的手段，而是維持報刊地位的激烈鬥爭了。「什麼？竟然沒有清張的小說？」被這樣評論的報刊，當然就快速喪失讀者的支持和尊敬了。

「非要有清張不可！」逼得松本清張長時期每天平均寫作九千字才能應付各方索要，他後來的住所特別把一樓完全空出來當招待室，供各報刊編輯等稿休息，他則在樓上埋首疾書，寫完了再將稿件用藤籃吊下來，讓編輯帶回去排印。多少東京編輯經常進出松本清張住宅，很難見到清張本人，不過卻有機會也有充分時間可以跟同行寒暄、聊天。

差不多四十年的寫作生涯，松本清張完成了將近八百部作品。這樣的數量，本身就是難以超越的；不過更不可能超越的，是松本清張作品的「分量」。

日本文壇早有「清張革命」之說。「清張革命」最早指的是松本清張徹底改造了日本推理小說，讓推理小說這個原本浮誇、通俗、帶有濃厚遊戲性質之文類，一轉而變得渾厚、嚴肅。「清張革命」確立了「社會派」在推理小說界數十年不搖的正統地位，更預示了後來推理小說許多次文類的開拓空間。

然而清張革命的影響並不限於推理小說的範圍，甚至不限於文學的領域。更深沉的意涵，表現在一種新的「戰後心態」的開展，一種日本新正義觀的放膽摸索。

松本清張只有小學畢業的最低基本學歷，而且家中貧困，小倉時代也不曾幹過什麼收入豐厚、地位穩定的工作。一九二九年他二十歲時，還曾被小倉的警察逮捕，用竹刀痛打拷問。一九三三年，「特高」監視中的松本清張，又被刻意徵召進行軍事訓練，大大影響了他在《朝日新聞》的工作。這些經驗，註定使得松本清張看到、感受到日本社會很不一樣的一面，也讓松本清張一輩子對於國家體制充滿不信任的敵意。

一九五〇年代後期以降，松本清張雄踞日本暢銷作家冠軍寶座二十多年，不過「暢銷」卻不見得等於「受歡迎」，松本清張從來不是日本「最受歡迎」的作家。

他沒有得到「文化勳章」，他也沒有得到「國民榮譽賞」。不管是日本政府或民間，在考慮重點選擇外譯日本戰後作家作品時，幾乎都主動跳過松本清張。川端康成、三島由紀夫、安部公房，乃至後來的村上春樹，都有大量英譯作品，相對地，最多日本人閱讀的松本清張，卻一直走不出日本。

這中間牽涉的不只是通俗文學與純文學的隔閡而已。更重要的，日本人普遍不願意外人透過松本清張的筆，來看日本、了解日本。

如果要選一部作品代表松本清張的整體風格，我一定選《日本的黑霧》。這麼說吧，松本清張寫作的出發原點，就是認定日本上空罩滿了種種黑霧，他的責任，就是努力撥開黑霧，逼日本人看到、看清自己眞正醜惡的一面。

日本人多麼重視「面子」，又多麼會妝點表面的秩序與美。即使遭遇二次大戰戰敗那樣的大挫敗，倖存的日本人都不想也不敢認眞檢討，看看自己的國家到底出了什麼問題。

日本政治思想家丸山眞男，戰後甘冒大不諱直言檢討「天皇制」，檢討日本政治文化中的戰爭責任，是難得的「良心之鐘」。從一個角度看，松本清張和丸山眞男其實扮演的是同樣的角色，松本清張的「良心之鐘」不是要喚醒日本人，而是要叫日本人承認自己本來就是清醒的，不能再假裝沒看見、沒聽見，不能再假裝對於周遭發生的事沒感覺。

推理小說是松本清張的工具，他能寫出那麼多精采的推理小說，因爲他不靠巧思。他的推理是爲了探究犯罪的動機，鋪陳犯罪動機又是爲了彰顯社會正義。「清張革命」眞正革掉的，是日本文化的「表層意識」，是日本社會習慣性的「忽略壓抑」。透過一部部小說，松本清張不允許日本人繼續將不愉快的記憶、難堪的狀況、痛苦的責任，全都堆到集體潛意識的黑暗角落裡去。

「清張革命」號召日本人過「整全生活」，別偷偷摸摸地一邊冠冕堂皇，一邊暗夜飲泣。松本清張小說裡的犯罪，幾乎都來自於人的表裡不一、虛僞錯亂，想要推卸應該承擔的責任，想要冒充自己其實並不具備的高貴人格，是松本清張眼中最大、最可怕的罪惡。

罪惡來自於掩藏、掩飾，來自於織造黑幕。可是人有推理的能力、有推理的好奇心，比對、檢驗、追問、查證，這些手段讓黑幕不能老是得逞。日本人抱持著曖昧的心情，閱讀松本清張，因爲他們知道松本清張不打算娛樂他們，松本清張追求的，是「正義的折磨」，在折磨中強迫讀者認知自己的正義概念，進而服膺正義原則。

一個沒有推理習慣，缺乏推理能力的社會，必然招引來許多謊言，更多黑霧。今天在台灣讀松本清張有何意義？意義大了！借人家「清張革命」來培養我們自己的推理傳統，更希望借人家「清張革命」的歷史視野，來透視、來驅趕籠罩著台灣人的眾多謊言與更多黑霧。

導讀／清張推理小說的魅力／權田萬治

松本清張於一九五八年，由光文社出版了長篇推理小說《點與線》以及《眼之壁》，為戰後的日本推理小說領域帶來了一股新氣象。

一九五一年，松本清張以短篇〈西鄉紙幣〉出道，五三年以短篇〈某《小倉日記》傳〉獲得頒予優秀純文學的芥川獎。在這之後，清張主要發表歷史小說及時代小說，但約從五四年起，也開始執筆帶有推理小說風味的短篇，並在五七年以〈顏〉這篇短篇獲得了日本偵探作家俱樂部獎。

不過，眞正帶給日本推理文壇全新衝擊的，是清張的兩部長篇：《點與線》以及《眼之壁》。由於作品中展現了日本推理小說前所未見的嶄新特徵，故被稱為「社會派推理小說」。

日本戰前的社會，處於絕對天皇制的支配下，幾乎沒有言論自由可言，也不允許任何對政治權力的批評。身處如此封閉的社會，推理小說也不得不沾染上特殊的性質。松本清張之後的戰後推理作品，稱為推理小說，但戰前的作品，則稱做偵探小說，有其獨特的性質。

日本的偵探小說，有許多帶有怪奇的幻想趣味，以陰暗、封閉的作品世界為主流。江戶川亂步、夢野久作、小栗虫太郎、橫溝正史等人的戰前作品，皆濃厚地充滿了這種陰影，成為一種獨特的魅力。

戰後，在美軍的占領下，日本逐漸民主化，人民也開始獲得批判政府的言論自由。松本清張的社會派推理小說，就是在這種時代背景下誕生的新傾向推理小說。

松本清張的推理小說，爲何會被稱爲「社會派推理小說」呢？

理由在於——作品題材的犯罪本身以及犯罪動機當中，充滿了豐富的社會性。

《點與線》中，以一月下旬的某個寒冷早晨，面臨九州博多灣的香椎海岸上，發現一對男女殉情屍體揭開序幕。男方是當時因貪瀆案而名噪一時的某公家機關副課長佐山。女方則是東京赤坂的料理店「小雪」的女侍阿時——本名山本秀子。由於料理店的常客機具商安田辰郎，和阿時的同事目擊到兩人親密地一同從東京車站搭車，該案差點被當成與貪瀆相關的殉情案處理。

另一方面，《眼之壁》則是從雇有五千名員工的昭和電器製作公司，在苦於籌款的發薪日前夕遭到惡毒的騙子——也就是詐騙集團騙取了一張支票開始，以追查眞相的人物慘遭殺害爲契機，描寫出支票詐騙師與右翼暴力團、政治家之間的勾結等政治、經濟的黑暗面。

這兩部作品所描寫的官僚瀆職、支票詐騙等金融犯罪，與右翼團體及政治家之間不爲人知的關係，是戰前的日本偵探小說完全不曾觸及、極爲現代的題材，犯罪的動機也瀰漫著新穎的社會性。

此外，長篇《零的焦點》（五九年）當中，描寫活在戰後混亂期間，不得不隱瞞的戰爭慘痛傷痕，以及長篇《砂之器》（六一年）裡所提到的，現在依然存在的疾病歧視問題等，清張所描寫的犯罪動機，現在仍舊嶄新。

江戶川亂步在「偵探小說所描寫的異常犯罪動機」這篇評論中，將動機分為以下四大類：

一、感情的犯罪（愛情、怨恨、復仇、優越感、自卑感、逃避、利他）
二、利慾的犯罪（物慾、遺產問題、自保、保密）
三、異常心理的犯罪（殺人狂、變態心理、為了犯罪而犯罪、娛樂性的犯罪）
四、信念的犯罪（基於思想、政治、宗教等信念的犯罪、出於迷信的犯罪）

現今的犯罪動機追根究柢，也包含在這四種類當中。不過戰前的犯罪小說，完全不曾描寫瀆職等與權力相關的犯罪，或牽扯到企業及暴力組織的犯罪。因此，大多都是三角戀愛、復仇，抑或遺產繼承的物慾等司空見慣的動機，要不然就是虐待狂或被虐狂之類的變態性慾等個人動機。

戰前的偵探小說反映出絕對天皇制這種封閉的社會，有許多獵奇而幻想的作品。戰前也有貪瀆案，但是在嚴厲的言論統制下，想在偵探小說中描寫它，是絕對不可能的。而作家的興趣，也幾乎都耽溺於個人妖異的夢想世界中。

戰後民主化的日本社會的新現實，渴望新的推理小說。而松本清張的推理小說，正回應了時代的要求。清張曾經在〈推理小說的魅力〉這篇文章裡如此主張：

「我認為，主張動機，直接與人性描寫相關連。因為犯罪動機是人類置身於極限狀態時的心理所產生出來的。另外，過往的動機都是放在個人的關係——像是金錢糾紛、愛慾糾葛上面，但這些也都極度類型，毫無獨創性，令人不滿。我主張在動機上附加社會性，如此一來，推理小說的範圍將更寬廣亦更有深度，有時也能在作品中提出問題，不是嗎？」

就像這樣，松本清張敏銳地意識並描寫現代社會的扭曲所產生出來的新型犯罪，並由此出發，嘗試深入剖析充滿社會性的犯罪動機。

如前所述，清張在接觸推理小說之前，曾經寫過歷史小說、時代小說，也獲得頒予優秀純文學的芥川獎。換句話說，他完全習得了描寫人性的作家最爲重要的資質。正因爲如此，清張推理小說的魅力之一，便是充滿現實感地描寫出作品中登場的多彩人物這一點。

例如〈監視〉等短篇，就是他巧妙地發揮這種才能的例子。嫁給年長自己二十歲以上的小氣丈夫做繼室，過著平凡而毫無夢想的日常生活的定子，與目前是在逃嫌犯的昔日戀人再見，瞬間燃盡生命之火。透過監視中的刑警視線描繪出定子之姿的這篇作品，鮮明地刻劃出薄命女子的悲哀。

清張推理小說中登場的人物，至少表面上都是再平凡不過的普通市民。

關於這一點，作者在前文提到的散文中如此敘述：

「著重於心理描寫，而非物理詭計。以日常生活爲舞台，而非特異的環境。人物亦非性格特殊者，而是與我們相同的凡人。描寫也不是如冰塊按上背脊般令人毛骨悚然的恐怖，而要求任誰都能夠在日常生活中經驗到或預感得到的驚險。簡單來說，我想要把偵探小說從鬼屋當中帶到現實的外頭。」（推理小說的魅力）

如此這般，被稱爲社會派推理小說的清張推理小說的特徵，便是以敏銳的批判目光，捕捉潛藏在現代平凡市民生活中的新型犯罪，以及充滿社會性的犯罪動機，將之描寫成現實感十足的推理小說。還有一點不能忘記的是，至少清張初期的作品群當中，是一貫地追求推理小說的解謎趣味的。

清張的社會派推理小說受到眾多讀者歡迎後，有許多舉著社會派旗幟，但只重現現實社會的案件，既無社會性也無謎團的粗糙作品接連問世，但是松本清張一次都未曾否定過推理小說獨特的解謎趣味。

證據就是，《點與線》中巧妙地採用了僞裝殉情及僞造不在場證明等，構成推理小說謎團中心的詭計。《眼之壁》中，也使用了處理屍體的詭計。而且，這些詭計採用了警方鑑識專家意見，確認實際上可行後，才寫入作品當中。例如，《眼之壁》的處理屍體詭計，就應用了實際發生在東京足立區日本皮革公司的青年技師殺人案中所使用的方法。

事實上，清張推理小說中，運用了許多獨創的詭計。

例如處理屍體的詭計，除了《眼之壁》、《砂之器》、《影之地帶》（六一年）等長篇之外，〈鷗外之婢〉、〈書法教授〉、〈眼之氣流〉等短篇當中亦被使用。

此外，不在場證明的詭計也爲數不少。像《點與線》、《時間的習俗》（六二年）等長篇以及《危險的斜面》等中篇，皆採用了調查當局一步步拆穿嫌犯不動如山的僞造不在場證明，亦即所謂的破解不在場證明的形式。

松本清張的小說，經常被形容是倒敘法的世界。

所謂倒敘法，與最後指出意料之外的犯人，使讀者大吃一驚的古典推理小說相反，而是一開始就某種程度地暴露出嫌犯的肖像，描寫他完美犯罪的計畫與實行的過程，之後再由調查當局揭露嫌犯完美犯罪計畫的手法。只要想想廣受歡迎的電視影集《神探可倫坡》，應該就很容易明白了。

這類倒敘形式，於一九一二年由奧斯汀．傅里曼在短篇集《歌唱的白骨》當中首次嘗試，其後有法蘭西斯．艾爾斯的《殺意》、傅利曼．威爾斯．克洛弗茲的《12點30分從克羅頓出發》等眾多作品。

清張的情況並非這種典型的倒敘小說，不過以長篇《黑色的福音》（六一年）爲首的推理小說長短篇當中，大都或多或少成功地採用了倒敘的手法。破解不在場證明便是其中一例。這是因爲清張透過解明犯罪動機，寫實地描寫人性這種優秀的作家資質，非常適合這種倒敘法之故。

如此，松本清張初期的長篇雖然是以解謎爲目的的本格推理小說，但是其後的清張推理小說，朝著豐富多彩的方向開花結果。

英國的推理作家及評論家朱利安．西蒙斯在《血腥謀殺》（Bloody Murder）（七二年）當中指出，現代推理小說正逐漸從古典的偵探小說轉型爲犯罪小說。事實上，英美稱呼現代推理小說時，皆使用 mystery 或 crime fiction 等詞彙，幾乎看不到戰前使用的偵探小說

（detective novel）這個字眼。推理作家也被稱爲 mystery writer 或 crime writer。

西蒙斯根據這樣的狀況變化，主張現代的推理小說，正由個性獨特的名偵探所活躍的偵探小說，劇烈地轉型爲冒險小說、犯罪小說、警察小說、間諜小說、冷硬派小說等廣泛的犯罪小說（crime novel）。

從清張推理小說的走向來看，也可以感覺到這種傾向顯現在一個作家身上。比起操作詭計的解謎，清張的作品更逐漸傾向重視冒險的方向。

以醫院爲舞台，描寫完美犯罪的《壞傢伙們》（六一年），以及鮮活地描繪出政治黑幕的詭譎肖像的《獸道》（六四年）等，就是絕佳的例子。它們皆巧妙地刻劃出潛藏在現代社會的犯罪陰影，尤其《獸道》在眾多企業犯罪與瀆職案頻發的當時，活生生地勾勒出在背後發揮異樣力量的詭譎政治黑幕，特別值得矚目。

松本清張犯罪小說、冒險小說的特徵，在於自始至終貫徹反權力、批評社會的姿態。

松本清張於一九〇九年十二月二十一日，出生在福岡縣北九州市小倉北區。

由於家境貧困，自一般高等小學校畢業之後，就必須立刻工作，到電機公司打雜或在印刷廠當學徒。清張一面工作，一面閱讀夏目漱石、森鷗外、芥川龍之介、菊池寬等人的文學作品，有一段時期也著手寫作小說習作。但是他在印刷廠工作的二九年，因爲向文學同好借閱了左翼文學雜誌《戰旗》，遭到小倉警察署檢舉，被關進了拘留所十幾天。

其後，清張任職《朝日新聞》西部本社的廣告部之後，成爲作家，但是青年時代的殘酷體驗，讓他學會了以批判的角度去審視權力的非人性以及金錢支配政治的現代體制。

清張對於推動現代社會的鉅款動向尤其敏感，描寫竊取無法曝光的非法選舉資金逃亡的長篇《不告訴》（七四年）、以及發現空頭帳戶祕密的女銀行員，利用這個情報做爲武器，當上銀座高級俱樂部媽媽桑的長篇《黑革記事本》（八〇年）、或者是剖析運送非法政治獻金回扣，擔任財政界密使的俱樂部媽媽桑的生態的長篇《迷走地圖》（八三年）等，都是極佳的例子。這些作品以嚴格的意義來說，雖然不能稱爲推理小說，卻可以說是帶有懸疑色彩，同時又描寫出現代社會黑暗面的現代小說。

松本清張對於現代政治動向的關心，在嘗試解明發生在美軍占領期間的不可思議事件的《日本的黑霧》（六一年）以及《昭和史發掘》等紀實作品中，完美地開花結果。

清張的興趣更延伸到古代史研究上，出版了《遊古疑考》（七三年）、《古代探求》（七四年）、《日本史　謎團與關鍵　附創作筆記》（七六年）等眾多的專門研究書。同時，他更以這些古代史研究爲基礎，發表了許多歷史推理小說。

另外，清張認爲波斯人曾經遠渡重洋來到七世紀左右的日本，大膽地假設奈良縣的飛鳥時代的酒船石等石造遺跡被製作的理由，執筆長篇《火之路》（七五年）。除了這些推理小說或推理小說風格的作品之外，清張亦寫出許多出色的歷史小說、時代小說、現代小說等，做爲一個作家，守備範圍極爲廣泛。

不過在這些作品裡，清張的推理小說還是位居中心。從小說到紀實文學、歷史研究，清張的寫作方法中，都蘊藏了依據事實，嘗試解開各種謎團這種推理小說的共同特質。

松本清張於一九九二年八月四日，以八十一歲之齡辭世。連載中的長篇《諸神的狂亂》與《江戶綺談　甲州靈嶽黨》，遺憾地未竟以終。清張死後十年以上的現在，《砂之器》、《黑革記事本》等許多作品依然透過電影及電視上映，獲得廣大的支持。

曾經有一段時期，有人議論著：社會派的時代已經結束。但是，最近的幾樁重大社會事件，令人深覺松本清張銳利地揭示出來的問題，再次被攤在眼前。

受到鉅款支配的日本政治結構，絲毫未變。例如二〇〇五年末到〇六年之間，日本發生了一級建築士姉齒僞造大廈結構計算的案件，發現許多震度五級以上的地震便會崩塌的危險大廈，演變成重大的社會問題。

這件案子當中，爲了節省建築飯店及大廈的成本，指導減少鋼材用料的顧問公司；聽從其方針，對建築士施壓力的土木工程店；及以低廉安全爲宣傳，販售大廈的房地產公司；和爲了不讓訂單流失，在結構計算上作假並申請確認的建築士姉齒，還有無法揪出造假申請中的錯誤的事務所與自治體的專家等等，裡頭存在著許多複雜的因素。簡而言之，這是一樁以追求利潤爲最優先的企業所帶動的大規模結構犯罪。

松本清張也有兩部長篇《花冰》（六六年）與《雙重葉脈》（六七年），分別描寫與國有地拍賣相關的政治貪污，以及牽涉到大企業的僞裝破產的殺人案。我不得不說，這些作品中批判社會的視點，至今依然有效。

八〇年代開始，反映時代的清張懸疑小說，舞臺也開始國際化。

除了描寫被稱爲泰國絲綢王的大富豪神祕失蹤的《熱絹》（八五年）；用美國總統訪日時與日本總理密談的證據照片爲恐嚇素材，藉此獲得大筆現金的銀座俱樂部媽媽桑，刻劃出她最後步上的諷刺命運以及國際政治黑暗面的《聖獸配列》（八六年）、共濟會員與黑手黨糾葛難分的《迷霧會議》（八七年）等長篇皆是如此。雖然不能說全是成功之作，卻或多或少都是以海外爲舞臺的大規模冒險小說。

如此這般，松本清張的世界眞的是變化多端、包羅萬象。同時，清張推理小說本身也隨著時代變遷，逐漸改變它的風貌。

從解謎的本格推理到犯罪小說、國際冒險小說，實在是著作豐富。當然，其中也有一些失敗之作，不過就算說戰後日本的推理小說的源流是清張推理小說，也絕不爲過。

這次台灣獨步文化所推出的清張推理小說——《點與線》、《眼之壁》、《零的焦點》三書，每一本都是松本清張初期長篇的代表作，但短篇中也有不少有趣的作品。

高度評價松本清張的我，誠摯地希望能夠以此爲契機，將松本清張千變萬化的世界廣爲介紹給台灣讀者。

本文作者簡介：

權田萬治，一九三六年生於東京港區三田。東京外國語大學法文系畢業。一九九六年擔任專修大學文學部教授，曾經擔任推理文學資料館館長。一九六〇年發表首篇推理小說評論《感傷的效用　雷蒙·錢德勒論》。一九七六年以《日本偵探作家論》獲得日本推理作家協會獎，二〇〇一年以和新保博久共同監修的《日本推理小說事典》獲得第一屆本格推理大獎。此外曾擔任如幻影城新人獎、推理作家協會獎、江户川亂步獎等多項獎項評審委員，現爲日本推理文學大獎的評審委員。

I

CHAPTER

第一章

東京車站的候車室

1

過了傍晚六點，課長還沒回到自己的座位上。一個小時之前，他去了專務（註）辦公室。這位專務還兼任營業部經理，與會計課不同，有獨自的辦公室。

從窗外灑進來的陽光已經有些微弱，黃昏的天際卻顯得格外清澄。辦公室內的光線開始暗淡下來。會計課裡共有十名職員，辦公桌上雖然攤著帳簿，也不過是虛應其表地坐著而已。五點的下班時間一過，其他部門只剩下兩、三名職員，唯獨會計課亮著燈光，每個人卻是神情懶散。

副課長萩崎龍雄心想，課長可能沒那麼快出來，便對其他課員說：

「課長可能會晚一點回來，你們先下班吧。」

這些課員彷彿在等候這句話似的，個個恢復生氣地開始收拾東西。他們關掉桌上的檯燈，說了聲「先走一步」，便離去了，似乎恨不得早點走進燈火通明的街道上。

「萩崎先生，您還沒走？」有人問道。

「我待會兒再走。」龍雄說道。

辦公室裡只剩一盞檯燈兀自亮著，在燈光的照射下，香菸的煙霧裊裊上升。

龍雄想像著課長正面臨的難題。明天有張鉅額的支票到期，又碰上發薪水的日子，如果把目前的銀行存款和明天的進帳計算在內，尚差六千萬圓。支票當然要兌現，可是薪資絕不能遲發。這家昭和電器製造公司，包括工廠和分公司，將近有五千名員工。工資哪怕遲發一天，工會也不會同意的。

昨天起，會計課長關野德一郎就沒能安坐在位子上。雖說月底還有進帳，但想必他正爲了籌措這些差額而四處奔波。課長從來不在辦公室裡談有關籌措資金的事情，因爲若被其他部門聽到，可能會引來不必要的猜測，他甚至對同課的副課長龍雄也是三緘其口。有關這方面的諮商，他都是到專務辦公室裡借用電話，順便與專務討論。

這種情況之前已經發生過幾次，但這次似乎與銀行交涉得不甚順利。因爲這家公司尚欠往來銀行一億日圓，銀行方面不肯通融。所以課長昨天起便尋求其他的金援管道，沒能安閒地坐在位子上。這一點龍雄也很清楚。

不過，像今天這麼晚，課長還待在專務辦公室裡，顯然是談得不順利。龍雄想像著，眼看明天就要到來，專務和課長一定心急如焚吧。

課長眞是辛苦。

萩崎龍雄想到這位盡責的關野課長爲了籌錢焦急得滿頭大汗時，便不忍先行下班了。

天色已昏暗，窗外映著霓虹燈光。龍雄抬頭看著牆上的電子鐘，已經七點十分了。當他

註—日本的公司職階，相當於董事。

想再點一支菸時，一陣腳步聲傳來，關野課長回來了。

「萩崎，你還沒走？」

課長看到龍雄孤零零地待在辦公室，如此問道。接著，他一邊收拾桌上的資料，一邊說道：

「不好意思，你該回去了。」

「辦妥了嗎？」龍雄問道。

這句模糊的問話，他們彼此心照不宣。

「嗯。」

關野課長簡短地點頭應道，話語中卻充滿著活力。那時候龍雄心想，看來事情辦妥了。

課長轉過瘦削的身子，從屏風上取下外套穿好，突然想到什麼似地又轉身問龍雄，「萩崎，你今晚有事嗎？」

「沒什麼事。」

萩崎話音剛落，課長又問，「你是住在阿佐谷吧？」

「是的。」

「你可以搭中央線電車，剛好順路。我八點多跟人約在東京車站，在這之前你能陪我喝兩杯嗎？」

龍雄回答說沒問題。反正時間不早了，況且他原本就想慰勞課長連日來的辛勞。他們並肩走出黑漆漆的辦公室，向警衛室的兩名警衛道別。專務好像回去了，他的座車不在門口。

他們常去的酒吧，座落在靠近土橋的銀座後街，就在公司附近的巷子裡，非常方便。

那間酒吧坪數不大，非常擁擠，香菸的煙霧瀰漫著。老闆娘笑臉迎人，連聲對客人說抱歉，從角落裡勉強擠出兩個位子。

龍雄舉著威士忌蘇打的酒杯與課長碰杯，藉此祝賀課長籌款成功。

「太好了。」龍雄低聲說道。

「嗯，差不多。」

課長瞇著眼睛，額上堆著皺紋。不過，他的眼神很快地又盯著手上那杯黃色酒液。龍雄看在眼裡，覺得有些詫異。因為課長每次一緊張，就會出現那樣的習慣動作。

課長尚未完全放心，他似乎還在掛慮著什麼。龍雄心想，剛才課長說，待會兒要去東京車站與人會面，可能是因爲這件事吧？不用說，肯定與籌款有關。從課長的眼神看來，他尚處在忐忑不安的狀態中。

儘管這樣，龍雄也不便問清楚。因爲那是課長和專務的職責，用不著他這個副課長插手。其實，他也猜得出大概，只是課長沒把詳細情形告訴他，他不方便追問——這之間畢竟有身分、職等的關係。

龍雄對這些事情並沒有感到不平。去年，他年僅二十九歲，就被提拔爲副課長。他晉昇的速度之快，令同事羨慕不已，爲了不招致反感，他行事極爲低調。不過，仍有人在背地裡說三道四，在公司裡，他除了專務的賞識，幾乎沒有任何靠山。

臉蛋圓潤的老闆娘有著雙下巴，臉上堆滿笑容，走到他們面前。

「讓您們坐得這麼擠，真是不好意思。」

龍雄趁機跟老闆娘攀談了起來，試圖拉課長加入話局。

課長偶爾說上幾句，跟著笑了起來，但心情還是沒有放鬆，依舊強忍著莫名的緊張，無意加入輕鬆的對談。不僅如此，他還不停看著手表。

「我們走吧。」過了一會兒，課長突然說道。

已接近晚間八點了。

春天時分，夜晚的銀座後街人潮如織。

「天氣暖和了起來呢。」

龍雄為了讓課長放鬆心情，故意這樣攀談，可是課長並沒有回答，而是先坐上了計程車。

繁華熱鬧的街燈在車窗外快速掠過，把課長的側臉映得忽明忽暗，看得出此刻的他內心惶惶不安。

到了明天，就得用到六千萬圓現金，而課長正拚命籌措這筆鉅款。他雙手插進外套口袋，目不轉睛地盯著前面的駕駛座。丸之內附近的高樓大廈已經燈熄暗影，在車窗外飛掠而過。

龍雄心想，課長的工作還真是不輕鬆。

他故意吸著菸。

「今天晚上，要很晚才能回家嗎？」

「也許吧。」課長只是低聲應道。

不過，這句話卻隱含著未確定的茫然。

「我好久沒造訪府上了。」龍雄說。

「過幾天來我家坐坐吧，內人也常叨唸著你呢。」

從銀座到東京車站的十分鐘車程，他們之間只交談了這幾句話。儘管龍雄試圖勾起話題，課長始終沒有談興。

計程車來到了東京車站的入口。

課長先下車，朝站內走去。站內乘客來去匆忙，瀰漫著緊張的氣氛。課長並沒有直走，而是往左邊走去。明亮的燈光從玻璃門內映射出來，那裡是頭等廂及二等廂的候車室。

課長打開門之後，回頭對龍雄說，「我跟人約在這裡……」

「那麼，我要不要先失陪？」龍雄說道。

「好吧。」

課長環視了一下候車室，對龍雄說，「對方好像還沒到，你進來陪我坐一會兒吧。」

候車室與外面的隔間很寬敞，偌大的桌子四周擺放著幾張藍色靠背椅，寬闊的牆面鑲嵌著日本名勝古蹟的浮雕，地名則採用羅馬拼音。與其說是車站的候車室，倒像是飯店大廳。

其實，候車室裡有許多外國旅客——一群穿藍色制服的軍人圍坐著閒聊，還有帶著小孩的夫婦；正面窗口處有兩、三名男子正在傾聽著什麼，有的人仰坐在椅子上讀報。那些外國旅客的身旁都放著偌大的提包。

只有三名日本男子，坐在那裡低聲交談。

課長坐在靠牆邊的椅子上，龍雄坐在他身旁，中間隔著一張小茶几。

龍雄心想，課長在等某位旅客嗎？或是要與從東京車站坐火車的旅客見面？

「這間候車室眞是豪華。」龍雄說。

他大概以爲這裡是外國人專用的候車室。

這時候，有兩個日本人推門走了進來。課長沒有起身，對方好像不是他正在等的人。

龍雄拿起桌上的美國畫報，隨意翻閱，才翻看了兩、三頁，課長突然站了起來。

龍雄盯著課長瘦削的背影。他緩緩地踩著拼花圖樣的地板，走到鑲有京都風景浮雕的牆面下，向對方頭點致意。

龍雄有些詫異。對方不就是剛才進來的那兩名男子嗎？他們進來的時候，課長爲什麼沒有發覺？難道課長不認識他們嗎？

那兩名男子，其中一人背對這邊坐著，另一人側坐，他們離龍雄很遠，但是龍雄從那人的側臉看去，對方年約四十歲，留著短髮、氣色紅潤、體型圓胖，戴著一副金屬框墨鏡。

他們倆也從椅子上起身，向課長欠身致意。背對著龍雄的那名男子，顯得態度謙恭許多。

男子隨即對課長做了個請坐的手勢，於是三人坐了下來。

龍雄看到這裡站了起來，對著剛好回頭的課長輕輕致意。課長點點頭，那名紅臉男子也轉身看著龍雄，他的鏡片閃著反光，而那名背對龍雄的男子始終沒有回頭。

龍雄慢慢朝門口走去。

這時候，他看到門外站著一個女人。對方穿著當季的黑色洋裝，一張白皙的臉龐快要貼住玻璃門。由於燈光反射在玻璃上，龍雄雖然看不清那女人的長相，但從她的動作來看，顯然是在窺探候車室裡的動靜。

當龍雄凝目細看時，那女人突然閃身消失了。難不成是他趨前探究時，倏然離開那裡的？

龍雄邁開大步地推門而去。外面人潮擁擠，許多女人都穿著深色洋裝，他分不清哪個才是剛才看到的女子。

龍雄思忖著，那女人只是好奇地探看候車室裡的動靜？或者在找什麼人？如果在找人，那當然沒什麼，不過她好像在盯著誰。

「眞奇怪。」

龍雄詫異不已，登上中央線二號月台的階梯。

2

早上十一點二十分，會計課長關野德一郎接到一通電話。

「課長，有一位堀口先生找您。」公司的接線生說道。

「您是關野先生嗎？」電話彼端傳來男子的聲音。

「是的。是堀口先生吧，昨晚太冒昧了。」

關野好像一直在等這通電話似的，語氣中自然流露出這種情緒。

「不客氣。這件事已經跟對方談妥，請您立刻過來一趟，我在T會館等候大駕。現在我在西餐廳。」對方老練地說道。

「在T會館嗎？」

關野追問了一句，對方答了聲「是的」，便掛斷電話。

關野放下話筒，看著副課長萩崎龍雄。這時候，龍雄剛好從帳簿上抬起頭，與課長的目光交會，龍雄的眼神已表明他了解電話的內容。

「萩崎，你準備一下，待會兒去領現金。」

關野的語氣頗有終於籌到現金的踏實感，洋溢著幾許活力。

「三個大箱子應該裝得下吧？」

課長指的是鋁質硬殼箱。他們公司每次向銀行提領現金時，都是使用這種大箱子。龍雄頓時在腦中計算，十萬圓一捆的紙鈔，將近三百捆是多少。

「哪家銀行？」龍雄問道。

「R信用合作社總行。」關野課長清楚地交代，「我若打電話，你馬上開車派兩、三個人到R信用合作社。」

「知道了。」

聽到龍雄的回應，關野站了起來。

他再次摸了摸上衣的內袋，裡面有個信封，信封裡裝著一張三千萬圓的支票。這是他今天早上準備的。

關野拿起外套，朝專務辦公室走去。

專務正在接待訪客，看到關野進來，立刻起身走到他面前。專務個子矮小，身高只到高瘦的關野肩頭。他單手插在口袋裡，低聲問道，「談妥了嗎？」

專務做出若無其事的樣子，其實也很擔心。

「我剛接到電話，現在就要趕過去。」關野低聲向專務報告。

「是嗎？」

專務這時才露出安心的表情。

「太好了，那就拜託你了。」

關野瞥見專務回到訪客身旁，這才走出了辦公室。

從公司到T會館只需五分鐘車程。溫暖的陽光灑落在高樓大廈林立的街道上。在關野的座車前面，有一輛觀光巴士行駛著，他從車窗茫然地望著乘客的背影，覺得春天好像來臨了。

沿著T會館的紅毯往地下室的西餐廳走去，一名坐在椅子上看報的男子看到關野前來，隨即摺起報紙，急忙起身。

男子臉型略長、眼睛細小、鼻梁挺直，厚唇微啓，臉無表情。整體說來，給人印象不深。他就是關野昨晚在東京車站候車室會面的男子，自稱堀口次郎。

「昨晚眞是感謝您。」堀口點頭答謝道。

關野落坐以後，堀口旋即遞出香菸。這個請菸動作與他的外表不符，倒是很機敏。服務生端來了咖啡。堀口吐了口青煙後，說道：

「我剛才打電話問銀行，對方剛好外出還沒回來，我們再等一下吧。」

關野暗然吃驚，旋即考慮到時間問題。他直覺反應，收到現金以後，會計課所有課員把它裝入薪水袋要花多少時間。他看著手表，將近中午十二點了。如果對方又出去吃飯，可能會耽擱得更久。

「別急，他很快就會回來。」堀口似乎看出關野的焦慮，說道，「我已經跟他談妥，大概二十分鐘以後就會回來。我知道您急需用錢，請再稍等一下吧。」

「謝謝！」

關野露出苦笑，心情稍微釋然了。

「我說關野先生……」堀口探出身子，湊近關野低聲說，「我要的金額不會錯吧？」

堀口說得小聲，卻語意清楚。

「是二十萬謝禮嗎？我們會遵守約定，照付給您的，請放心！」關野也低聲說道。

「貪財了。」堀口稱謝，「話說回來，光是說服大山先生，就費了我不少唇舌。畢竟這是一筆大數目，連大山先生都有點猶豫了。」

「您說得是。」

關野點點頭。他也認爲堀口說得沒錯。他已事先查閱過名簿，待會兒要見面的大山利雄是R信用合作社的常務董事。

「多虧您出言相助了。」

「哪裡。是因爲貴公司信用可靠，事情才談妥的。坦白說，就算日息再高，人家也不願意把錢借給倒閉戶。不過，對方還滿講信用的，只是金額實在太大了。」

「是啊，正因爲金額太大，其他地方才不願意融資給我們。」

關野特別在「其他地方」加重了語氣，意指那些與他們有往來的大型銀行。

「借款到下個月十號，只借二十天而已。我們預計有營業的進帳，以及收到某大煤礦的設備費。不瞞您說，目前我們尚欠六千萬，已經向別處借到三千萬，眞的只是緊急周轉，請對方放心，不會出問題的。」

「我知道。我已經再三向對方說明，況且，對方也想得到豐厚的利息，畢竟是交易。只要是信用可靠的公司，人家當然願意捧錢出來。」

堀口說完以後，又退回原來的姿勢，開始改用平常的語氣，閒話家常了起來。

「聽說最近煤礦的景氣還不錯呢。」

「是啊。他們經常給我們生意做，付款也很快，我們公司……」

說到這裡，服務生悄然地走了過來。

「請問哪位是堀口先生……」

「我是。」

「您的電話。」

服務生拉開椅子，堀口站了起來，探出身子對關野說：

「應該是大山先生打來的，他大概回來了。」

關野目送著堀口前去接電話的身影，自己又摸了摸上衣的口袋。

過了一會兒，堀口面露微笑地走了回來。

車子停在日本橋附近的R信用合作社總行大門前。這棟建築物最近剛增建完畢，粗大的希臘風格圓柱，在陽光下閃著白光。

他們下車時，一名髮型分梳整齊、戴著眼鏡的年輕男子已等候著，看到堀口，隨即走了過來。

「是堀口先生嗎？常務董事正在等您。」說完，恭敬地欠身致意。

那名年輕男子裝束整齊，很有銀行員的架勢。

「兩位請跟我來。」

他一副幹練的模樣，率先領著他們走進總行。

總行的天花板挑高，整個辦公樓層就像寬敞的廣場，放眼望去，盡是排列整齊的辦公桌和各司其職的行員。桌上的日光燈檯燈，彷彿經過設計似地整齊排列著，頗有銀行的特殊氣派，客戶一進來便能感受到一股氣勢。

穿過鋪著大理石地板的盡頭，年輕行員將堀口和關野領進會客室。偌大的桌子旁，擺著四張罩著白色椅套的椅子，桌上的花瓶裡插放著溫室栽培的鬱金香。

「我立刻請常務董事過來。」

年輕行員恭敬地施上一禮，沿著原來的門急急離去。

他們坐了下來。堀口從待客用的香菸盒抽了一根，兀自吸了起來。關野不知大山常務什麼時候出現，拘謹地等候著。

這時候，通向內室那扇門的玻璃窗上閃過一條人影，傳來輕輕敲門聲，門打開了。堀口急忙把香菸丟入菸灰缸。

進來的是一個氣色紅潤、身材高大的男子。銀亮的頭髮梳整得十分光潔，一身蘇格蘭呢雙排釦西裝，與他魁梧的身材相當適配。他露出一口潔白的牙齒，臉上掛著笑容。堀口和關野幾乎同時站了起來。

大山常務董事首先對堀口說：

「上次，實在不好意思。」語音緩慢，頗爲含蓄。

「對不起！」

堀口雙手伏在桌上，低頭行禮著。坐在一旁的關野大概猜得出他們寒暄的內容。

堀口朝關野瞥了一眼，對著常務說：

「這位就是我跟您提過的昭和電器製造公司的關野會計課長。」

說完，對著關野介紹：

「這位就是大山先生。」

關野一邊遞出名片，一邊恭謹地致謝道：

「敝姓關野，這次承蒙您大力相助。」

「哪裡，您太客氣了。」

常務紅潤的臉上依舊掛著笑容，一邊收下關野的名片，一邊對堀口說：

「我去吩咐承辦人員。堀口，待會兒請你也過來一下。」

堀口隨即低頭致意，頗有請多多關照之意。體格魁梧的大山常務就這樣轉身推門而去。

從出現到離去，前後不到五分鐘。他們很有默契，一張連帶高額日息的三千萬圓支票，就這樣輕易成交了。

「常務眞是大人物，好有威嚴。」堀口看著大山的身影消失在門外，稱讚道。

「大山先生沒給您名片，是有用意的。就銀行的立場來說，這樣的紓困案難免有點忌諱。總之，要盡量低調。常務身爲銀行高層，設想得眞是周到。」

關野點點頭。他思忖著，堀口說得沒錯，說不定大山常務想趁機從這筆融資中撈點好處。儘管如此，只要能換成現款都無所謂。

「那麼，關野先生，」堀口把菸蒂丟進菸灰缸裡，「我就收下您的支票，送去大山先生那裡嘍。」

關野把手伸進上衣口袋，用手指解開鈕扣，突然掠過一絲不安。不過，他又說服自己，這是自尋煩惱，根本沒什麼好擔心的。這裡可是由行員接待的銀行會客室，而且也見過大山常務了。這一切都是由堀口居中安排的。他心想，絕不能讓堀口察覺自己的不安，這樣會惹得對方不悅。眼下，他就是需要這筆現款。萬一出什麼差池，他可是擔待不起。包括專務在內，公司五千名員工都在等著這筆錢。關野益發感受到自己身負使命的沉重壓力。

他掏出一個白色信封，用微微顫抖的指頭，抽出裡面的東西。

「這就是。」

說完便交給了堀口。那是一張由昭和電器製造公司開立的三千萬圓支票。

「噢，就這個。」

堀口眉毛動也沒動一下，無動於衷地收下支票。他瞇起眼睛，朝票面的金額瞥了一下，說了句「沒錯」，便站了起來。

「那麼，我去辦理兌換現金的手續，請您在這裡稍等一下。」

他拿著那張支票抖了抖，然後走向通往內室的門。關野看到堀口沒有走到外面，而是和大山常務一樣走進內室的門，這才感到安心。

關野想到現在得馬上準備領取現款，於是拿起桌邊的電話，打到公司去。話筒彼端傳來了萩崎的聲音。

「是課長嗎？」

「嗯，待會兒就要領現款，你準備一下，立刻開車過來。」

「知道了。」

關野放下話筒，回到椅子上坐好。他拿了一根菸，點著火，慢慢地吐著青煙，一派安然。不過沒親眼看到成捆現款，終究覺得不安，於是煩悶地吸完一根菸。

堀口離去後，足足經過了十分鐘。

手續那麼麻煩嗎？

關野又吸了一根菸。隨著時間流逝，他也知道自己逐漸失去平靜的心情，焦慮之火慢慢燒上了心頭。他終於按捺不住，從椅子上站了起來，在略有油漬的米黃色地板上，來回踱步著，根本沒有心思吸第三支菸。他直盯著桌上的鬱金香。那紅色花瓣更讓他焦躁不安。三十分鐘倏忽已過。

關野終於奔出了會客室。

眼前又是地坪寬敞、氣派十足的銀行。每個行員都秩序井然地坐在自己的桌前工作著，有的面對著計算機，有的女行員坐在櫃檯，點數著扇形紙鈔，客戶安靜地等候著。

關野雙手擱在光潔如鏡的大理石櫃檯上，探出半個身子，緊張地詢問行員：

「我要見常務大山先生！」

那個行員夾著原子筆，抬起頭來，態度客氣地回答：

「大山常務五天前到北海道出差了，一個星期以後才會回來。」

關野聽到這裡，眼前突然一片昏黑，四周彷彿暗淡了下來。

他覺得周遭的景物都顛倒了，失控地發出淒厲的怪叫聲，坐在附近的四、五個行員無不驚跳了起來。

3

「這絕對是詐騙集團的勾當。他們佯稱代客貼現，東西到手之後，便逃之夭夭。用他們的行話說，就是『以錢誆票』。國外也經常傳出這種詐騙案。」一個身材矮小的男子坐在椅子上，快嘴地說道。

當天晚上，昭和電器製造公司的高層在辦公室開會。職員都已下班，只剩下這間辦公室亮著燈。

所謂公司高層的首腦會議，其實只有社長、專務和常務董事三個人。除此之外，還有一名姓瀨沼的法律顧問，以及會計課長關野德一郎。

關野課長臉色煞白，低垂著頭，他已完全喪失思考能力了。直到現在，他的嘴唇微顫著，訴說著白天的事發經過，宛如在講一件不曾發生的事情。一張三千萬圓的支票，轉眼間就從他的指間給奪走了，無論如何他都不敢置信。如此輕易就發生了，其利害的嚴重性之大，實在不成比例。

他的腦袋一片空白，耳朵嗡嗡作響。突然，他想起年輕時讀到的一本外國小說，書中這樣寫道，「如果這是昨夜的噩夢，該有多好。」接著，又茫然地追想起來。

「瀨沼先生。」專務對律師問道。

這句話聽在關野耳裡卻是無比遙遠。

「我已照會過銀行，支票好像還沒拿去貼現。」

「那是當然的。他們才不會笨到跑去銀行自投羅網。那張支票八成已經轉到第三者手上了，到時候，第三者就可以正大光明拿它去兌現了。」

律師的講話聲幾乎傳不進關野的耳裡。

「遇到這種情況，我們不能透過法律讓它止付嗎？」專務再次問道，臉色也十分蒼白。

「止付？」

「就是不要讓它兌現。因爲這張支票顯然是被他們耍老千給騙走的。」

「不行。」律師當下否決，「支票是法律用語，屬於無因證券，不受詐騙或失竊等因素影響，只要轉到第三者手中，就有法律效用。這是沒辦法的事，開票人日期一到就必須付款。即便明知那張支票是被騙走的，若不兌現，就會吃上跳票的官司。」

從律師的口氣聽來，總覺得他是幸災樂禍。幾個公司巨頭都沉默了下來。確切地說，他們不知該怎麼問下去。

「瀨沼先生，」

專務又問，額頭滿是汗水。

「我們可以在報上刊登支票遺失嗎？換句話說，支票失竊，所以無法兌現。就像是報上常登的那種支票遺失廣告。」

「這是白費工夫。」瀨沼律師反駁，「如果背書人說，他沒看到廣告，也拿他沒輒。再說，若有這個舉動，豈不等於昭告天下，我們公司被詐騙集團騙走了三千萬嗎？關鍵的問題，在於這件事要不要報警處理，或是爲了公司聲譽，隱而不發。」

三位首腦彷彿被高牆堵住似的，頓時露出困惑的表情。

「關野！」這是社長初次叫他。

社長這一叫喚，使得關野德一郎不由得驚跳了起來。他連聲說是，但幾乎站不起來，只能轉頭看著社長。他雙膝緊靠，沒辦法從椅子上起身。

公司發生支票被騙事件後，社長就從箱根的接待所被緊急召回。這個七十歲的老人，平時性情溫和，這時臉上的青筋都暴了出來。

「你說的事發經過，我大概了解了。不過，我覺得R信用合作社也有疏忽之處。」社長試圖壓抑激動的情緒，「你再描述一下到銀行以後的情形。」

「是的。」

關野回答道，但嘴唇乾裂，喉嚨疼痛，猛吞口水。

「我跟一個名叫堀口次郎的男子走到R信用合作社總行前面時，有個約莫二十四、五歲，身穿西裝的年輕男子正在等候，他帶著我們走進總行。」

關野的聲音沙啞，回想當時的情景，銀行前陽光耀眼，年輕人的一身藍顯得格外醒目。

「你記得那個人的長相，但詢問總行的行員，大家都不認識他嗎？」

「是的。」

「看來他們是同夥。」始終不發一語的常務董事插嘴了。

「嗯，後來呢？」

社長沒理會常務的插話，直盯著關野的眼睛，催促他往下講。

「我們走進會客室，那名年輕男子就出去了。接著，走進一個自稱是大山常務的男子。他滿頭銀髮，體型肥胖，年約五十四、五歲。他先向堀口打招呼，堀口把我介紹給他以後，他說要辦理兌款手續便離開了。後來，堀口說要把我手上的支票拿給大山常務，我毫不懷疑就把支票交給他了。」

其實，關野並非毫不懷疑，遞出支票時，心頭就掠過不安的預感。拿出信封時，手指不停顫抖。不過，他之所以克服了這種畏縮，是因爲他背負著公司所有員工的期望——急需三千萬現金。正因爲這個沉重壓力和焦慮，使得他把支票遞了出去——儘管有這些因素，關野還是難以說出口。

「堀口拿著支票走出會客室，留下我在那裡等著。我大約等了二十五、六分鐘。」

這時候，他腦海中浮現紅色的鬱金香。

「我不放心，於是跑出會客室，焦急地詢問行員，要求要見大山常務，對方卻說大山常務正在北海道出差。我問了一下大山常務的長相，行員回答說，他年約五十二、三歲左右，身材瘦小，一頭黑髮，前額微禿。我這才知道受騙了。我衝向總行營業部，請求警衛協助在銀行內搜查，結果還是沒找到堀口和自稱是大山常務的那兩人。我心急如焚，立刻詢問匯兌課長，他說不知道這件事。我向他描述大山常務的面貌，並質疑那人爲什麼可以使用總行的會客室，他也大爲吃驚地展開調查，後來是在營業部經理那裡弄清楚的。」

社長眉頭緊蹙地聽著。

關野會計課長繼續說著。他已經失去思考的能力，只能簡單陳述事發經過。

「營業部經理從桌上拿起一張名片給我看。名片上寫著岩尾輝輔，頭銜爲××黨國會議員。」

「他是長野縣選出的議員，在××黨內，不算是重要成員。」法律顧問加註般地補充道。

關野接著說，「營業部經理說，那個人拿著議員的名片過來，說要在總行與岩尾議員碰面，但是議員還沒到，出言拜託可否暫借會客室使用？經理認識那名議員，而且將來《合作社銀行法》（註）要立法時，他會在議會裡鼎力相助，於是爽快地同意了。看來那個肥胖男子的派頭，把經理給唬住了。他就坐在經理旁邊，沒多久，便跟經理攀談了起來，一副在等候議員到來的模樣。這時候，那個年約二十四、五歲的青年走過來，告訴肥胖男子，議員已經到了。」

「那個年輕人就是在總行前面等你們的男子嗎？」專務問道。

「我想是的。經理認爲那名年輕人可能是肥胖男子的祕書之類的人物。後來，他們就走開了，經理以爲他們去會客室，而且肥胖男子沒有再折回來，經理便以爲他們在裡面談話。」

「他們三人合演了一齣戲。」律師接著說，「冒充大山常務的肥胖男子、自稱堀口的男子，以及負責帶路的年輕人，這三人都是同夥的。他們利用信用合作社的會客室，來個金蟬脫殼之計。這是一樁設局精巧的支票詐騙案。」

「所以您也詢問過岩尾議員了？」社長問瀨川律師。

「我打電話詢問，他的助理說岩尾議員一個星期前已經回到長野的選區。所以，我想這件事應該跟岩尾議員無關，可能是他的名片被人冒用了。剛才，我已經寄出限時信向他查詢了。」

「我也這樣認爲。」社長點點頭，但隨後難掩憤怒地說，「話說回來，信用合作社僅憑一張議員的名片，就把會客室借給陌生人，未免太草率了！正因爲如此疏忽，光天化日之下才發生這種詐騙案。信用合作社也有責任！」

社長又抬眼盯著關野德一郎。

「你把你跟那個堀口見面的經過，從頭再說一次。」

「是的，我是從麻布的山杉喜太郎那裡得知堀口次郎這個人的。您也知道山杉這個人，在這之前，公司已經三次向他調借過短期資金。」

關野這樣說著，社長露出已知此事的眼神。

註—依一九五一年公佈的〈合作社銀行法〉成立的銀行機構，主要以中小企業爲營業對象，一九八九年改制爲一般銀行。

山杉喜太郎是「山杉貿易公司」的董事長，公司設在麻布，營業範圍為金融放貸；也就是放高利貸。他可以提供龐大資金，在東京都內算是屈指可數的高利貸業者。正如關野所說，之前，他們公司曾經三次向山杉借調資金，這件事社長當然知情。

「其實，這次要借調資金，是否要找山杉幫忙，我是跟專務商量之後，才決定這樣做的。」

專務表情僵硬，尷尬地望著關野。

「我打電話給山杉喜太郎尋求金援，可是山杉聽到這個金額，認為數目太龐大，也表示目前沒有這麼多資金，一度拒絕了。」

「這是什麼意思？」社長問道。

「事情是這樣的。後來山杉跟我說，若急需用錢，他可以找其他人商量看看。如果願意的話，馬上到他辦公室一趟。所以四十分鐘後，我便趕過去了。可是當我到他公司時，一個女祕書卻說他已經外出了。」

「女祕書？」

「是不是女祕書，我也不清楚。總之，負責這件事的是個年輕女子。她姓上崎。因為之前那三次，她都像個祕書替山杉聯絡經辦事項，所以我認得她。上崎一看到我，旋即說山杉董事長已經交代借調資金的事情。」

「所以她就介紹堀口這個男人給你認識？」

「也不能說是介紹。她說，那個姓堀口的男人，時常到他們公司串門子，是個專為苦主找錢的掮客，他之前介紹過兩、三個人，後來都談成了。因此她說，我們若需錢孔急，不妨找他談談。上崎祕書把山杉的留言這樣轉告給我。當我問起堀口這個人的來歷時，上崎表示不是很清楚，只說之前他仲介的幾件金額龐大的交易，都沒有出過狀況。我立刻回公司向專務報告，專務也說，總之明天就要用錢，不妨找他談談，我當時也是那種想法。由於事態急迫，我急得像熱鍋上的螞蟻，再次打電話到山杉貿易公司，是女祕書接的，她說要跟對方聯絡看看。五點多，堀口回電說，當晚八點十分左右，他想約我在東京車站的頭等廂、二等廂候車室碰面，他會拿著一本商業雜誌做為識別。」

「這話也是女祕書說的嗎？」

「是的。後來，我如實把這件事報告專務，商量了一下。專務表示可以跟他見面談談。當時，我滿腦子只想早點籌到錢，所以就趕去東京車站了。」

關野德一郎一邊說著，一邊回想自己那時早已亂了方寸。他之所以要副課長萩崎龍雄陪他到東京車站，就是為了紓解內心的不安。不過，因為這事涉及公司機密，只好半途先請萩崎回去了。他茫然地想，那時候，若把萩崎留下來坐陪，也許這樣的事件就能避免了。總歸一句，那時候自己太焦躁了。

「後來呢？」社長用銳利的眼神追問著。

2 CHAPTER ─ 第二章

自殺之旅

1

關野德一郎在社長的催促下，繼續往下說。他的眼神飄忽不定，嘴唇發乾，不時用舌頭濕潤，像在咬著嘴唇似的。

「我在東京車站的候車室見到那名姓堀口的男子。我原本不認得他，是他在桌上放著一本商業雜誌，我才認出來的。那時候，他正在跟另一名男子說話，我趨前報上姓名以後，他連忙請我坐在他前面的椅子上，說了幾句應酬話。另一個男人很機靈，立刻起身離去了。」

「那個男人大概也是詐騙集團的同夥。」律師自言自語地說道。

「剩下我們兩個人時，堀口開始切入正題。他說，大致情形已經聽山杉談過了，他剛好有認識的紓困管道。我聽了很高興，但還不認爲問題已經解決了。堀口在話裡提到R信用合作社的大山常務，說他們以前就有特殊交情，可以找他通融。如果我們同意支付高額利息，他願意代爲接洽。我連說萬事拜託了。後來，他說要抽二十萬傭金，我也答應了。於是，他表示明天會盡快跟大山常務聯絡，再打電話告訴我結果，然後我們就各自離去了。」

後來的事情剛才已經講過，大家都知道了，誰也沒有出聲。

對社長而言，他當然還要追問下去。

「當你知道自己受騙以後，馬上去找山杉嗎？」

「是的，我立刻趕回公司，向專務報告，然後我們一起前往山杉的公司。」

這時候，專務對社長說：

「是這樣沒錯。我聽完關野的報告以後，簡直不敢相信。有關籌措資金的經過，關野都跟我詳細討論過，所以我也有責任，於是跟他一起去找山杉。」

「山杉怎麼說？」

社長的眼神沒有朝向專務，而是盯著關野不放。

「當時，山杉喜太郎在辦公室。我跟專務向他詳細說明事發經過，他只露出驚訝的表情說，眞是太令人同情了。」

「太令人同情了？」

「他的意思是說，這件事與他沒有關係。堀口這個人經常到他公司走動，而他只是隨口提起，所以與他毫無瓜葛，他那個女祕書上崎的說法也一樣。也就是說，他們並未正式介紹堀口這個人，只是轉告這個訊息而已。後來，我問到堀口的住址和來歷時，山杉只說不太清楚，還說像這種金融掮客到處都是。從頭到尾推說堀口雖然常到他公司串門子，但他從來沒有跟對方交易過。」

社長陷入沉思。

山杉喜太郎向來作風強勢，是個危險的高利貸者。他的措詞令人半信半疑，說不定他跟那個詐騙集團有所掛勾？

社長抱頭苦思的模樣，宛如掉進陷阱而奮力掙扎的野獸。

「社長，」專務陡然從椅子上起身，彎下矮胖的身軀，對著社長深深鞠躬，「這次惹出這麼大的差錯，實在深感抱歉。我誠心向您謝罪！」

專務雙手緊貼兩側褲縫，恭敬彎腰致歉的姿態，可說是標準的謝罪方式。然而，這個禮節終究是徒具形式，沒什麼意義。

關野德一郎依舊茫然地看著。他身為這起支票掉包案的「被告」，根本沒有謝罪的餘地，彷彿毫不相關的旁觀者。

「疏忽的問題以後再說。」社長的手從頭頂移到臉上，「當務之急，是如何處理那張被騙走的三千萬支票，我們得想個對策要緊。」

「對公司目前的財務而言，三千萬的金額太大了。」專務說，「我們不能眼睜睜讓歹徒把這筆錢輕易帶走，要不要把那個詐騙集團告上法院？」

「專務說得有道理。」律師瀨沼表示贊成，接著，斯文地點了一根菸，「問題是，這樣一來，整件事就會傳開，損及公司的信譽。這種詐騙案，對那些智慧型犯罪的集團來說，只是略施小計而已。正因為這種手法看似簡單，反而容易受騙。」

法律顧問的這句話，暗指如此簡單的騙局，公司居然還上當，肯定會招來社會大眾的訕笑。

「可是，明知這是詐騙案，我們也要支付票款嗎？」專務問律師。

「眾所周知，支票是屬於無因證券，只要有正當第三者的背書，就得支付不可。如果在這之前，我們要採取法律行動，勢必得報案。不過，這樣做也無濟於事。那張支票恐怕已經輾轉經手好多人了，我們若是堅持提告，到頭來只會讓公司的名譽掃地。我希望社長務必慎重考慮。」

問題的重點在於，提出告訴而損及公司的名譽和顏面，要不就是自認倒楣不讓外界知道。

「其他公司也發生過類似的事件嗎？」專務問著，剛才已經向社長鞠躬致歉，臉色多少恢復了些。

「根據我私底下聽到的消息，類似的事件還滿多的。」律師回答。

「遇到這種事情，通常都怎麼處理？」社長詢問。

「一流大公司，」瀨沼律師說，「絕對會把事情壓下來。有家公司就損失一億多圓。他們擔心事情張揚出去，始終不敢報案。」

律師說完後，居然沒有人提問。整間辦公室瀰漫著凝重而沉默的氣氛，好像只有專務心有不甘地嘟囔著。

社長再次抬手環抱著頭，整個人靠在沙發的扶手上。那種姿勢誰都不敢正視，除了關野德一郎，其餘三人就各自盯著自己鞋尖。

只有關野依然失魂落魄的樣子。

這時候，社長突然放下手，抬起頭來，臉色漲紅。

「好吧，既然報警也無濟於事，那就內部保密吧。」

社長當下做此決定，他選擇捍衛公司的聲譽。在場眾人頓時大吃一驚，不由得抬頭看向社長。不過，社長氣得臉色漲紅，令人不敢直視，大家又別過臉去。

「關野，」社長勃然怒斥，「你讓公司蒙受這麼重大的損失，你要負全責！」

社長話畢，關野德一郎搖搖晃晃地從椅子上站了起來，癱坐在油地氈地板上，像爬伏似地額頭直磕著地板。

關野走到外面，已經晚上八點多了。

銀座街上人潮擁擠，正是熱鬧的時候。

路上有年輕情侶、三五成群的中年人，每個人臉上的表情都顯得幸福愉快，沒有人注意到關野德一郎這個不幸的人也被捲進這熙來攘往的人群中。關野猶如走在墓地般，周遭的歡樂氣氛與他無緣，他感到無比孤獨。櫥窗裡的燈光把他瘦長的身影拉得迤長。

他在松坂屋前的小巷，坐上了計程車。他是隨意攔車的。

「客人，您要坐到哪裡？」雙手握著方向盤的司機問。

不過，司機並沒有馬上聽到回話。這時候，關野才察覺必須告知去處。

「去麻布。」關野不加思索便脫口而出。

計程車往前駛去。關野坐在後座角落，抬頭看向窗外。車子從新橋穿過御成門，正經過芝公園。公園裡的樹林，在車燈的照射下，亮晃晃地一閃而過。司機原本親切地搭話，見客人沒有回應，便沉默了下來。

出了電車道，司機問客人要去麻布的哪個地方。關野這才醒過來似地說：

「六本木。」

關野下車時，發現自己可能是下意識來找山杉喜太郎。不過，他記得自己幾乎是神情茫然地來到這裡。在他的意識底層有股莫名的衝動，很想再找山杉喜太郎，把事情徹底弄清楚。然而，這終究是徒然之舉，因爲像山杉那種狠角色根本不理會他。不過，對於被山杉逼到絕境的關野來說，他非得找山杉理論，否則絕不甘心。他已失去方寸，可說是本能驅使他來這裡的。

山杉貿易公司的辦公樓房矗立在眼前，那是一棟三層樓的建築物，每扇窗戶都沒有點燈，黑漆漆的。不用說，樓下的大門也關著。

關野走進旁邊的小巷，繞到建築物後面。黑漆漆的建築物，散發出寒冷的氣味。他按了按門鈴。

「哪一位？」值班人員問道。

「敝姓關野，請問山杉先生在嗎？」

「有要事的話，請您明天再來。社長傍晚已去關西出差，如果是生意上的事，明天公司的承辦人員會與您接洽。」

關野沉吟了一下，說道：

「您方便把祕書上崎小姐的地址告訴我嗎？我有急事，今晚無論如何想見她一面。」

值班人員探看著站在黑暗中的關野的表情。

「您找上崎小姐也沒用，她跟社長一起出差去了。我不知道您有何貴事，總之，生意上的事，請您明天再來找承辦人員。」

值班人員向他投以狐疑的目光，說完便關上了窗戶。

關野站在香菸攤前，拿起公用電話的紅色話筒。他對著電話彼端的男子說：

「我是您的鄰居關野，經常叨擾您，可否勞煩您請我太太聽電話？」

關野等了三分鐘，話筒彼端流洩著收音機的音樂。一陣碰撞聲傳來，妻子千代子說，「喂……」

「千代子，是我。」關野說。

「什麼事？」

「最近因為工作關係，可能短期沒辦法回家，跟妳說一下。」這是關野早已設想好的說詞。

「那什麼時候才能回家？」

「不知道，反正暫時沒辦法回去就是了。」

話筒彼端一直傳來妻子的問話聲，關野卻不回話就掛斷了，他的耳裡還迴響著妻子的聲音。

走出公共電話亭，他在文具店買了信紙和信封。

他招了輛路過的計程車，朝品川車站而去。

在湘南線的月台上，連盞的燈光敞亮著，開往熱海的列車緩緩進站了。關野坐上那班列車，身子往後仰躺，閉起眼睛假寐。他的鼻梁滲出油脂，眼眶冒著冷汗。在將近兩個小時的車程中，他幾乎沒有抬頭看向窗外。

列車抵達湯河原站，已經是晚間十一點半了。當他走出車站時，才注意到天上的繁星。

手持燈籠的旅館員工成排站在路旁攬客。

「奧湯河原有空房嗎？」關野問道。

那名員工旋即把關野送上了計程車。

計程車沿著河畔駛上山坡。每家旅館燈火通明，關野想起以前和妻子來到這裡的情景。

旅館人員把他帶到裡面的客房。

「不好意思，來得這麼晚。」

關野這樣向女侍說著，還表示自己已吃過飯，無需送餐。其實，他從中午就沒進食，卻一點也不覺得餓。

泡完澡以後，他坐在桌前，從包裹裡拿出信紙。

女侍拿來住宿登記簿，關野寫上本名。

「您明早不急著退房吧？」

「不，我很早就要出門，我想現在就結清住宿費。」

接著，關野說待會兒要寫封信，請她代爲投寄。

關野花了很長的時間寫信，總共寫了四封，分別寫給妻子千代子、社長、專務和副課長萩崎龍雄。

其中，寫給萩崎的信最長，他把這次事發經過詳細地寫了下來。除了萩崎之外，他沒有可以傾吐心事的對象。

寫完四封信，將近凌晨四點了。他把那幾封信放在桌上，還加上郵資，然後又抽了兩根菸，站了起來穿上西裝。

一離開旅館，關野德一郎沿著路往山裡走去。夜色尚未褪去，四周漆黑一片，潺潺的溪流聲格外喧響。他踩著春天的野草，摸索似地往黑暗的樹林裡走去。

2

東京的天氣異常乾燥，連日來都是晴天，終於下起了濛濛細雨。

萩崎龍雄乘坐的計程車在麻布的山杉貿易公司前停了下來。那是一棟老舊的三層樓建築，灰色外觀，給人一種單調晦暗的感覺。掛在門旁的黃銅橫式招牌，部分字體已見脫落。這裡就是號稱動輒可借調幾億圓資金、在東京屈指可數的高利貸業者——山杉喜太郎的大本營。

萩崎走進大門，坐在櫃檯看報的少女聽到有訪客便抬起頭來。

「我是來申請貸款的。」

萩崎遞出名片。這名片是昨天印好的，上面並沒有昭和電器製造公司的字樣。

少女拿著那張名片，走去裡面。不一會兒，便把萩崎領到旁邊的會客室。這間會客室老舊又簡陋，牆上掛著一幅金色裱褙的書法匾額。龍雄看不出字跡和落款者。西式房間裡掛上這種擺飾，有些格格不入，但與高利貸業者十分相稱。

一名四十幾歲的職員，手上拿著龍雄的名片走了進來，說道：

「聽說您是來辦理貸款的，我是該業務的承辦人員，請您說明具體情況。」

「兩、三天前，我在電話裡已跟你們社長談過，具體情況他應該知道吧？」龍雄反問道。

「跟我們社長談過？」

那名職員疑惑地打量著龍雄的名片，他察覺名片上並沒有公司名稱，只寫著姓名，不由得露出納悶的表情。

「是誰介紹您來的？」

「您們社長應該認識我。總之，請向您們社長通報一聲。」龍雄有點強人所難地說道。

「很不巧，社長昨天去大阪，我倒是沒聽他提起這件事。」

那名職員非常客氣。事實上，龍雄今早已打過電話，得知社長外出。

「這下子糟了！」龍雄故意露出爲難的表情。

「有沒有其他同事聽到社長交辦過這件事？」

「請您稍等一下，我去問問祕書小姐。」

職員臨走前，龍雄還強烈表示，請您務必幫忙！當職員說要去問祕書小姐時，龍雄暗自高興了起來。不過，他也擔心來者另有其人，或是那名職員又折了回來。

等了約莫五分鐘，玻璃門另一邊映出藍色身影，一陣輕輕的敲門聲傳來，龍雄直覺祕書來了。

推門進來的，是一名身材高䠷的年輕女子。她那黑亮的眼眸，一開始就盯著龍雄，旋即打量了起來。那種公事公辦的眼神，絲毫沒有多餘的情分。

她手上也握著龍雄的名片。

「我是社長的祕書。」坐下之前，她如此表示。

「我剛才遞過名片了……」龍雄說道。

「已經收到了。」

女祕書把龍雄的名片放在鋪有玻璃墊的圓桌旁，龍雄見狀問道：

「對不起，請問貴姓？」

「敝姓上崎。」

女祕書遞出一張小巧的名片。龍雄瞥了一下，上面印著「上崎繪津子」字樣。

她穿著裁剪合身的藍色連身洋裝，緊裹著曼妙身材。等她坐定，旋即盯著龍雄，彷彿在催促著有事快說。

「我想向貴公司貸款三百萬。」

龍雄仔細觀察上崎繪津子的容貌。明眸大眼，看似好強不服輸、秀氣的鼻子、小巧的嘴型。乍看之下，臉頰到下巴處還留有閱歷未深的生澀，正因爲如此，這與她好勝的眼神和口氣顯得很不協調。

「您確定跟社長談過了嗎？」她問道。

「談過了。兩、三天前，在電話中談過的，是他叫我過來一趟的。」

「對不起，請問您從事什麼生意？」

「我是玻璃器具批發商，現在急需現款要付給廠商。」

「是哪位先生介紹您來的？」

「沒有。」

「您有什麼擔保品嗎？」

「有，我澀谷的店面和商品，以及我住在中野的那棟房子。」

龍雄這樣胡扯著，在說話的同時，仍緊盯著女祕書臉上的表情。上崎繪津子雙眼低垂，那睫毛的陰影，使得眼睛看起來更深黑了。

「我完全沒聽過社長提起這件事。」她馬上抬眼，依舊用公事公辦的口吻說，「社長預定明晚回來，回來以後，我會向他轉告這件事。社長外出期間，我們仍會克盡職責。容我再次確認，您要貸款三百萬，是嗎？」

「是的。」

「您會再打電話來呢？或是親自跑一趟？」

「都可以。」

說到這裡，隔著桌子的龍雄和女祕書幾乎同時站了起來。她的身姿優美，背後是陳舊的牆壁，使得她那身藍色洋裝顯得更醒目。

龍雄走出室外時，還下著濛濛細雨。剛才見到上崎繪津子的面貌，至今還在他腦海中縈繞著。他原本就是要來確認她的長相，他有必要認清上崎繪津子的長相，現在這個目的終於達成了。

他看了一眼手表，臨近下午三點。他發現對面有家小咖啡廳，於是穿過車水馬龍的街道走了過去。

咖啡廳裡空盪盪的，只有一對年輕男女坐在裡面。龍雄在靠馬路的窗邊坐了下來。窗戶掛著白紗窗簾。不過，透過明亮的窗戶，從窗簾的細縫中，可以清楚看到對街的光景。要眺望山杉貿易商大樓的動態，這裡是最佳的位置。

龍雄決定盡量拖延時間，慢慢喝著端來的咖啡。現在才下午三點，離山杉貿易公司五點下班時間，尚有兩個小時。他打算在這裡消磨時間，此時店內生意清淡，眞是幸運。

女服務生播放黑膠唱片，樂聲非常吵雜。

那對男女湊得很近，低聲交談著，彷彿在討論複雜的事情。男子講了幾句，女子不時用手帕擦拭眼角。

龍雄喝完咖啡以後，女服務生送來一份報紙，他故意裝出看報的模樣，但眼睛始終盯著窗外。他擔心上崎繪津子在五點以前走出來，因此他的視線說什麼也不能離開那棟灰暗的樓廈。

店裡那名女客終於把手帕捂在臉上，同桌的男子露出困惑的表情。咖啡廳的女服務生不時朝這裡瞧看。

龍雄看到那女子哭泣的模樣，不由得回想起關野課長的妻子趴在丈夫遺體旁痛哭的身影。

關野德一郎是在奧湯河原的山林裡上吊自殺，被山裡散步的溫泉客發現的。由於他的口袋裡留有名片，警方很快就查出他的身分，並立刻把消息通知家屬和公司。

消息傳來後，社長驚訝得不敢置信。

「這下子事情可鬧大了，想不到他居然走上絕路！」

當初，社長厲聲斥責「你要責起全責」這句話，竟然造成這麼嚴重的後果。然而，社長沒察覺到，其實關野選擇退職與自殺，只是一步之遙。像關野那樣性格怯懦的人，當然有可能走向這條不歸路。

遺書除了寄給家屬之外，還有三封信，分別寫給社長、專務和萩崎龍雄。每封信都是用郵寄方式，這是關野德一郎自縊之前在旅館客房寫的。在給社長和專務的信裡，他為自己造成公司莫大損失表示愧疚與歉意。

不過，在寫給龍雄的信中，則詳細寫著事件的來龍去脈。他對信賴有加的龍雄這樣寫說，「我只期盼你能知道這件事的始末，因而寫下這封信。」

在這之前，龍雄因為置身在風暴之外，只能猜測，但讀過這封信以後，終於弄清楚事件的經過了。

這起詐騙，公司內部當然視為機密，並沒有傳出去。但在龍雄看來，奪走關野德一郎生命的人，至今沒受到任何制裁，照樣在世上逍遙法外，簡直沒有天理！

他覺得，老天爺欠關野一個公道。平時他就頗受關野的信任。知恩圖報這句話，從今天的眼光來看，也許有點陳舊老套，但對這件有欠公理的事，他有滿腔的憤怒無從發洩。既然這案件不能報警，也無可奈何。他決定單槍匹馬，把這起詐騙案查個水落石出。

問題是，他不可能一邊上班一邊調查案情。

於是，他決定向公司請假兩個月。依公司規定，員工每年有三十天的特休。由於工作忙碌，去年和前年，他都沒有申請休假，所以向公司請假兩個月，並沒有違反公司規定，問題在於公司是否准予一次休完。龍雄已下定決心，如果不准請假，便要向專務遞辭呈。

「你是身體不舒服嗎？」專務問。

若是稱病請假，得有醫院的診斷證明。因此，他一開始便說是個人因素。

「目前休假太久，公司也很爲難。但是你既然這樣說，那也沒辦法，只希望你盡快回到工作崗位。」專務最終讓步。

專務向來就很照顧龍雄，一方面也是因爲關野課長居中提拔的關係。

龍雄從關野的遺書中摘錄要點，加以反覆推敲。在他看來，要查出那個自稱堀口的騙徒的下落，就得刺探山杉喜太郎的口風。山杉雖然辯稱沒把堀口介紹給關野，但他們之間肯定有所牽連。

不久，公司得拿出三千萬來兌現那張支票。不用說，那張支票早已有第三者的背書。這確實是莫大的損失。目前的景氣雖然不差，但昭和電器製造公司最近的營業狀況卻談不上好轉，三千萬的損失是極其慘重的。相較之下，區區一個課長自殺對整個公司的運作根本沒有影響。從這個意義來說，關野德一郎的自縊，簡直如死了一隻狗般微不足道。

專務對會計課副課長萩崎龍雄表示，目前個人請長假，公司的立場很爲難，其實也是因爲公司面臨多事之秋。然而，龍雄無論如何都要查出逼關野課長走向絕路的男子。

山杉喜太郎是出了名的高利貸業者。他專門融資給需錢孔急的公司，聽說跟政界也有往來。要從這個老江湖身上探查任何蛛絲馬跡，恐非易事。

因此，萩崎龍雄打算從他的祕書——上崎繪津子身上著手，也許從她那裡可以找出一些線索。今天，他總算看清她的眞面目了。接下來，就是趁機接近她了。

龍雄自知只點一杯咖啡，消磨兩個小時，未免說不過去。於是又點了一杯紅茶。那對男女不知什麼時候已經離去了。

天空還飄著雨絲，只要下起雨來，就像梅雨般連綿。一輛汽車經過，濺起水花再急駛而去。東京的路況很差，到處都是坑洞。

這時候，龍雄的眼睛突然爲之一亮。

他看見一輛汽車緩緩地駛進對面那棟灰色樓廈前。他看了一下手表，還不到下午四點，離上崎繪津子下班尚有一個多小時，因而覺得事有蹊蹺。他沒來得及喝紅茶，一併付了錢，旋即走出了咖啡廳。

他像行人般漫步著，不時盯著樓廈方向，那輛車還停在樓廈前面，車身擦得像鏡子般晶亮，是一輛寬敞的白色鋼板高級房車，車上只坐著一名司機，像是在等待什麼人。

雖說是五分鐘，他卻覺得無比漫長。一名身穿純白風衣、似曾相識的女子，從老舊的樓廈入口處走了出來，司機見狀，準備下車打開車門。

龍雄環顧四周，剛好有輛計程車濺起水花急駛而來。由於天色暗淡，「空車」的紅燈標識格外明顯。龍雄朝計程車抬手招攬，它來得真是時候。

「請問到哪裡？」

他坐進車內的時候，剛好是那輛高級房車發動之際。

「請跟著那輛車！」龍雄指著前面的擋風玻璃說道。

司機點點頭，旋即踩緊油門。前面那輛車從青山一丁目往權田原的都營電車道急駛而去，當來到左邊可望見新宿御苑的外苑時，司機問道：

「您是警察嗎？」

「嗯，算是這方面的人。」

要跟蹤別人的車子，龍雄只能這樣臨機應變。

前面那輛車在號誌燈前停了下來，隨即從新宿往青梅街道駛去。盯車不能跟得太近，必須保持適當距離，但是稍一不留神，卡車、計程車，自用轎車等等便插了進來。

「這輛車可是雷諾的呢。」

龍雄心想，如果這輛計程車是雷諾出廠的，遇到緊急狀況應該可以加速跟進。司機似乎看出龍雄的心情，悠然地說：

「先生，您放心。從新宿到荻窪附近共有十二個號誌燈，即使稍微落後些，也能跟得上。」

其實，每逢紅綠燈，前面車子停下來，他們都適時地跟在後面，可以望見車窗內那白色風衣的身影。

「那還是個女人呢，先生。」司機興沖沖地說。

前面那輛高級轎車來到荻窪，往南轉進幽靜的住宅區。龍雄從後車窗看到那女子的身影，驀然想起他和關野課長在東京車站候車室的時候，映在玻璃窗上的那個女子的姿影。

3

前面那輛車在住宅區行駛著。

「那是五三年出廠的道奇。」司機回過頭告訴龍雄。

這四、五天的連綿細雨，把附近的樹木洗滌得青翠欲滴，唯獨八重櫻花凋萎敗落。車子行經近衛公別墅荻外莊附近的時候，從兩側圍牆探出來的樹蔭更加濃密了，這裡幾乎看不到行人和車輛，雨水把街道清洗得發亮。

「喂，停車！」

荻崎龍雄眼見前面的車子減速慢行，往右邊拐進去後便消失不見了，於是趕緊喊停。因為轉彎之後已經沒有路了。

「您要在這裡停車嗎？」司機一邊看著計費表，一邊說道，「那輛房車駛進大宅院了。」

看來，計程車司機跟蹤那輛道奇轎車跟出興趣似的，語氣興奮不已。

「辛苦你了。」龍雄付錢說道。

「加油啊，先生。」

司機說完，掉頭離去了。龍雄在內心苦笑著。

天空依舊下著濛濛細雨，濕漉漉的馬路上沒有半個人影，從道路兩側修剪整齊的樹木深處看去，隱約可見藍色屋頂和白牆。

龍雄拿著雨傘緩步走著，他來到剛才那輛高級房車開進去的宅院前，若無其事地觀察。兩旁的石牆約有二十公尺長，微微隆起的地面種著草坪。草坪上等距而整齊地擺著杜鵑花盆栽。院內樹木濃密，只能從林蔭的縫隙中看見部分屋頂。

這座宅第可說是佔地寬廣，從敞開的冠木門前面望去，可以看見伸向深處的碎石路和庭院樹木。

龍雄從門前經過，走了十幾公尺再折返，當然聽不到宅第內的談話聲。這時候，只聽到悠揚的琴聲，那是從對面民宅傳來的。

門柱上掛著泛舊的門牌，寫著「舟坂寓」三個字。字體雄健，很有特色，雨水把這塊門牌洗滌得發亮。

龍雄走到轉角處再折回去。由於這時路上沒有人，這樣徘徊很容易啓人疑竇，他甚至覺得也許現在就有人在暗中窺視，心裡難免忐忑不安。

他前後觀察了三次，都沒有任何新發現，依舊是庭院深深、碎石路和被樹蔭掩映的屋頂，以及下個不停的濛濛細雨。

龍雄正在尋思，要不要繼續等待上崎繪津子從宅第內出來？沒人知道她什麼時候現身，細雨又下個不停，而且天色暗淡了下來，他已經失去耐性繼續苦等，況且這附近幾乎很難招到計程車。

那個姓舟坂的宅第主人到底是什麼樣的人物？看那氣派的建築物，對方絕對是頗有社會地位的富豪。上崎繪津子是爲了什麼事造訪這宅第？是爲了處理山杉的金融關係？還是因爲私事拜訪？

那輛高級轎車到底是山杉貿易公司所有？還是宅第主人的愛車？從車號說不定可以查出車主身分。不過，他太過粗心沒把車號記下來，他埋怨起自己，每到關鍵時刻總會出錯。

舟坂是何許人也？

在來到荻窪車站的路上，龍雄滿腦子都在思索這個問題。

車站前的西藥房前面有座公共電話亭。龍雄突然想到什麼，便走進了西藥房。

「老闆，電話簿借我一下！」

他翻開厚厚的電話簿，翻到「舟」字部。舟坂這個姓氏似乎很少，只收錄了三戶姓舟坂的資料。

舟坂英明，杉並區荻窪××號

龍雄心想，我就是要這個資料。他拿出記事本，連同地址和電話號碼也抄了下來。

舟坂英明，這是那宅第的主人嗎？他到底從事什麼職業？從電話簿上當然無從得知。

無奈之餘，龍雄走進路旁的書店，佯裝站著看書，其實是在查閱年鑑附錄裡的名人錄。這年鑑是某報社出版的，於是他突然靈光一閃。

隔天下午，龍雄到報社拜訪老同學田村滿吉。田村接到櫃檯轉來的電話，一邊穿上外套，一邊從三樓下來，走到門口。

「喲，什麼風把你吹來了？」田村滿吉對龍雄說，「你們公司離這裡很近，卻難得看到你來。」

「你現在很忙嗎？」龍雄問道。

田村回答，三十分鐘還騰得出來。

「這次是來向你打聽消息的。」

「是嗎，那麼我們到附近喝杯咖啡吧。」

他們走進報社附近的一家咖啡廳，店內客人不多。

田村取下眼鏡，用蒸熱的手巾擦著臉說：

「你要打聽什麼消息？」

田村跟以前一樣，還是性情急躁。

「嗯，我這樣問也許有點怪，你知道舟坂英明這個人嗎？」龍雄低聲問道。

「不知道。我不認識這個人，他是寫俳句的嗎？」

田村當下這樣問著，因爲他從以前就知道龍雄喜歡寫現代俳句。

「不，我是問你，你們報社認識這個人嗎？」

「你再說一次他叫什麼名字？」

「舟坂英明。」

「舟坂英明……」田村在嘴裡叨唸了幾次，陷入思考，「聽你這麼一說，我好像聽過這名字。」

他抬頭望著天花板，喃喃自語，然後又問龍雄：

「他跟你有業務上的往來嗎？」

「嗯，算是有關係。」

看到龍雄點頭稱是，田村說道：

「這名字我好像眞的聽過。他不是大學教授，也不是藝人……你等一下，我打電話問一下報社同事。」

說完，田村便起身離去，連端來的咖啡也沒喝上一口。

龍雄點了支菸，還沒抽完，只見田村笑咪咪地折了回來。

「我問清楚了。」田村一邊攪著半涼的咖啡，一邊說道。

「是嗎，太感謝了！他是做什麼的？」龍雄探看田村的表情問道。

「我總覺得聽過這名字，不過那是很久以前的事，一下子想不起來。舟坂英明這個人……」

「怎麼樣？」

「簡單講，他是右翼勢力的大老之一。」

「咦？右翼勢力？」

「嗯，據說不是什麼出名的大人物。三年前，他曾因恐嚇罪被捕。難怪我好像在哪裡聽過這名字，原來是在三年前。」

右翼分子的大老和上崎繪津子會有什麼關係？龍雄露出困惑的表情。

田村看到茫然的龍雄，略顯好奇地問道：

「到底怎麼了？」

「你能不能再詳細談談舟坂英明這個人的背景？」龍雄沒有回答田村，便迫不及待地問道。

「這個嘛……」

田村喝完咖啡後，點了根菸，冷笑地看著龍雄。

「你可別隨便猜喔。」龍雄說，「以後需要你幫忙的時候，我自然會和盤托出。」

此話不假。龍雄私底下認爲，也許哪一天眞的需要田村的幫忙。

「是嗎？好吧。」田村爽快地點點頭，「那麼，我就把剛才那個同事叫來。他對此人非常了解。很久以前，我們報社曾經製作過〈右翼勢力的最新動態〉的特輯，他就是主要的採訪者，所以他知之甚詳。你等一下，我打電話跟他商量看看。」

田村再次起身打電話，沒多久又回來了。

「他說馬上來。」田村轉達。

「是嗎？百忙中叨擾，眞是不好意思。」龍雄致謝道。

後來，田村換了話題，聊起舊友的消息來消磨時間。

不到二十分鐘，一名蓄長髮、體型瘦削的男子走到他們面前。

「這位是內野，也是我們社會組的記者。」田村居中介紹。

內野像藝術家那樣攏了攏長髮，坐了下來。

「他，」田村指著龍雄對內野說，「想多了解舟坂英明的來歷，你跟他談談吧！」

「這麼忙碌的時候叨擾您，眞是不好意思。」

龍雄這麼一說，內野難爲情地笑了笑。

「以前，我確實採訪過幾名右翼分子，但舟坂英明這個人的背景，我了解得不多。」內野不慌不忙地開始說，「其實，他不是什麼了不起的人物。比方說……」內野舉了幾個右翼大老的名字。

「他的地位遠遠不及大戰前即聲名顯赫的頭頭。該怎麼說？簡單地說，他不是主流派的要角。聽說以前是某講堂的學員，後來跳槽自立門戶。有人說他跟其他大老鬧翻了，也有人說他是被逐出幫派的。總之，我也不太清楚。不過從這些傳言聽來，大概可以了解他的性格。」

「他之前不是曾因恐嚇罪被抓嗎？」田村插嘴道。

「嗯，他勒索一家與政府補助金有牽扯的煤礦公司。」

「好像是這樣。」

田村說著，看了看手表站了起來。

「我工作還沒做完，失陪了。」

田村滿吉離去後，內野繼續說：

「聽說舟坂之前犯下多起類似的恐嚇勒索。這個人非常聰明，在戰後出現的這批人當中，很快就闖出名號。我在兩年前做過這一類的報導，現在他的勢力已越來越穩固了，底下的嘍囉也不在少數。舟坂英明的勢力之所以能夠這樣發展，大概要歸功於他籌措資金的高超能耐吧。」

內野提到「資金」這句話，讓龍雄暗吃一驚。

「舟坂用什麼方式籌措資金呢？」龍雄好奇地問道，心情爲之興奮了起來。

「舟坂的慣用手段是勒索煤礦公司。而那次的勒索案，很可能只是冰山一角，沒有浮出檯面的，應該還很多。」

「他主要是勒索公司嗎？」

「嗯，我想是吧。因爲勒索公司最容易大撈一筆。」

「他是否也用詐騙方式？」龍雄確認道。

「這個我不太清楚，但舟坂做這種事也不足爲怪吧。」

「他都是用這種惡劣手段來籌措資金嗎？」

「坦白說，我手中沒有眞憑實據，不能給您明確答案。不過，像舟坂這種無名的新興右翼集團頭目，手頭應該很緊，用不法手段籌措資金，是極有可能的。當然，這只是猜測而已……」

「原來如此。」

「聽說舟坂英明現在資金雄厚，其後台勢力也越來越大了。」

「他的出身背景如何？」

「據說他是北陸地區的農家子弟，沒什麼學歷，全憑自學而成。這也是傳聞，我沒見過他，聽說他大約四十六、七歲，沒有自己的論述，全憑那套既成的忠君愛國思想。」

「他家在荻窪吧？」龍雄問道。

「是的，聽說他住在那一帶。」

內野這樣回答，眼裡透著意味深長的笑意，他問龍雄：

「您知道西銀座後街有家『紅月』酒吧嗎？」

「如果是銀座後街，我應該找得到，它在銀座後街的哪個地方？」

「在從林蔭道往新橋的方向……」內野說明道。

事實上，龍雄平時很少喝酒，並不知道「紅月」酒吧。

龍雄這樣說，內野便壓低聲音說道：

「最近有個傳聞，聽說紅月酒吧的老闆娘是舟坂英明最近的情婦。」

龍雄和內野在咖啡廳結束談話以後，從有樂町出來，卻迷失在前往銀座的路上。用「迷失」一詞，是很妥貼的說法。因爲他漫無目的地走著，爲了尋找另一個想法，無意識地移動腳步而已。

在此之前，他一直認爲詐騙集團與山杉喜太郎之間可能有所掛勾，但現在又發現另一條新線索了。

那筆三千萬的款項該不會流入舟坂英明這個右翼頭子的戶頭裡吧？

龍雄遇上這堵怪物似的高牆——右翼勢力。讓他一臉茫然。

這絕對不是單純的詐騙案！

這起詐騙案背後必有內幕。龍雄突然感到層層內幕的重壓。而右翼這個不可理喻的暴力團體，已經把那雙黑手伸了進來。

龍雄頓時感到猶豫不已，或說是覺得畏縮恐懼。忽然間，彷彿一陣斥罵聲和蠻橫的白刃冷然地朝他劈擊而來。

他告訴自己，再追究下去，很可能危及性命，不如現在就抽手。

不過，有個念頭還吸引著龍雄。一個綽約的姿影在他眼前閃現，那就是自稱是上崎繪津子的女子。他已在那家放高利貸公司的辦公室見過她，也在咖啡廳窺探到她的身影。她的眼睛炯炯有神、鼻子挺直、端正的嘴唇尚有些稚氣，臉頰是那麼地容光煥發。

難道那名女子也是右翼集團的成員之一嗎？這個疑惑至少給了龍雄近似某種獲救的感覺，宛如船隻遇險即將沉沒時，乘客突然看見一名美麗的女乘客，同船者因此產生不會有事的錯覺，他們自我安慰，只要這名女乘客還在，就能度過危險。

當龍雄想到上崎繪津子時，也產生了這種錯覺，因而對右翼暴力團體的恐懼也隨之消失，又衍生出勇氣來了。

這股勇氣，當然是源自於追查逼關野課長走上絕路的那群惡黨，同時也爲了查明上崎繪津子的來歷。從這時候開始，龍雄對於追查這起事件，已益發熱切了起來。

3 CHAPTER — 第三章

紅月酒吧

1

天氣已經回暖，但晚春的夜仍透著寒意。

紅月酒吧座落在西銀座熱鬧的巷弄裡。萩崎龍雄以肩膀頂開泛黑厚重的百葉窗式大門，走了進去。

室內的煙霧遮得燈光朦朧，一名站著的吧女，轉過白皙的臉龐出聲招呼著龍雄。櫃檯在右邊，雅座設在酒店的盡頭。龍雄瞥了一眼，雅座上坐滿酒客和吧女。

兩個彈吉他的走唱者，站在那裡邊彈邊唱，有個酒客摟著吧女配合旋律翩翩起舞。龍雄從他們身後擠過去，在櫃檯前坐了下來。酒保站在擺滿洋酒的酒櫃前，又搖又甩地調著雞尾酒。酒保旁邊站著兩個吧女，一個穿和服，另一個穿洋裝。

「您要點喝什麼？」明眸大眼的吧女問道。

這個吧女很美，但年紀太輕，似乎不是這裡的老闆娘。

「給我一杯高球(註)。」

龍雄這樣吩咐時，三、四名吧女剛送走客人，返身來到龍雄身旁。

「您好，歡迎光臨！」

龍雄喝了幾口，一名吧女便在他身旁坐了下來。他打量著吧女，問道：

「妳是媽媽桑嗎？」

吧女聽龍雄這樣問起，不由得笑了笑。

「對不起，你猜錯了。媽媽桑比我漂亮多了。喏，你看。」吧女回頭以眼神示意道。在雅座裡，有三名吧女圍著客人坐著，那個酒客已經喝醉，一隻手摟著其中一個吧女的肩。從這個方向望過去，看不清楚哪個是老闆娘。他正想出聲詢問時，其中一名吧女突然回過頭來，手上夾著菸，起身朝這裡走來。

「喏，媽媽桑來了。」身旁的吧女說。

老闆娘一身和服裝扮，身材高䠷，比想像中還年輕，長臉鳳眼。她穿著鹽澤絲綢的黑底碎花和服，腰繫黃色腰帶，顯得綽約出眾，步態優雅地走了過來。

「晚安！您好像是初次光臨。」她看著龍雄笑著說，「哎呀，我這樣說您可別見怪喔。」隨即對旁邊的吧女說，「我不僅喝醉了，大概也上了年紀，最近老是把客人的長相給忘了呢。」她轉過臉去，靈秀的鼻子令人印象深刻。

「媽媽。」

吧女正要起身，她示意吧女坐下來，手指按著龍雄的肩膀。

「您果眞是初次來吧？」她故作誇張地湊近龍雄耳畔嬌聲說道。

註——high ball。以烈酒爲基底，混合大於酒精比例的非酒精飲料。大部分是由黑麥威士忌和薑汁汽水調製而成。

「嗯，是朋友介紹我來的。妳們店裡生意不錯嘛！」

龍雄拿著酒杯，轉過身來。他近前一看，老闆娘笑的時候，眼角有細微的皺紋，但臉頰還很有光澤。

「眞的？我好高興喔，以後還請您多多捧場呢。」

這時候，有三個客人推門走了進來。吧女在後面直喊著，媽媽，客人來了。老闆娘聞聲，暫時離開龍雄趨前招呼新來的客人，身旁的吧女也一起迎了上去。

原來她就是舟坂英明的情婦……

龍雄把酒杯裡的冰塊咬得嘎吱作響。他一邊喝著黃色飲料，一邊茫然地思索著。那女人的身影已留在眼裡，但他很想再細看一次。

龍雄始終沒有留意到，剛才坐在一旁與吧女搭話的男子，一直盯著他看。不久，那男子拿起自己的酒杯朝這邊走了過來。

「您是頭一次來嗎？我今晚是第三次。」

那男子頭戴貝雷帽，年約三十二、三歲左右，像是小公司的職員，已經喝得醉眼矇矓。打從剛才開始，他就獨自喝著悶酒。

龍雄有點猶豫不決。

他沒有放棄追查上崎繪津子的來歷，但背後出現舟坂英明這號人物，事態又另當別論，事情可能牽涉得更廣。那張三千萬的支票，可能早已落入右翼頭子的手裡。

之前，他始終認爲山杉喜太郎在操縱那個詐騙集團，事實並非如此。詐騙集團的背後正是由舟坂英明這個右翼頭子在撐腰。應該這樣看待，山杉得知昭和電器製造公司需錢孔急，於是把這個訊息賣給舟坂。

雖說山杉在這起事件中扮演某個角色，但幕後的主使者應該是舟坂這個右翼頭子。從這個角度來看，不難理解站在R信用合作社前擔任引路、自稱是堀口的男子是什麼貨色了。而利用國會議員岩尾輝輔的名片到處招搖撞騙，看來是他們慣用的伎倆之一。

龍雄從關野課長的遺書中，了解整起事件的詳細經過，並把重點寫在記事本上。他已經知道岩尾議員的名片這件事，可是還想進一步調查對方的來歷。

然而，關野課長對自稱堀口的詐欺犯長相只有這樣的描述：年約三十歲的長臉男子。完全沒有提到特徵，光是這樣的描述，宛如大海撈針。不過，對別人的長相有何印象，本來就沒辦法說得多具體。

龍雄之所以來到紅月酒吧，是因爲他期待或許可以在這裡找到堀口，而且內野又說這裡的老闆娘是舟坂的情婦，所以他就趕來了。

光憑長相找人原本就不可靠。不過，他心想，如果堀口和舟坂是同路人，不可能不到這家酒吧。因爲堀口不需逃竄，也不必躲藏，警方根本不會追捕他，他可以大搖大擺地在街上閒逛。由此看來，堀口很可能在這家紅月酒吧現身。龍雄認爲，堀口若在這裡出現，絕對可以憑長相認出他來。

一經這麼推想，上崎繪津子的樣子逐漸在他心裡淡去。他益發覺得，山杉貿易公司已非重點所在，找出堀口才是事件的主線，他應該往這條主線追查下去。

但是，他心中仍感到不安。

那就是舟坂英明這號人物，或者說右翼勢力這個特殊組織。說不定堀口正是這組織的成員之一。若是如此，事情就變得棘手了。

堀口會不會只是一般詐騙集團的成員？

目前只有這條線索。看來，堀口並非組織裡的重要成員，只是一個被利用的角色，他可以在外面遊逛。這就是龍雄鎖定的線索。

然而尚潛伏著其他危險。

龍雄害怕舟坂的黨羽若知道他在追查堀口，是否會出面反擊？舟坂雖然在二次大戰後才納眾成軍，卻是右翼集團中的新銳勢力。龍雄一想到右翼暴力組織這個怪物，不由得毛骨悚然。

山杉貿易公司的上崎繪津子爲什麼進出舟坂英明的宅第？他們只是單純的公事往來？還是有其他關係？龍雄完全不清楚。

荻崎龍雄既無法完全捨棄追查上崎繪津子，中途又興起到紅月酒吧找尋堀口的念頭，由此反映出他的迷惑和門外漢在調查上的困窘。

坐在龍雄身旁的男子，高高舉起高球杯，向龍雄做出乾杯的動作。

「在這種地方，若不是常客，很難博取小姐的歡心呢。」

男子身旁果眞沒有吧女坐陪。他的體格壯碩、臉型剛硬，有著大鼻子及滴溜溜轉的眼睛，粗短的脖子頂著闊肩，看起來其貌不揚，穿得打扮極爲普通，只有頭上戴的那頂貝雷帽勉強像樣，他這副長相和穿著，絕對無法吸引小姐。龍雄無奈之餘，只好隨便跟他應和幾句。男子顯然已經醉了。

「喂，老闆娘長得挺標致的，以前肯定是個藝妓，不知她老公是幹什麼的？」

說完，男子又喃喃自語，然後垂下頭來，拿起酒杯猛力往櫃檯敲砸，大聲嚷著再添酒。

龍雄不動聲色地看著老闆娘。老闆娘陪著剛上門的那三名客人坐在雅座，不斷地嬌聲陪笑，旁邊還圍坐著四名吧女。看來，這幾個人都是使用「公司交際費」的上班族。

相較之下，老闆娘比其他小姐來得優雅，她笑起來的時候，從側臉看過去顯得嬌媚，應對客人從容而熟練，眼睛還不時注意其他桌。只有那時候，她的眼神才顯得嚴厲。此外，她還適時叫住經過的吧女，端酒到客人桌上。表面上，她與客人打情罵俏，做起生意卻一點也不馬虎。

龍雄想到眼前這個女人就是舟坂英明的情婦，總覺得她身上散發著一股妖氣。

他若無其事地依序打量店裡的客人。

年約三十歲的長臉男子。

這是目標的基本特徵。剛開始，他覺得光憑這樣的線索很難尋覓，但這竟然成了他找人的憑藉。

首先，他可以排除四十歲以上的男子。來這家酒吧消費的男子以年長者居多，因此格外容易識別，舉凡白髮和禿頭男子都可略過，五十出頭的男子更不需多看一眼。他就以這種眼神打量著店裡的客人。

室內的燈光昏暗不明，很難看得清楚，加上香菸的煙霧不停升騰著，也不能跑到雅座上查看客人的面貌。這時候，他又興起了新的疑惑。

關野課長在遺書中，只提到對方是「年約三十歲的長臉男子」，這樣未免太平常了。既然如此平常，豈不是說對方沒給人特別的印象？或意味著那個自稱堀口的男子沒什麼特徵，而要憑此線索找人實在有困難。

說到印象薄弱，不論是三十歲左右，或是長臉，這都是含糊不清、不夠確切的說法。每個人對年齡的印象也有所差異。常聽說目擊者的證詞跟事實有很大的出入。雖說對方是長臉，但也是模稜兩可，或許未必真的是長臉。

光憑這一點認得出來嗎？

龍雄的目光再次落在自己的酒杯上，手肘支在櫃檯上，出神地思索著。身旁那名戴貝雷帽的酒醉男子，正低聲地唱起歌來。

龍雄再次造訪紅月酒吧，是在第二天的晚上九點多。

酒吧裡依舊坐無虛席。龍雄一走進去，吧女的視線不約而同地看向他。由於店裡做的是現金生意，知道來者不是常客，她們便又把頭轉向自己的客人。

龍雄先瞥了一下店內，沒看到老闆娘的身影。櫃檯前坐著五、六名客人，之前見過的那個貝雷帽男也在其中。不過，他今晚身旁有兩名吧女坐陪。看來，他也成了這裡的常客。他依舊喝得醉醺醺，好像跟吧女嘟囔著什麼。

龍雄一坐下來，一個五官平板的吧女隨即來到櫃檯前招呼道：

「歡迎光臨！您要喝點什麼？」

龍雄回答一杯高球，便問老闆娘在嗎？他覺得這樣問，似乎急躁了些，但他實在按捺不住了。

「媽媽桑嗎？」吧女眯著細眼盯著龍雄，隨後抿起薄唇笑說，「她有事外出了，待會兒就回來。」

龍雄喝著高球，跟前晚一樣暗中觀察店內的情況。

裡面共有五個雅座。一桌坐著一位白髮紳士，摟著一名吧女，正在灌她喝酒，旁邊還有四名吧女陪坐，看樣子對方是位好主顧。另一桌坐著一名年長男子，帶著三名年輕後輩，看來是上司帶部下出來喝酒。第三桌有兩名中年男子正在大聲談笑。第四桌坐著三名五十出頭的男職員，一看就知道是使用「公司交際費」的上班族。最裡面的雅座好像坐著一個客人，看不清楚長相，他身旁有三名吧女坐陪，他好像喝醉了，正彎身下來。仔細一看，他正抱著一名吧女。

這樣子到底能不能找到堀口？

龍雄心頭掠過一絲不安，覺得自己總是在做些徒勞無功的傻事，最後只是白忙一場。

突然，有人拍了拍他的肩膀，龍雄回過頭去。那個貝雷帽男子拿著酒杯朝他笑了笑。

「晚安，你又來了。」

說完，他步履微顛地在龍雄身旁坐了下來，張開厚厚的嘴唇，旋即露出泛黃的牙齒，偌大的鼻翼旁堆著皺紋。

「看來，我在這裡總算打開了名聲。」

他喜孜孜地說著，又大聲叫喚吧女過來。

「那眞是太恭喜您了。」龍雄舉杯祝賀。

「哈哈哈，您也快了。您長得那麼英俊，肯定比我更有女人緣。」他打量著龍雄，然後嘻笑道，「不過，您好像是看上了媽媽桑。」

龍雄暗自吃驚。這男子只是隨口說說，該不會有什麼複雜的意涵吧？該如何解讀這句話呢？他頓時無法判斷。

這時候，門打開了，一個人走進來。龍雄朝那方向看去，不禁吸了口冷氣。

來者居然是上崎繪津子。

2

龍雄趕緊把臉俯向櫃檯，佯裝正在喝酒。現在實在不宜與上崎繪津子碰個正著。

不久之前，他到山杉貿易公司表示要申請貸款，還佯稱山杉社長已知此事。但此時山杉喜太郎想必已回來，繪津子肯定知道他說的是謊話。因此，若在這裡被繪津子撞見，就很難自圓其說了。而且要觀察她，還得不被她發現才行。幸好繪津子沒有朝這裡走來，僅在櫃檯的最旁邊坐了下來。大家在櫃檯前坐成一排，其中還夾著三、四個客人，所以看不到彼此。

龍雄豎著耳朵傾聽繪津子說話。

「媽媽桑呢？」繪津子問吧女。

她問得非常隨意，可見得她與這家酒吧關係匪淺。

「她出去了，很快就會回來。」吧女回答道。

「是嗎，給我一杯琴酒。」

「好的。」

頭髮梳得整齊的酒保，朝繪津子報以微笑，點著頭。

「歡迎光臨！」

說完，酒保開始搖起調酒瓶。

坐在龍雄身旁的貝雷帽男子順勢探出上半身，朝繪津子打量著。

「噢，她是誰呀？」他低聲問身旁的吧女。

「是媽媽桑的朋友。」

「噢，她是其他酒店的媽媽桑嗎？」

「不，才不是呢。」

吧女只笑著搖頭，卻不想多作說明。貝雷帽男子好像接受了這種說法，一聲不吭地喝著酒。

龍雄從吧女的這番話可以得知繪津子應該與這家酒吧的老闆娘有關係，也與舟坂英明互有關係。進一步來說，就是舟坂與山杉喜太郎之間的關係。在這段期間，騙走三千萬支票的歹徒可能已經四處活動了，到底躲在什麼地方？三千萬不可能由一個人獨吞，如果酬金是兩成的話，也有六百萬；一成半的話，也有四百五十萬；而出力幫忙的同夥，至少可以分到三百萬。

龍雄認爲，拿到那麼大筆不義之財的歹徒，不可能如此低調行事，也有可能躲在舟坂的組織裡。問題是，警方根本不會緝拿他，他倒可以輕鬆自在地四處遊蕩，或許他現在正帶著女人在某溫泉旅館享樂，或是在東京都內的高級餐館、酒店縱情尋歡。

因爲這筆鉅款，關野課長留下妻子走向絕路。一邊是善良之士斷送生命，遺族痛不欲生，一邊卻暗中竊笑，四處出遊。想到這裡，龍雄不禁怒火心生，決意要把兇手揪出來，誓不甘休。

當然，這是一項艱難的工作。他勢必面臨右翼暴力組織這頭怪物，雖然惶惑不安，但絕對要撐下去。

龍雄始終認爲那個自稱堀口的騙子絕對會在這家酒吧現身。因爲紅月酒吧是舟坂和山杉這條線索的連結點，而堀口肯定會出現在這個連結點上。

「山本。」這時候，有客人這樣喊道。

「是的。」酒保堆著笑臉轉向說話者。

「你今天去過府中賽馬場了嗎？」客人一邊喝著琴酒，一邊問道。

龍雄始終側耳傾聽著。眼前的酒保笑著說，「嗯，去了一下。」

「輸了吧？」

「反正沒贏什麼錢。」酒保一邊把酒瓶裡的威士忌倒進杯子裡，一邊回答。

「眞是的，你自己說不去了，卻又去了？」

「呵呵呵。」酒保把冰塊放入杯子裡，摸摸自己的頭，尷尬地笑了笑。

「你也去賭馬嗎？」貝雷帽男子插嘴道。

酒保對著貝雷帽男子說，「您喜歡賭馬嗎？」

「我今天也去了府中。」

「噢，是嗎？結果怎麼樣？」酒保隔著櫃檯向貝雷帽男子問道。

「我贏了。」

「您買的是幾號？」

「第三場的六號和二號。」

「那是哈曼和明德錦。我沒想到哈曼居然會出場，彩金是七百五十萬圓。」

「接著，第六場的三號和五號，我買了一萬圓。」

「您看得眞準啊。我買的剛好相反，輸得很慘。那筆彩金很大呢，我記得每張彩票是八百四十圓。」

「你記得可眞清楚。」

「我就是賭這個輸的，當然不會忘記彩金。」

「你常去嗎？」

「哪能常去呢。若玩過頭，不但薪水泡湯，恐怕還得預支度日呢。」

「說的也是。像你這種帥哥根本不適合去賽馬場。」

「呵呵呵。」

貝雷帽男子說得沒錯，這名酒保看上去有點老態，年輕時可能是個英俊小生。他臉頰的鬍鬚刮得非常乾淨，但臉上仍留有早年縱情聲色的疲態。龍雄在這豪華的酒吧裡，看到這樣的面容，不由得感到莫名的感傷。

這時候，門又開了。所有吧女抬眼看著那個方向，齊口說了聲「歡迎光臨」，一個個迎了上去。

坐在貝雷帽男身旁的兩名吧女也站了起來，酒保朝那邊客氣地點頭致意。龍雄若無其事地回過頭去，一個身材高大的男子撫弄著梳理整齊的白髮，帶著一名年輕男子，正要坐在雅座。他身上的西裝非常講究，青年大概是他的隨從。

幾名吧女馬上趨前圍坐在那白髮男子身旁，看來他是這裡的座上賓。一名吧女朝櫃檯走來。

「山本先生，老師來了。」

「嗯，知道了。」

酒保默默地點點頭，從酒櫃裡取出一瓶黑色洋酒，準備調酒，一副深知來者的口味似的。

老師？龍雄不由得豎耳細聽起來。

這名老師到底是誰？在銀座後街的酒吧，經常有文化界人士出入。可是，這名白髮老紳士又不像文化界人士。龍雄心想，他一出現，吧女就以老師相稱，該不會是舟坂英明吧？但他馬上推翻這個想法，因為舟坂才四十歲左右。

令人吃驚的是，老闆娘不知什麼時候回來了，立刻坐在那名「老師」面前，而上崎繪津子也來到他們身旁。

由於龍雄與那雅座尚有段距離，沒辦法聽清楚他們的談話內容。好像在閒聊什麼，傳出陣陣笑聲。龍雄背對著他們，不能時常回頭。

貝雷帽男子依舊跟酒保聊著賭馬的事。

龍雄向酒保打了個手勢。

「是的。」

酒保暫時中斷談話，走了過來。

「你知道那位客人是誰嗎？我好像在哪裡見過。」

龍雄這麼一問，酒保只露出潔白的牙齒微笑，沒有正面回答，便返身折回，繼續跟貝雷帽男子聊談賭馬。在這種地方，酒保通常不願把常客的姓名告訴他人。

這時候，兩個走唱者走了進來。

「阿信！」雅座裡的吧女喊道。

吉他的樂聲響起，走唱者開始唱歌。龍雄才藉此機會回過頭去。

這個角度剛好可以看到「老師」的正面容貌。他滿頭白髮、臉色紅潤；坐他身旁的青年顯得清瘦；上崎繪津子坐在銀髮男子的身旁，與正對面的老闆娘聊談著；老闆娘穿著深黑色和服，背對著龍雄；吧女穿著鮮豔的衣服在其中顯得格外醒目。

唱歌的男子穿著格子襯衫、體型肥胖，手上撥彈著吉他；他身後那個高個男，則拉按著手風琴。

龍雄悠閒地欣賞這樣的表演，又恢復原來的姿勢。

那名男子到底是誰?他跟上崎繪津子很熟稔,又與這裡的老闆娘相談甚歡。可以猜想,他很可能是與舟坂及山杉這條線索相關的人。吧女以「老師」相稱,肯定他大有來頭,況且他也散發出那種氣派與威嚴。

歌聲繼續在龍雄背後響唱著,唱了一曲又一曲,全是流行歌曲。吧女歡聲地跟著唱和了起來,其他客人也目不轉睛地望著這氣氛熱鬧的雅座。

熱鬧的彈唱持續了十五分鐘左右,最後以軍歌結尾。

這時候,雅座突然語聲騷動,客人起身準備離去。龍雄朝那個方向看去,上崎繪津子站在「老師」身旁也準備離開。

龍雄急忙買單。

「噢,您要走了?」貝雷帽男子對龍雄問道。

「嗯,先走一步。」

「是嗎?那就下次見嘍。」

他伸手過來相握。其實,龍雄根本沒那閒工夫,只好無奈地與他握手。對方似乎學過劍道的樣子,手勁很強。

那名「老師」和青年以及上崎繪津子,在吧女的陪送下朝外面走去。老闆娘追上前去,在「老師」身旁說話。

龍雄頓時不知所措,下意識只想早點知道「老師」和上崎繪津子的去處。

老闆娘走出巷口，一直送他們來到車水馬龍的路上。龍雄就跟在這群人的後面。

他們三人招了輛計程車，坐了上去。老闆娘和吧女站在人行道上向他們揮手道別。

龍雄左右張望，始終沒看到空車。他感到焦急萬分。前面那輛計程車已經起程，他直盯著後面的車牌號碼 3–14362，直到那輛車消失在車流中，他仍叨唸著那組號碼。

龍雄拿出記事本，藉著擺放蛋糕的櫥窗所透出的燈光，把剛才記住的車牌號碼抄記下來。

龍雄始終沒有察覺，在離他不遠處，有個身穿白襯衫、繫黑領結的男子，正目不轉睛地盯著他的舉動。他一走動，男子迅即消失在巷弄裡。

龍雄慢慢地往前走。他在想事情的時候，走路總是這樣。今天，他的思緒一片混亂。他不知道該往哪條線索追查才好。他總覺得，只要在紅月酒吧守下去，就會等到堀口這個騙子。此外，他也想觀察舟坂英明的情婦——紅月酒吧的老闆娘。話說回來，堀口什麼時候出現不得而知，而且也不容易辨認，只能枯等下去，無法採取行動。

能讓龍雄有所行動的，只有上崎繪津子。因此她一出現，他便糊里糊塗地追上去。但仔細一想，事情未必如此，誰也不能保證堀口一定會出現在她身旁。

他逐漸失去信心，彷彿自己在爲徒勞無功的事情掙扎。

他發現另一家酒吧，於是走了進去，他很想喝杯高球，排遣胸中的苦悶。

這家酒吧又暗又小，客人也不多，一名吧女走到他身旁，但他實在不想說話。吧女無所事事地剝著下酒的糖炒栗子。

這時候，門開了，出現了兩名彈吉他的走唱者。

龍雄不由得暗自吃驚。他們就是方才在紅月酒吧的走唱者。他認出那個穿格子襯衫的肥胖男子。龍雄心想，他們專門在附近的酒吧走唱，在這裡出現也不奇怪。

有客人向他們點歌。

龍雄很想離開這裡，他付了錢，正想從狹小的通道走出去時，那個穿格子襯衫的肥胖男擋在面前，龍雄不慎撞到他的吉他。要說那肥胖的走唱者是故意擋路也不爲過，因爲他攤開兩腿站在通道中央。

吉他聲停歇下來了。

「喂，你是打算來搗亂我們做生意嗎？」穿格子襯衫的肥胖男，不由分說就揪住龍雄的衣領，如此怒斥他。

「走，到外面去！」

肥胖男說完，拉手風琴的高個男也趁勢抓住龍雄的手臂圍攻。店裡的客人和吧女站了起來，但沒有人上前阻止。他們把門打開，將龍雄拉到了外面的馬路旁。

外面已有三名男子等著，他們把龍雄圍起來，以免被行人看見。由於事發突然，龍雄只知道他們全是年輕人，沒有餘裕認出他們的長相。

他們擁著龍雄往前走。看上去還以爲他們是群普通的年輕小伙子。來到沒有人跡的巷子裡，他們開始施暴，對龍雄拳打腳踢，龍雄被打得趴在地上無法動彈。

「喂，你別在太歲頭上動土！」其中一名年輕人朝龍雄的頭上吐了口水。

龍雄知道這句話，並非因爲他不愼撞到走唱者的吉他而說的。那個貝雷帽男始終站在不遠的暗處默默看著這幕情景。

3

龍雄來到警視廳的交通課，在窗口向承辦員警詢問。

「請問，根據車牌號碼可以找出車主嗎？」

「要查一下才知道。」承辦員警看著龍雄問，「發生了什麼交通事故嗎？」

「不是，我坐上那輛車，結果東西忘了帶走。」

「是計程車嗎？」

「嗯。」

「車牌號碼？」

龍雄把昨晚抄下的號碼告訴承辦員警，員警隨即拿出簿冊翻了起來。

「那個車號是目白××車行的車子。如果有遺失物品，我們可以幫你聯絡。」承辦員警說。

「不用了，謝謝！我還搭過其他輛計程車，到底忘在哪輛車上，不是很確定，我直接去問好了。」

也許是從暗淡的建築物走出來的緣故，戶外的陽光顯得格外耀眼。路上有人乾脆脫掉外套，穿著襯衫在護城河畔漫步著。

昨天一整天，龍雄渾身疼痛得無法起床。傷勢雖不嚴重，但半張臉腫得很厲害，冰敷到昨夜，今天好不容易才消腫。由於他被按在地上痛毆，手腳擦傷，現在還隱隱作痛，腰部挨了好幾拳，痛得只能趴在床上。一身西裝沾滿泥土，襯衫被扯破，衣袖染著血跡。今天早上，還是強忍疼痛起床的。

如果說，只是因爲不小心碰到走唱者的吉他，而遭到痛毆報復的話，這未免太過火了。只是這樣的原因，不可能惹來他們的毒打。那男子故意擋在狹窄的通道上，一開始就準備找碴。

龍雄不知那個走唱者找他麻煩的原因。他覺得自己無緣無故被打，正隱伏著一種看不見的動機，而這種莫名的不安，終於化爲現實提早出現了。

那個彈吉他的男子，先在紅月酒吧駐唱。隨後，又在暗巷裡朝他吐口水，還撂下狠話「你別在太歲頭上動土！」從這兩件事來看，龍雄的直覺不無道理。他什麼也沒做，喝了高球杯後，只想離去而已，跟一般客人沒有兩樣。難不成他的某些舉動，引起了他們的注意？

幾番思索，龍雄終於想通了。沒錯，那時候他爲了跟蹤那名「老師」和上崎繪津子，慌忙地跑了出去。也許他那時的神情很不自然，因而被別人盯上了。後來，他又藉著商店櫥窗的燈光，抄下那輛計程車的車號，光是這些舉動，就足以引起那些人的側目了。

然而，對方也露出部分眞面目了。

龍雄這樣思忖著，從這些跡象看來，這家紅月酒吧很可能是某人的巢穴，儘管現在還不知道巢穴的主人是誰。

奇妙的是，原先在心裡的不安尙未變成現實的時候，總是存在著某種恐懼。可是，前天晚上，他被圍毆之後，反而變得更有勇氣了。之前，那看不見的威脅一直讓他恐懼。

他之所以主動追查「老師」和上崎繪津子同乘的計程車，進而想探查他們的去向，正是因爲這股勇氣的湧現。

龍雄來到目白××車行，向承辦員告知計程車號後，藉口說在車上掉了東西，言明要見那名司機。

承辦員看了看出勤表，歪著腦袋說：

「那位司機姓島田，今天剛好開同輛車出勤。不過，沒聽他說撿到客人遺失的物品。」

龍雄覺得對那名司機很抱歉。

「沒關係，我也坐過其他輛計程車，記不清楚，只是來這裡問問而已。」

「既然這樣，請您到目白車站前。他在車站排班，若沒出車，應該還停在那裡。」

龍雄朝目白車站走去。

剛好碰上空閒的時候，車站前依序停放著五輛沒有載客的計程車。在悶熱的陽光下，龍雄見過的那輛車號 3–14362 的計程車，正排在正中間。

司機躺在座位上讀著週刊。

「您是島田先生嗎？」

龍雄出聲問道，司機急忙坐了起來。

「是的。」

「冒昧向您打聽一下。您昨天晚上九點左右，在銀座的××堂前載過一對男女客人吧？」

司機露出驚訝的表情，拚命搜索記憶。

「啊，男的是位年長的紳士，女的是位年輕漂亮的小姐，是吧？」

「沒錯。您還記得他們在哪裡下車嗎？其實，我是女方的家人，她從前天晚上就沒回家，我們正在找她。」

「那女的在有樂町車站下車後，馬上往票口走去了。」

「有樂町？」

看來繪津子是直接坐國營鐵路回去的。

「他們在車上的情況怎樣？比方說，看起來是不是很親密？」

「這個嘛……」司機歪著腦袋說，「我沒有特別注意。因爲從上車到有樂町只有三分鐘的路程。」

司機說得有道理。

「那位男客在什麼地方下車？」

「三宅坂。議員宿舍前面。」

「議員宿舍……」

頓時，龍雄腦海中閃過一個念頭。所謂「老師」，不就是指議員嗎？沒錯，難怪他們稱他爲「老師」了。

龍雄告辭之前，硬塞了兩百圓給島田，然後在車站買了張往有樂町的車票。

他在電車內抓著吊環，隨意瀏覽窗外飛掠而過的風景。樹上已冒出新綠，屋頂上飄揚著鯉魚旗，飄動的白雲偶爾遮住陽光。

龍雄茫然地眺望窗外的景致，其實內心非常焦急。

那個議員肯定是岩尾輝輔。這起詐騙案發生之初，他的名片就出現在R信用合作社，而且詐欺犯還拿著這張名片向銀行借來會客室做爲行騙的場所。

看來這件事非得告訴田村不可。

龍雄在有樂町站下車，直至來到報社大門，還一直思索著這件事。

在報社這間簡陋的會客室裡，龍雄一見到田村滿吉便說：

「我又要麻煩你了。能讓我看看岩尾輝輔議員的照片嗎？」

「怎麼，又是爲了上次那件事？」

動輒滿身大汗的田村，只穿著一件襯衫，額上已冒出汗珠。他眼神銳利地打量著龍雄，彷彿在說，你多少也露點口風吧！

「其實我也想找你商量。不過，你先讓我看看岩尾議員的照片吧。」

田村了解龍雄的意思後，連忙從椅子上跳起來，跑了出去。不到十分鐘便折回來，把三、四張照片往桌上一丟。

「我們報社保存的只有這幾張。」

龍雄立刻拿起一張，果眞是在紅月酒吧見到的那位「老師」。這幾張照片，無論是從側面、人群簇擁中，或在演講時拍攝的面容，無不證明他就是岩尾議員。

「我知道了，謝謝！」

龍雄把照片放回桌上，果眞如他料想的那樣。

「你知道，我可是被蒙在鼓裡呢。」田村說，「我查過這名平凡議員的面貌，他跟你最近提的舟坂有什麼牽扯嗎？你別再賣關子了。如果你願意講，我不會讓它見報。要不要我幫你？我不知道你要做什麼，但是我覺得憑你這樣的外行人，實在弄不出什麼名堂來。」

田村抽著菸，細瞇的眼裡閃著銳光。

經田村這麼一說，龍雄有些動搖了。田村說得沒錯。剛開始，他僅憑個人的努力和衝勁去追查這起事件，後來慢慢知道這背後並非只是單純的詐騙案，可能另有更深的內幕時，不由得躊躇不前了。直到現在，他覺得自己似乎在原地兜轉。

田村願意出手協助固然令他欣喜，問題是，這樣勢必得說出公司被騙的醜聞。這就是他難以啓齒的苦衷。

「你若覺得不妥，我不會把它報導出去。這樣的保證還不行嗎？」

田村直盯著龍雄，那眼神洋溢著誇耀，彷彿在說，你看，連要弄到這議員的照片，都得靠我幫忙吧。——不會讓它見報，這是龍雄所能容忍的底線，他終於決定妥協了。

「其實，這涉及到公司的機密。」龍雄劈頭說道。

「我猜得沒錯。」

「你絕對不能報導出來。」

「好。」田村使勁地點點頭。

「我們公司不想張揚，可是我無法坐視不管，我的恩人就是爲了這件事自殺的！」

「咦？」

田村探出上半身，額上的汗珠益發油亮了。

龍雄開始說起事件的詳細經過，田村時而雙手環胸，或托著臉頰，時而咬著手指，一副興趣盎然的表情。龍雄說完後，他翕動著鼻子，嘆了口氣。

「眞有意思。」他激動地說，「這種被詐騙集團騙走支票的公司行號，在東京並不稀奇。據說有些公司被騙的金額還多達一億圓。不過他們跟你們公司一樣，都沒有向警方報案，所以實際案情不得而知。爲此，我們社會組的組長還說，哪天要推出特輯介紹。」

田村看著龍雄說：

「放心啦，我會信守承諾的。不過像你們公司被詐騙集團騙走的資金，居然有右翼組織在幕後操盤，的確令人匪夷所思。好吧，我就好人做到底。」

報社的採訪車沿著護城河奔馳著，皇宮前停著幾輛外地來的遊覽車，遊客正陸續下車。

「我打了電話給岩尾議員，他馬上答應會面。一個沒什麼權勢的議員，聽說有記者要拜訪自然樂不可支。他說，等議會結束以後，會到T飯店參加聯誼會，叫我們過去那裡。」

上車之前，田村已經這樣告訴過龍雄。

田村提議，因爲岩尾議員的名片出現在R信用合作社，見到岩尾之後，就要詢問他這件事。

「我這樣詢問是另有用意的，岩尾議員本身也有可疑之處，我們就看看他有什麼反應。」

龍雄覺得田村不愧是出色的新聞記者，做出這樣的提議。然而，岩尾到底是什麼人物？

「他是長野縣選出來的議員，當選過一屆，背後的老大是某氏。既然他跟那個老大有關係，由此不難想像，他很可能透過舟坂這條線，跟右翼組織有所接觸。」

在採訪車前往飯店的途中，田村滿吉提到這些事。

他們在飯店櫃檯打電話，對方請他們在大廳等候。

他們沒有等很久，一個體型高大、白髮梳整光潔的男子，裝腔作勢地朝大廳走了進來。他果眞是龍雄在紅月酒吧見到的那個「老師」。

田村拿著自己的名片，迅速地走上前去。

「您是岩尾議員嗎？」

「是的。」

由於他身材高大，像是由上而下俯瞰著矮胖的田村似的，嘴角刻意掛著微笑。

「恕我冒昧這樣提問，上上個月的月底，有人利用R信用合作社做掩護，騙走了某公司的鉅額支票。這些人組成的詐騙集團，讓該公司蒙受了巨大的損失。」

岩尾議員臉上的微笑消失了。站在一旁的龍雄怕稍有閃失，始終盯著岩尾不放。

「而且對方還亮出您的名片，請問您知道這件事嗎？」

「不知道！」議員表情僵硬，不悅地回答。

「所以這應該是那批人拿了您的名片，在外頭胡作非爲。您有沒有這方面的線索？」田村追問。

「你說有事來訪，就爲了這件事嗎？」

岩尾議員的臉色漲紅了。

「是的。」

「我每天跟人見面都會發出幾十張名片。我可不是帝銀事件（**註**）的那個松井，每張名片給了誰，我哪可能記得。」

岩尾議員瞪了田村一眼，怒氣沖沖地轉過粗獷的身軀，邁開大步離去了。他剛才進來時那種神氣活現的模樣，已消失不見了，只聽見紅毯上傳來慌亂急促的腳步聲。

「看來他也有牽連呢。」田村目送岩尾議員離去，露出冷笑說道。

龍雄也有同感。不論是現在看到議員臉上的表情變化，或是昨夜在紅月酒吧發生的事，這份直覺絕對不會錯。

然而，當龍雄和田村從飯店大門走向陽光燦爛的戶外時，他突然駐足不前了。

假如岩尾議員牽涉其中，那麼，剛才會面的事，他豈不是會告知其他同夥嗎？

註——一九四八年一月二十六日，在東京帝國銀行椎名町分行發生了歹徒毒殺十二人，搶走十六萬圓的搶案。同年八月二十一日，嫌犯平澤貞通被捕。

4 CHAPTER — 第四章

殺人犯

1

十二點三十分下行的「鴿子號」特快列車，即將從東京車站發車。

專務將搭乘這班列車前往大阪，龍雄也來送行。個子矮小的專務，在眾人的簇擁下，顯得更矮小了。發車之前，他朗聲與送行者有說有笑，但看起來總有一股落寞淒然。

這次專務是被調到大阪當分公司經理。確切地說，他被降級了，顯然是公司要他負起被騙走三千萬支票的責任所做的處分。

不用說，來送行的都是昭和電器製造公司的職員。在這種場合，送行者沒什麼精神。他們故作若無其事，客氣地望著當事人。其中，當然不乏幸災樂禍的眼神，即使笑聲高揚，仍顯得虛假做作。龍雄始終站在送行者的後面，沒機會與專務交談。他覺得與其在眾人面前公式地寒暄，不如遠遠地站在後面，默默地為專務送行。

列車開動了。送行者紛紛揮手，專務探出車窗，也向大家揮舞著手，他的身影逐漸後退。當他看到龍雄站在眾人後面時，愣了一下，隨即朝龍雄用力揮手，龍雄也使勁揮手回應。離別的愁緒就像狂風般吹了起來。

直到只看到車尾的紅燈時，送行者才逐漸散去，月台上瀰漫著離愁的餘緒，他們三五成群，慵懶地朝出口的樓梯走去。

龍雄打算今晚寫妥辭呈。休假的期限已過，他能夠延假至今，多虧專務的支持，專務總是對他關照有加。

雖然龍雄憑著無比的衝勁追查這起事件，但直到現在還沒掌握到具體線索，宛如徒勞無功地在原地踏步。他不知何時才會露出曙光。不過，事到如今，他不能這樣輕言放棄。他之所以考慮辭職，正是爲了有更多時間追查下去。無論天涯海角，他都要把那個躲在暗處逼使善良的人走向絕路的壞蛋揪出來。這樣做似乎有點固執，但他絕不容許那爲非作歹的惡棍在大街上招搖。專務的身影從他的視線中悄然消失後，他內心的怒火更加旺燃。

龍雄認爲三餐問題總有辦法解決。在這種時候，幸好自己沒有家累，靠退職金維持一年的生活應不成問題。想到自己還年輕力壯，辭職的意念便更加堅定了。

龍雄往前走著，突然有人從後面輕戳了一下他的肩膀。一名穿著整齊、年約五十歲的男子對著他微笑，原來是公司的法律顧問瀨沼，龍雄沒能馬上認出來。瀨沼經常進出公司高層辦公室，龍雄認得他，但從未正式交談過。瀨沼如此親切拍了他的肩膀，他頓時不知如何是好，只是點頭鞠躬。

「專務終於調到西邊了。」瀨沼與龍雄並肩走著說道。

他也是來送行的。

「多謝您前來送行。」

龍雄以公司職員的身分向他點頭致謝。瀨沼也點頭回禮，然後盯著龍雄，用客套的語氣問：

「您最近好像很少在辦公室？」

「是的，我休息了一陣子。」

在旅客匆忙來去的人潮中，他們慢慢地走著。

「您身體不舒服嗎？」

「不是，我在休假。」

「噢，那就好。」

閒談剛結束，律師便冷不防地說：

「身體很要緊啊。您還年輕，危險的事情還是少碰爲妙！」

龍雄回頭看他的時候，律師放聲笑了起來。

「哈哈哈。再見嘍！」

那笑聲好像略有警告的意味。瀨沼身體微傾地從龍雄面前快步離去，那微駝的背影，眨眼間被人潮吞沒了。

龍雄覺得自己彷彿被看不見的黑手狠狠地揍了一拳。這句話意味深長，他該如何解讀？他既困惑又驚慌，來不及分析這句話，已經先有一種直覺了。

律師已經知道我的事了。

這是忠告？還是警告？

龍雄很想知道，這到底是好意？還是敵意？

仔細想來，瀨沼律師知道龍雄的行動，也沒什麼好奇怪的，或許是從專務那裡聽來的。但話說回來，他爲什麼不用平常的口氣相勸？他講得模稜兩可，眞是令人疑惑。

龍雄又想，難道這番話不方便當面講？這也有可能。這話畢竟不適合在公開場合談，律師是經過深思熟慮後才這樣講吧。

在車站的剪票口，龍雄下意識地遞上車票以後，才覺得喉嚨發乾。天氣非常悶熱，豔陽照著廣場和丸大樓，從陰暗的車站內望去，就像鑲嵌在鏡框裡的風景照。

龍雄急忙停下腳步，剛才沒注意，瀨沼律師的身影就在前方，正朝右邊拐過去。在他還沒看清楚之前，律師已經開門，悠然地走了進去。他不需看也明白，那裡就是頭等及二等車廂的候車室。

龍雄不由得驚慌了起來。這純粹是巧合嗎？

發生那起詐騙案的前夜，他和關野課長到過那裡。課長說要在那裡與人見面，對方就是在那裡拉開詐騙的序幕，最後把課長逼上絕境的。眼下，瀨沼律師佝僂著身子，走進那間疑雲重重的候車室。

話說回來，那裡是候車室，任何人走進去都不足爲怪，也可以視爲巧合，但是從門前走過時，龍雄終究心情紛亂。他佯裝停下腳步，點了根香菸，手指顫抖不已，這表示他非常緊張。

他站了約莫兩分鐘，終於按捺不住，慢慢朝門口走去。他幾乎緊貼上去，透過玻璃門往裡面窺探。

一個身穿藍色軍服的外國人和幾個同袍，時而站著，時而坐在沙發上。這與龍雄當初和課長來此看到的光景，幾乎沒什麼不同。驀然，他暗然吃驚。

龍雄看到律師特徵明顯的身影站在那裡，而站在律師對面的男子，只能看到側臉，但他覺得好像在哪裡見過。

他沒看清楚對方的容貌，卻早已認出對方頭上的那頂帽子。原來，對方就是他在紅月酒吧巧遇的那個貝雷帽男子。

律師駝著身子，正在聽貝雷帽男子說話。

他們始終站著交談。龍雄的視線緊盯著他們不放。他突然想起那晚的黑衣女子，不也是用這樣的姿勢，隔著玻璃門窺探候車室裡的情況嗎？

當時，那女子大概也是這樣打量著候車室吧？

龍雄從經驗中得知，人的某些想法，往往出於偶然的觸發。他心中閃過一種直覺。

課長那時候已經被監視了。

這樣的推測應該沒錯。他不知眞正的原因，但腦海中依稀浮現上崎繪津子與紅月酒吧老闆娘的身影。

談話大概已經結束，律師吃力地在沙發坐下來。貝雷帽男子逕自朝這邊走來。龍雄趕緊閃開，但想到突然快走，可能引來側目，便慢慢朝月台走去，但這個舉動失敗了。

背後傳來疾步的腳步聲。

「你好。」

招呼聲就在龍雄的身後。

龍雄心想，既然行跡敗露，只好回頭望去，只見貝雷帽男子的嚴厲面孔上掛著微笑，依舊是那夜在紅月酒吧的笑臉。

「啊，你好。」龍雄不得已招呼道。

「對不起，因爲我認得你身上的這套西裝，便主動來招呼了。」

噢，是嗎？龍雄苦笑了。他老是穿同一件西裝，難怪被認出來。

「最近很少看到您，我幾乎每天晚上報到呢。」貝雷帽男子語帶打探地說，指的是到紅月酒吧。

「你常去，那很好啊。」龍雄笑著說，「像我這種低薪的上班族，可沒辦法天天去，消費太貴了。」

「是太貴了。」他附和道，「不過，正因爲常去，小姐終於願意對我送秋波了。哈哈哈，還是要砸本錢啦。」

他一笑，便露出被香菸燻黃的牙齒。龍雄始終提防著，但對方似乎沒有別的用意。

「您不想偶爾玩玩賭馬嗎？」

這話問得很唐突，龍雄馬上想起了貝雷帽男子在紅月酒吧與酒保聊談賭馬的事情。

「不，我這對這方面完全沒興趣。」

「那太遺憾了。」貝雷帽男子露出遺憾的神情，凝視著龍雄說，「我正要去府中賽馬場呢。」

他從口袋裡窸窸窣窣地掏出皺巴巴的賽馬表，然後在手上晃了晃說：

「今天下午的賽事可真有趣。怎麼樣，有沒有興趣跟我去看看？」

「不，我實在沒興趣。」

「絕對會有您感興趣的事，您就跟我去看看吧！」

貝雷帽男子執拗地說，而且故意把重點放在「有您」這個措辭上。

「其實，我還有其他事情待辦。」龍雄覺得不耐煩，便這樣拒絕道。

「是嗎？那就沒辦法了，太可惜了。」

他終於放棄了，向龍雄揮揮手，道聲再見後，便疾步地朝二號月台的樓梯走去了。

從他的身後看去，他身上的西裝是廉價貨，而且皺巴巴的。儘管如此，卻似乎很有錢的樣子。他到底是什麼來歷？他與瀨沼律師相識，這讓龍雄覺得他們之間似乎有某種串聯。

龍雄在名店街的咖啡廳落坐以後，一口氣喝掉一杯柳丁汁，喉嚨實在太渴了。他一邊茫然地聽著唱片，一邊抽著菸，腦海中閃現過千思萬念。

專務臨去時落寞的身影，至今仍在龍雄眼前流連不已。這讓他想起關野課長自殺前打電話告訴家人「暫時不回家了」的這句話。現在，他彷彿看見關野課長在奧湯河原陰暗的山林裡徘徊的身影。

龍雄心想，此刻徘徊不已的不正是自己嗎？直到現在，他掌握了多少線索？目前，僅模糊猜測騙走三千萬支票的騙徒已經把部分資金流入右翼團體的戶頭裡，他也沒有掌握到眞憑實據。既然沒有確切的證據，被別人取笑自己胡思亂想也是無可奈何。

雖說山杉喜太郎、舟坂英明、上崎繪津子及紅月酒吧的老闆娘，這些他覺得涉嫌的人都已經浮出檯面，但仔細想來，也可以說它是憑空想像的。因爲，他尚未掌握到任何證據，連關鍵人物堀口這個騙子的行蹤也完全不知。

龍雄又想，這麼說來，他豈不是在追逐一個幻影嗎？不，不是這樣，他已掌握到一個具體的事證。他走出紅月酒吧不久，旋即莫名地被幾個年輕人圍毆，這證明敵人並非空穴來風。目前，儘管蒐證困難，但總不至於完全絕望，至於方向是正確的，而且對方已經露出些許跡象了。

想到這裡，龍雄倏然吃驚了起來。

當初，他和田村會見岩尾議員，曾覺得這舉動過於輕率，但現在想來未必如此。如果岩尾議員是對方的同路人，肯定會把這訊息通報給對方。其結果不正是他們露出馬腳了嗎？這就是機會，是啊，那次會面充分發揮了「實驗」的成效，這眞是妙點子，豈止不是輕率的舉動，還是意想不到的成功。他興奮得雀躍不已。

龍雄站起來，朝電話亭的方向走去。他心想，說不定田村已掌握到什麼線索了？

話筒彼端馬上傳來了田村滿吉的聲音。

「你打來的眞是時候，我正想怎麼跟你聯絡。」田村聲音低沉，但聽得出非常興奮。

「怎麼，發生了什麼事？」龍雄緊張地問道。

「不，沒什麼事，可是有件事情弄明白了。」

「什麼事？不方便在電話中講的話，要不要我馬上過去？」

「不，可以講。對了，還是在電話中講吧，因爲待會兒我就得發稿了。」

「那你快說吧。」

「嗯，有關那個詐騙分子，我已經知道他們進行交易的地點了。」

「咦？在什麼地方？」

「東京車站的候車室。他們那夥人大都利用頭等、二等車廂的候車室，在那裡進行交易。這個消息非常可靠，我只要告訴你這些。喂喂，你聽清楚了嗎？喂喂……」

東京車站的頭等、二等候車室！

龍雄驚愕萬分，怔愣得忘了擱下話筒。頓時，他腦海中各種情景翻騰不已。他想到的不僅是關野課長最初去東京車站那晚的情形。

龍雄心想，課長在遺書中提到，無論是從瀨沼律師在高層會議上，極力強調不要把公司受騙一事張揚出去，以及他走出與貝雷帽男子喝酒的紅月酒吧之後，立刻遭到不明人士毆打，由此可推斷事情的端倪了。

他們兩人現在不就在那候車室裡密談著什麼嗎？

瀨沼那番話果眞是對龍雄的警告。

現在，龍雄把周圍的人全看成敵人了。

不過沒多久，他就對於自己無意間拒絕貝雷帽男子邀他到賽馬場一事，感到後悔莫及了。

2

豔陽高掛在天空，高大挺拔的喜瑪拉雅杉在樹根旁落下團團濃蔭，地面上散亂著無數紙片，人們來回踩在腳下。

貝雷帽男子來到這裡的時候，售票處已冷冷清清，檢閱場也是人影寥落。比賽似乎已經開始，貝雷帽男子慢慢地往賽馬場走去。

馬匹正在遠處奔馳。對漠不關心賽事的人而言，那奔騰的聲音彷彿不存在似的，擴音器正傳來報導賽程的熱烈情況，貝雷帽男子從下面往看台上望去。

難以計數的臉孔緊盯著奔馳的賽馬。要從那麼多張臉孔中找到他，實在不容易。貝雷帽男子雙手插在口袋裡，慢慢邁開步伐。在別人看來，他的步態過於緩慢，顯得無精打采。

突然人聲鼎沸，可說是萬頭鑽動，色彩鮮明的賽馬奔向了終點，看台上的觀眾不由得向四處湧動。

天氣晴朗，草坪上綠草如茵，白色柵欄將青草的翠綠襯托得格外醒目，遠處農家的屋頂沐浴在燦爛的陽光下。

貝雷帽男子點了根香菸，改變了行進的方向，跟在人潮後面，但眼睛不停找尋他。

售票處前擠滿了人，貝雷帽男子走進人群，雙手插在口袋，根本沒有打算買馬票，只是隨著人潮擠來擠去。之所以傾著身子，是爲了方便看清每張臉孔。

售票處的窗口很多，有的窗口很忙碌，有的很冷清。貝雷帽男子就在售票處窗口前來回走著，看起來像是正在猶豫該買哪張馬票才好。

檢閱場那邊又湧來人潮，售票處更加喧嚷。貝雷帽男子也在人群中，他尋人的目光轉得更快了。

倏然，他的視線定住某處，他始終沒有發現，原來那裡也有個售票口，那裡人潮不多，上面掛著「千圓券售票處」的牌子。

貝雷帽男子往那裡走去，等待著對方的到來，他露出確信的目光，相信對方肯定會來這裡。

聚集在售票處前的群眾逐漸散去，時間分分秒秒地流逝，正在買馬票的人顯得很慌張，售票截止前最後五分鐘的鈴聲響了。他還沒有現身。

當貝雷帽男子往賽馬場的方向走去時，突然停下了腳步。

有個男子跑了過來，身穿醒目的藍色西裝，整張臉湊近窗口，顯得非常慌張，直把手往圓形窗孔伸了進去。沒多久，把手縮回來，手裡握著六、七張紙片。

貝雷帽男子面帶微笑，朝那藍色西裝的背後戳了一下。

「噢，你來了呀。」

對方先是遲疑地看著貝雷帽男子，隨即綻出笑容說：

「您好，您也來買馬票嗎？」

「你手頭滿闊綽的嘛。」貝雷帽男子說道，彷彿算過對方手中的千圓劵馬票似的。

「沒有的事。我從一大早就輸個不停，剛才馬廄的員工透露了消息，我就趕來買這幾張，還不知會不會中呢。」

「原來如此，一定會中的。」

他們並肩朝賽馬場走去。現在，走在貝雷帽男子身旁的人，就是貝雷帽男子要找的「他」。

馬匹開始奔馳了，賽馬場風景優美，宛如綠意盎然的公園，十幾匹馬兒先是排成一排，往前奔馳衝刺，繞了一圈，又跑了回來。

他始終沒有安靜下來，最後終於急得踏起步來。這時，人聲突然像海濤般湧來。

「媽的！」

他把手中的馬票撕成碎片，丟在自己腳下，四周的觀眾都已散去，只剩下他還凝視著衝過終點、繼續小步奔跑的馬兒。

「這次又沒中嗎？」貝雷帽男子彷彿在安慰已輸掉七千圓的男子似地說道。

「都是那傢伙亂報什麼明牌，根本不準！」

他咋舌抱怨道，臉上卻沒有明顯的憤懣之色。

「你專找冷門的馬兒下注嗎？」

「倒也不是，因爲我以爲他的消息很可靠。」

他往前走去，貝雷帽男子趕緊跟了上去。

「你買了幾號？」

「三號和五號。我買了兩張殿軍和後衛，結果全輸了。」

「這樣啊。」貝雷帽男子沒說出自己的意見。

「您的手氣如何？」他問道。

「我暫時休息一下。今早開始就沒贏過，我得謹慎一點才行。」

「您很務實嘛。」

他們來到檢閱場。準備出賽的馬兒正慢慢地繞著圈子跑。

他從口袋裡拿出一張發皺的賽馬表，逐匹比對，表情非常嚴肅，鼻頭上已冒出汗珠。

「這次，您選哪一號？」他倏然問道。

「這個嘛……」貝雷帽男子掠過些許慌張的神色，「二號和四號可能會中，你沒興趣嗎？」他的語氣也沒多大把握。

「噢，您也是盡挑冷門的嘛。」他這樣說著，卻沒多大興趣的樣子。

他們又回到售票處，二號至四號只開了一個窗口，卻沒有客人上前購買，女售票員閒得把玩著手指。

百圓券售票處他連正眼都不瞧一眼，便來到千圓券售票處的窗口，旋即伸手進去。再次縮手回來時，貝雷帽男子看見他手中至少握了十張左右的馬票。

他往看台的方向走去，貝雷帽男子依舊走在他身旁。

「您買了嗎？」

「我只買了三張百圓的，可沒能像你出手那麼豪氣。」

他輕輕地冷笑了幾聲，望著奔出柵門的馬兒。

然而，比賽結果揭曉之後，他又把手中的十張馬票撕個細碎，一萬圓就像紙屑般散落在地上。

「這次又沒中了。」

他比之前更氣憤地嘖了兩聲，臉上終於露出了怒容。

「看來今天不會中了。」他舔著嘴唇，出言邀請，「我好渴，您要不要到那邊喝杯啤酒？」

販賣部裡沒有客人。

「給我們兩瓶啤酒。」

他付了錢以後，擦了根火柴，點了根菸，動作有點氣呼呼的。

「你大概輸了多少？」貝雷帽男子邊爲他斟酒邊問道。

他豎起了三根指頭。

「三萬圓？噢，損失慘重啊。」貝雷帽男子細瞇著眼睛，望著對方。

「你平時身上都帶多少錢？」

「大概五張吧。」

「五張？是五萬圓嘍？好大的數目，眞是闊綽。你的行情我們根本比不上。」貝雷帽男子感嘆地說，嘴角還殘留著啤酒泡沫。

「畢竟是你的荷包飽滿。」

「這是之前贏錢存下來的。」他嚼著豆子邊說道，「反正有贏有輸，錢就是這麼來回轉手。」

「不，是你很會買。」貝雷帽男子稱讚他。

門外已映出人群走動的身影了。

「等一下還買不買？」

「先休息一下，我得換換手氣才行。」他把杯中啤酒一飲而盡後說道。

「你說要休息一下，是指今晚不上班嗎？」

貝雷帽這樣一說，他看了一下手表。

「糟糕，已經到了這時間？看來要遲到了，我得跟店裡說一聲。」

他站起來問女服務生哪裡有電話，然後朝那個方向大步走去。貝雷帽男子目送他的背影，又爲自己斟了啤酒。

他正在打電話。這裡聽不到他的講話聲，他起先是站著說話，接著慢慢佝著身子，把話筒緊貼在耳畔，像是專心聆聽對方的交代。貝雷帽男子坐在這個位置，沒辦法看清楚他的表情。當然，這會兒發生了某些變化。

他放下話筒之後，怔愣地站了一會兒，約莫過了一分鐘，他盯著牆壁的某處，動也不動。沒多久，突然驚跳似地轉過身來，邁開大步地走回貝雷帽男子的桌旁。

貝雷帽男子打量著他，但沒看到他的表情變化。

「今晚我不去店裡了。」

說到「變化」，就在這句話裡。不過，貝雷帽男子簡單地接受這個說法。

「噢，你要休息？」

「嗯，總覺得沒心情上班。」

「提不起精神？」

「有一點。您還要買嗎？」

「買不買都無所謂。」貝雷帽語帶含糊地回答道。

「我要回去了，很想再找個地方喝兩杯。我先失陪了。」

「等我一下。」貝雷帽男子把杯子重重地放在桌上，「你不要這麼冷淡地把我丟在這裡。我也覺得沒什麼興致了，就跟你一起回去吧。」

「那就一起走吧。」

他的眼裡掠過一絲銳光，但對方只急著喝掉最後一杯酒。

「好，我們走吧。」

比賽又開始了，擴音器又傳來賽馬的戰況。售票處附近已人影稀疏。喜瑪拉雅杉的樹影已逐漸向下拉長，清潔工正在打掃地面。

他們並肩走出了賽馬場大門，朝著計程車站的方向走去。

「去新宿。」他坐上車後，對司機說道。

「新宿？你要在新宿喝嗎？」貝雷帽男子坐在一旁問道。

「在那邊喝比較自在。您去哪裡？還是去銀座嗎？」

「嗯。」貝雷帽男子回答得不乾脆，隨即說，「算了，我也去新宿，跟你喝兩杯，怎麼樣，不介意吧？」

「嗯，當然好啊。」他眼裡的銳光消失了。

計程車在甲州街道上奔馳著，窗外的景色已逐漸披上暮色。

「您今天運氣如何？」

「你是指賽馬嗎？」貝雷帽男子反問道。

「嗯，您今天贏了嗎？」

「沒有，從早上開始就沒中過。」

「第四場次，您買了幾號？」

「第四場次……」貝雷帽男子沉吟道，「我沒什麼印象，好像是三號和五號吧。」

「三號？啊，是『日出』嗎？牠在緊要關頭不幸落敗了。」

貝雷帽男子聽他這麼一說，露出了釋然的神情。

「那匹馬在重要比賽時，都有優異的成績。之前，中山賽馬場下了雨，牠得了冠軍。那匹馬起跑得很快。五號是『峰光』吧？」

「是啊。」

「牠得了第四名，比『鷹一』落後了六匹馬的距離。以那匹馬的實力來說，牠不應該落後那麼多。您看過之前牠在府中比賽的情形嗎？」

「沒有，那次我錯過了。」

「牠跟『濱潮』僅一鼻之差。那匹馬實力不差，但受到圍擠就失常了，要看當天的狀況而定。第五場次，您買了幾號？」

「第五場次嗎？」貝雷帽男子表情顯得苦澀，「我好像買了二號。」

「二號？」

「不對，是六號。」

「是『月王』嗎？那匹馬的情況也不好。」

「對，是六號沒錯。我買了兩張六號，還有三號。」貝雷帽男子突然自信滿滿地說。

「三號是『星元』。那匹馬在第三跑道的轉角處，被其他馬擠到，沒能脫困。那匹馬有個缺點，聽說在騎訓的時候，跑得很快，到了正式比賽，就表現失常了。」

「好像是吧。」貝雷帽男子附和著，似乎沒什麼主見。

「您對賽馬很內行吧？」

「沒有啦，喜歡而已。」

他眼裡露出冷光，嘴角泛起一抹諱莫如深的冷笑。新宿的高樓大廈映入眼簾。

3

貝雷帽男子和他在新宿歌舞伎町一家賣關東煮的小店裡飲酒聊談著。

不知不覺，天色已暗了下來。店裡坐滿客人，全是下了班的公司職員和迷戀新宿燈紅酒綠的男客。

他們面前擺了海膽花枝生魚片涼拌、醋醃小菜和三小壺日本酒。

「我以爲你只喝洋酒，想不到也滿能喝日本酒的嘛。」貝雷帽邊爲他斟酒邊說道。

「您兩種酒都喝嗎？」

「嗯，日本酒比較合我的口味。今晚我們好好地喝幾杯吧。」

「好好地喝幾杯？是沒關係。」他眼睛溜轉地看著貝雷帽男子，「可是我覺得該回去了。」

「你還有事要忙嗎？」

「倒沒什麼事，總覺得心情低落。」

「你該不會像那些門外漢，賭輸了就垂頭喪氣吧。唉，再喝幾杯吧。喝醉了，我負責送你回去。你住哪裡？」

「我家嗎？」這時候，他眼裡閃過複雜的神色，「在目黑。」

「噢，目黑？在目黑的哪一邊？」

「您這樣簡直像在審問犯人。」

貝雷帽男子臉上掠過尷尬的表情。

「對不起，我是想叫車送你回去才這樣問的。我住在品川，目黑剛好順路。」

「我住在祐天寺附近。」

貝雷帽男子點點頭，不敢再繼續追問。

「若不急著走，那就再喝兩杯吧。我一個人回去，也覺得挺孤單的。今晚我來付帳。」

「不用，我身上有錢。」

後來，他們又喝了兩壺日本酒，他趁機搶先付錢，從上衣口袋掏出一疊千圓紙鈔，然後又自滿似地塞了回去。

他們走出店裡。這時候，街上行人熙來攘往，有人抱著樂器挨家挨戶到酒店走唱、有的男客勾肩搭背大聲嚷嚷，氣氛喧鬧。

「眞是熱鬧，你想回去了嗎？」貝雷帽男子問道。

「我想回去了，您不必送我回家。」他回答道。

「再喝幾杯嘛。你還沒喝醉，今晚就跟我喝個不醉不休吧。」

「我喝醉了有什麼好處？」他嘴角泛起一抹冷笑。

「先喝醉的當然是贏家。」貝雷帽男子提議道，「你是個好對手，我捨不得這樣就跟你分開。我向來喜歡續攤喝酒，再陪我喝幾杯吧。池袋那邊有家酒吧可以喝個痛快。算我回請你，我們去吧。」

貝雷帽男子似乎已經喝醉，有點執拗不休。這時候，剛好有輛未載客的計程車經過，貝雷帽男子用力攔了下來，抓住他的手便坐進了車內。

「我可不會放你走。」

從貝雷帽男子的聲音聽來，已經酩酊大醉了。

他沉默不語，手搭在貝雷帽男子的肩上，望著窗外飛掠而過的燈火，露出思索的表情。

他們在池袋西口後街連續喝了兩家之後，著實已經醉了。他臉色蒼白，走出最後一家酒吧時說，「我醉了，好想睡覺。先生，我要回去了。」

「噢，要回去了？好，我送你回家。」

貝雷帽男子又搖又拍他的背。

「您不必送了，我一個人可以回去的。」他拒絕。

「不行，你醉了。我們已經說好，我送你回去吧。」

「不用了，我一個人……」

「別再推辭了，讓我送你回去。」

「路途很遠又不方便，我可以自己回去。」

「再遠又有什麼關係，何況剛好順路，我送到你家門口。」

這時候，從轉角駛來的計程車，見到兩個酒客起了小爭執，趕緊停下來解決了他們的問題。司機單手打開車門，貝雷帽男子迅即將他推入車內。他才意外發現貝雷帽男子的力氣很大。

「去目黑。」貝雷帽男子吩咐司機。

計程車沿著環狀道路向西往回走，前頭燈像箭矢般不斷地掃過黑暗路面。十分鐘後，又開進燈火通明的新宿地區。

當計程車經過伊勢丹前的號誌燈時，始終坐在後座低著頭、像是睡著的他，猛然抬起頭來。

「停車！」他喊道。

「發生什麼事了？」貝雷帽男子坐起身子問道。

「我要在這裡下車。」

他打開車門，一隻腳正要踩到地上，貝雷帽男子也跟著坐直。

「怎麼，你不回目黑了？」

「我想在這裡喝兩杯，再見了。」

「等我啦。」

貝雷帽男子趕緊跟在他後面下了車。

「那麼，我也得奉陪才行。我們喝得很愉快，你就別嫌棄我。」

「客人，您還沒付車資！」司機向他們請款。

貝雷帽男子說了聲好，從口袋裡拿出兩張皺巴巴的百圓紙鈔，但另一隻手還抓著他的手臂。

「您這人還眞是難纏。」

他嘖舌抱怨道，貝雷帽男子不以爲意。

「別這樣說。我一喝醉，就沒辦法忍受孤單。你要去的那家酒店在哪裡？」

他沒有答話，悻悻然地逕自往前走去。貝雷帽男子緊跟在後。

「是這邊嗎？」

他穿過大街，又越過了幾條街道，儘管已經喝得酩酊大醉，走路的速度依舊很快。奇怪的是，貝雷帽男子也不服輸似地走得飛快。

他們從略顯陰暗的地方，走進了小巷裡。巷子兩旁盡是掛著燈籠招牌的店家，小酒館擠得不成樣子，全是簡陋的木板房，女人站在門口招攬客人。

「大哥！」

居然有三、四名女子小聲招呼著跑了過來。

「這地方滿有趣的。」

貝雷帽男子用力嗅著，附近瀰漫著燉煮食物的氣味和尿騷味，原來在小巷中間有間公共廁所。

他走進其中一家，貝雷帽男子當然也跟了進去。一名中年女子叼著菸，站在櫃檯後面招呼來客。這家酒館很小，坐上五、六個人就客滿了。

店裡已經有兩名客人，像是工人模樣，臉龐曬得黝黑，正喝著燒酒。原本坐在工人身旁的年輕女子，來到他身邊坐了下來。

「您要喝什麼？」

「啤酒。」他說道。

「我也是。」

貝雷帽男子說著，掏出香菸，表情嚴肅地環視店內。這間狹窄的酒館很會利用空間，廚房、櫥櫃、電視機等物品都擺得恰到好處。

「來，這是您的啤酒。」

他們接過冒著泡沫的啤酒杯。喝到剩下半杯時，他招手把年輕女子叫到身旁，在耳畔說些什麼。中年老闆娘佯裝視而不見，對貝雷帽男子說了句：

「您覺得怎麼樣？」她又爲貝雷帽男子斟了啤酒。

年輕女子咧著嘴笑，用眼睛瞟著貝雷帽男子說：

「那個朋友沒問題嗎？」

他在她手上拍了拍，年輕女子慢慢地站起來，不動聲色地從客人身後走進裡面。

「先生，」他低聲對握著酒杯的貝雷帽男子說，「我上二樓跟那個小姐『聊』一下，您要在這裡等？還是先回去？」他臉上掠過一絲冷笑。

貝雷帽男子抬頭望著天花板，似乎已經聽出這句話的意思，臉上露出困惑和迷惘的表情。

「不等喝完再去嗎？」
貝雷帽男子說道，只見他微笑以對。
「好吧，我等你。算我倒楣，事情多久可以辦完？」
「三十分鐘。」
「等你，我們一起回去吧。」
他從小椅子起身，推開門走了出去，然後側著身子沿著店縫間的夾道走到裡面，打開旁門，消失了身影。貝雷帽男子看清楚他走進裡面之後，才回到店裡。
老闆娘眼角堆著皺紋笑道：
「你要等嗎？眞是怪人。」
貝雷帽男子接過啤酒杯，問道：
「這附近都做這種生意嗎？」
「大概是吧。你可不能隨便說出去喔。」
「不會啦。我那個朋友經常來這裡光顧嗎？」
「不，他頭一次來。」
「眞的？」
「我哪會騙你呢。」老闆娘表情認眞地說。
「噢，這麼說來，他對這附近挺熟的嘛。」貝雷帽男子露出思索的眼神。

貝雷帽男子看了一下手表。他走出去才過了十分鐘，於是嚼著豆子，喝著啤酒。第二次看表，又過了二十分鐘。

「哈哈，你等得不耐煩了吧？」

「簡直太不像話了！」

貝雷帽男子知道他上樓已經過了三十分鐘，臉上開始露出焦躁的神色，突然，他用力地把酒杯摔在桌上。

「喂，妳這間店只有兩個出口吧？」

老闆娘吃驚地望著貝雷帽男子。他的目光變得銳利起來。

「是的。」老闆娘似乎已察覺到貝雷帽男子在盯梢，不由得神色驚慌地回答道。

「好，看你多有能耐。」

貝雷帽男子推倒椅子站起來，逕自衝到店內深處，迅速爬上狹窄的樓梯。

隔扇就在樓梯口。貝雷帽男子猛力敲拍著，簡陋的隔扇隨即晃動了起來。

「喂！」

裡面沒有回應。他又使勁地敲著。

「來啦。」裡面傳來了女子的應答聲。

「我要開門了！」

「請吧。」

貝雷帽男子將隔扇打開，只見花紋棉被旁邊，站著一名女子正在扣著裙頭的鈕扣，卻不見男子的身影。

「他呢？」貝雷帽男子怒問道。

「回去了。」女子抬頭看著他說道。

貝雷帽男子朝房間打量了一下。這一坪半的房間，一眼即能看清楚，那床紅色棉被幾乎佔去半個房間，小桌和人偶擱板，斜貼在牆上的電影明星玉照，另外，還掛著一件睡衣。從窗子看得見外面的紅色霓虹燈。

「他什麼時候走的？」

「剛走。」

貝雷帽跑下樓梯，想快步穿過巷子，但太狹窄沒法快跑。好不容易來到街上，左右環視了一下，但來往行人中沒有他的身影。貝雷帽原本想朝另一邊跑去，突然停下了腳步。他眼睛溜轉，似乎想到什麼事——那房間裡確實有個壁櫥。

貝雷帽男子這次慢慢往回走，側著身子走在狹巷裡。他正要從門口登上樓梯時，店內恰巧有街頭歌手，彈著吉他唱著快板曼波。客人跟著拍手，唱和了起來。

歡樂的唱和聲淹沒了上樓梯的嘎吱聲響。

貝雷帽男子登上樓梯口猛力打開隔扇。棉被依舊放在原位，裡面卻空無一人。他抬腳跨進裡面。

忽然間，有個白色物體閃過眼前，正要抽身而返時，他已經撲了過來。貝雷帽男子頓時覺得有個堅硬東西抵住了側腹。

「慢、慢著！」

貝雷帽男子驚愕地睜大眼睛。樓下的吉他彈唱和拍手聲依舊鬧哄哄。他一聲不吭，用不著多說什麼，緊緊抵著對方側腹的手槍發射了。想不到槍聲如此低沉。

槍聲剛落，貝雷帽男子的帽子飛了出去，整個身子倒在紅花棉被上，房間裡冒著硝煙。

他凝視著貝雷帽男子。倒下的男子試圖往前爬行，手腳像昆蟲的觸角般蠕動著。

樓下的吉他聲繚繞不斷，拍手聲卻停了下來，有人好像在說什麼。

他騎在痛苦爬行的貝雷帽男子身上。對方被他壓在下面，睜著驚駭而翻白的眼睛。

「他媽的！你這個臭刑警，明明不懂賭馬，還老愛找我，想找機會釣我上鉤，見鬼去吧！」

他汗流滿面，一隻手按住男子的面孔，另一隻手用槍頭硬要撬開男子的嘴巴。男子緊抿著嘴巴，拚命抵抗著。

不過，他像是操作機具似的，硬是撬開了男子的嘴巴，然後把槍口塞進男子嘴裡，陡然又開了一槍，比剛才更大聲。頓時，躺在硝煙底下的男子，嘴巴像石榴般爆裂開來，鮮血飛濺。

吉他聲戛然而止。他從樓上跑下來，迎面撞倒正欲上來探看究竟的年輕女子，便慌張地朝窄巷走去。他側身移行，就是沒法跑快，費了好大工夫，才從那裡掙脫了出來。

沒多久，群眾便鬧哄哄地議論了起來。

5 CHAPTER — 第五章

綁架

1

萩崎龍雄依稀聽到有人在喊，「萩崎先生！萩崎先生！」於是睜開了眼睛。

房東太太跪坐在棉被旁，睡衣上披著短外褂，肩膀上浴著燈光。他記得臨睡之前，確實已關掉電燈。他終於清醒了。

「萩崎先生，有人找您呢。」

在房東太太背後，露出了田村滿吉那張圓胖的臉。

「原來是你。」

龍雄看了看放在枕邊的手表，已經凌晨三點多了。

「你還眞能睡。」

肥胖的田村滿吉坐了下來，臉色潮紅，像是喝醉似的。其實不然，他額上已冒出汗珠。他情緒激動時，習慣急促地吸動鼻子，嘶嘶作響。

「這本來就是睡覺的時間。挑這時候硬闖別人家，才是你不對吧。」

房東太太見龍雄已經起床，便下樓去了。

「你這時候跑來，到底發生了什麼事？」

「這事件發生得太突然。你看這個吧，包準讓你頭腦清醒。」

田村從口袋裡拿出四摺的報紙，攤開以後，用粗短的手指敲了敲某段記述。

「這是最新的市內消息，剛印好的早報，油墨味還沒乾呢。喏，你看，在這裡。」

龍雄凝目看了起來。標題佔了四欄，比平常的標題字級來得大。

刑警出身的律師事務所職員

昨夜在新宿遭到槍殺

——四月二十五日晚間十一點五十分左右，新宿區××町××巷發生了一件離奇命案。根據警方調查指出，當天，有兩名酒客到該處的「玉江」酒吧飲酒作樂（由現年四十一歲的宇土玉江女士經營），其中一名客人登上該店二樓後，慘遭槍殺，可能涉有重嫌的另一名男子，目前已逃離現場，下落不明。

這兩名酒客分別是身穿藍色西裝的三十歲男子，以及頭戴貝雷帽的四十歲男子。他們先在該酒吧喝酒，沒多久，同行的年輕男子跟女服務生T子（十八歲）到二樓尋歡，貝雷帽男子在樓下等候，三十分鐘後，他上樓隔著隔扇叫喚年輕男子。據T子供稱，由於年輕人討厭該同伴糾纏不休，於是躲到壁櫥裡，並交代T子對其同伴謊稱「他已離去」，隨後吩咐T子可下樓去，並給了千圓謝酬。T子下樓後招呼客人之際，貝雷帽男子返回店裡，不久，二樓便傳來了槍聲。T子欲上樓查看究竟，剛好被下樓的年輕人迎面撞倒。年輕人急忙從旁邊的窄巷逃竄而去。「玉江」老闆娘登上二樓查看，赫然發現貝雷帽男子倒臥棉被上，急忙打一一〇向警方報案。

警視廳接獲通報後，旋即指派搜查一課里村課長及其矢口警備班趕往現場採集跡證。據了解，死者側腹先中了一槍，倒地之後，嘴巴又中了一彈，死狀極慘。警方從死者上衣口袋找到一張名片，印有「港區麻布××町瀨沼律師事務所職員 田丸利市」，推測爲死者本人。根據調查，他們兩人都是初次到「玉江」酒吧。目前，警視廳已在淀橋警署成立搜查本部並展開搜捕行動。據了解，瀨沼律師外出旅遊中，該辦公室值班職員說，田丸生前曾擔任刑警，約莫五年前受僱爲律師事務所職員。T子正在警署接受訊問，可能涉嫌賣春。另外，嫌犯使用的凶器疑似柯爾特手槍，法醫經解剖後已從死者體內取出子彈，目前交由鑑識課進行精密化驗。

「這則報導是趕在凌晨兩點日報最後落版之前發稿的。這天晚上，我剛好値班。當派駐警視廳的記者傳來這則消息時，我驚愕得說不出話來。說到瀨沼律師，他不正是你……你們公司的法律顧問嗎？」

是的，他是我們公司的法律顧問。龍雄並沒有馬上出聲，只是在心中喃喃自語，彷彿說給自己聽似的。此時，他睡意全消，趕緊將散漫的思想集中，專心思考一個問題。

「是那個瀨沼律師吧？」田村再次追問。

「嗯。」

戴貝雷帽的男子，龍雄心想，他曾經在紅月酒吧見過那個戴貝雷帽的男子，也在東京車站的候車室瞥見過他。啊，就是他沒錯。那時候，他正在跟瀨沼律師交頭接耳。

「我覺得這件事跟你們公司被騙走高額支票的案件不無關係。不，絕對有關係，這是我的直覺，你有沒有線索？」田村說得口沫橫飛，非常激動。

慢著！龍雄抱頭思索。在此之前，他始終把瀨沼律師當成對方的人，看來情況有點出入。如果律師事務所職員是刑警出身，那他是否受律師所託，在祕密調查支票詐騙案？而瀨沼律師肯定交託他追查什麼事。想到這裡，龍雄眼前浮現在紅月酒吧和東京車站的候車室見到的貝雷帽男子的身影。瀨沼律師和他在候車室交談，是在商量什麼？還是在聽取他的報告？

「嗯，這麼一說，也不是沒有線索。」龍雄追著自己的思路，勉強地回答。

「依我看來，瀨沼律師已經在追查那件案子了，不愧是律師本色。你尚未摸清狀況，人家早已著手展開調查，而且早先鎖定嫌犯的行蹤，指派當過刑警的職員臥底追查，結果反而被對方殺掉了。」

龍雄也同意這個觀點。沒錯，他尚在五里霧中，調查陷入困境之際，瀨沼律師已經直搗事件的核心了。這就是門外漢與專家的不同。至此，龍雄終於知道自己的能耐，無論費了多大心力，有些難關終究無法突破。

「瀨沼律師昨晚去熱海了，聽說是參加律師同業的聚會。知道這消息以後，我馬上從報社打了電話給他。」田村說。

「噢，這麼說，律師在嗎？」龍雄睜大眼睛問道。

「在，電話是他親自接的。」

「他怎麼說？」

「他說，剛才警署已打電話通知他了。田丸利市確實是他們事務所的職員，至於死者是否爲本人，必須到現場認屍才能確定。還說明早，也就是今天早上，會搭早班的火車趕回東京。」

聽完田村的轉述，龍雄直覺這事情有點蹊蹺。其實，熱海並不遠，坐計程車也趕得回來。何況事態緊急，理應十萬火急趕回處理，竟說要坐早班火車，未免太不關心了。難不成他覺得自己的職員被殺不重要嗎？

「你問過他嗎？他有沒有掌握到田丸被殺的原因？」

「當然問過。他說目前沒有任何線索。不過，他的回答已經來不及發稿了。」

龍雄心想，瀨沼律師說目前尚未掌握到命案的線索，絕對是說謊。那個刑警出身的職員是在他的命令下執行任務的。這是因爲問話的是報社記者，他怕惹來麻煩才那樣說的，他對這件事當然知情。

瀨沼律師肯定也在追查那起三千萬圓支票被騙走的案子。他是受公司委託？還是另有動機？

不管怎麼說，看來瀨沼律師已經追上與舟坂英明掛勾的右翼集團這條線索了。正因爲如此，龍雄到東京車站爲事務送行時，瀨沼律師才笑語忠告他，「您還年輕，危險的事情還是少碰爲妙。」

由此看來，瀨沼律師完全知道龍雄在做什麼，也知道這緝凶行動十分危險。

這裡有兩個解釋。既然瀨沼律師知道龍雄在做什麼，很可能是聽專務說的。果眞如此，他便是受公司委託進行調查的。

第二個解釋是，從他指派當過刑警的職員，亦即那個貝雷帽男子守在紅月酒吧這一點來看，他很可能在查探舟坂身旁的各種關係。

那個精明幹練的前刑警想方設法追捕嫌犯，把嫌犯逼得走投無路，最後反遭對方開槍射死。這是什麼原因？難道事態嚴重到非置他於死地不可嗎？

田村見龍雄陷入苦思，張開厚厚的嘴唇說：

「等天一亮，瀨沼律師就回東京了。他要到搜查本部那裡認屍，可能會說些什麼。他的證詞很有參考價值，應該有助破案。總之，這是一樁凶殺案，警視廳應該會全力緝凶。」

「可是對方爲什麼要殺人？」

「大概是被逼得走投無路吧。」

「只不過是件詐騙案，何況追查者又不是現職警察，只是律師事務所裡的職員，用不著開槍殺人吧。」龍雄說道。

「這就是關鍵所在。不管怎麼說，只要瀨沼律師肯開口，事件就會露出曙光。託你的福，我很久沒遇上這麼重大的事件了，這次我可不想讓其他同行搶先報導。」

田村這樣說著，深深地吐了一口氣，細瞇的眼裡閃著新聞記者慣有的銳光。

沒多久，田村匆忙地趕了回去。龍雄送他到門口，回到自己的房間後，一看手表，已經凌晨四點多了。他鑽進被窩裡，卻無法馬上睡著。他趴在地板上吸著菸。田村剛才坐在床旁的寬闊背影，至今還浮現在眼前。

龍雄突然想起之前跟田村會見岩尾議員的情景。在那次會面以後，岩尾議員是否已警告過自己的「同夥」？果真如此的話，對方也許已展開某些行動了。這次行凶殺人難道是一種暗示？

慢著！龍雄閉起眼睛思索。

假定嫌犯被那個前刑警追捕，又假定他已收到同夥的「警報」，果真如此，他絕對不能被抓到。

因爲這不僅關係到他一個人，其背後的組織很可能因此曝光，甚至瓦解。所以嫌犯無論如何都不能被捕，在被逼得走投無路之際，只好反擊開槍殺人。可以這樣猜想嗎？

果眞如此，這起事件就不是計畫性的，而是意外。如果是意外，對方現在絕對非常恐慌。因爲對兇手來說，這起突發事件惹來難以收拾的麻煩。

龍雄覺得這件事很有意思，他們現在很可能正在苦思對策，忙著補救，今後又將出現新的動向。

話說回來，前刑警田丸為什麼有辦法查出那個詐欺犯？因為那個詐欺犯很可能就是騙走關野課長的支票、自稱是堀口的男子。龍雄不知道田丸是從哪裡嗅出那個「堀口」涉有重嫌的。與其說他不知道，不如說他對田丸能如此徹底追查，感佩不已。這是一個平凡的門外漢，對訓練有素的專業人士的讚嘆，相比之下，他感到自慚形穢。

他回想起貝雷帽男子嚴肅的表情。貝雷帽男子抱怨紅月酒吧的小姐不太理他。第二次見面的時候，他喜孜孜地說，自己終於博得酒店小姐的歡心了。他之所以裝作一臉純情地每晚報到，是因為在找什麼人吧。他跟龍雄一樣，早就知道紅月酒吧的老闆娘是舟坂英明的情婦。但他不像龍雄那樣憑感覺摸索，而是鎖定確切的目標行動。

龍雄又抽了一根菸，看著裊裊上升的青煙，腦袋裡又浮現新的念頭。

昨天，被殺的貝雷帽男子田丸，在東京車站輕輕地戳了他的肩膀說：

「要不要一起去賽馬場？會有您感興趣的事。」

他說了兩次「會有您感興趣的事」。當時，龍雄沒有多加理會，現在，終於恍然大悟。他的意思是在暗示，要讓龍雄看看他正在追查的人。

那時候真應該跟著他去。這樣就可以看到嫌犯的真面目，那個戴貝雷帽的前刑警也可以免於死劫。

龍雄心想，眞是遺憾！那時候我爲什麼沒能看出那個暗示，實在失策。

可是他談論賭馬的事，我之前已經聽過了，我好像坐在旁邊聽著，那人是誰？

龍雄陡然把菸蒂往菸灰缸裡掐熄。

「對了，那個人就是紅月酒吧的酒保！」

那天的晚報以〈新宿凶殺案〉爲題這樣報導：

——瀨沼俊三郎律師於二十六日早晨，自出差地熱海返回東京，旋即前往淀橋警署的搜查本部了解案情。經瀨沼律師證實，死者確實爲該律師事務所職員田丸利市（三十八歲），隨後接受搜查一課的里村課長詢問。然而，瀨沼律師的陳述，始終未涉及事件核心，令搜查本部頗爲失望，後來因其精神疲憊，將其飭回。搜查本部表示，日後案情需要，隨時可能再度傳喚該律師。瀨沼律師在訊問中指出，他的確委請田丸進行各項調查，但至於田丸遭殺害的原因，目前沒有任何線索。他受託進行的調查，因涉及機密不便向外界透露……

2

那天傍晚，瀨沼俊三郎律師在自家接受了三名記者採訪，他們分屬不同報社，只是先後到訪而已。

「瀨沼先生，您知道田丸先生被殺的原因嗎？」記者問道。

「我記得中午走出搜查本部時，已經向各位說明過，我完全沒有線索。」律師不悅地答道。

「遇害的田丸先生是您事務所的職員，他是負責什麼工作呢？」一名記者問道。

「我並沒有規定他做什麼工作，總之，雜七雜八的什麼都做。」

「他也受託調查案件嗎？」

「也有。」

「田丸先生以前是刑警，您是不是專門讓他調查特別的案件？」

「他雖然是刑警出身，但我們不會因爲這樣，就讓他做什麼特別調查。這是您的主觀臆測。」瀨沼不耐煩地回答。

「最近，您派給他什麼樣的調查工作？」

「恕難奉告。我有義務替委託者保密。」

「今天，您到搜查本部接受訊問時，刑警是否也這樣問起？」

「有關搜查本部的問話，我不便透露。何況這涉及商業機密，即使是警方偵訊，基於保密原則，我也不能擅自發言。首先，田丸先生爲什麼被殺，我實在想不出原因。也許是個人因素，說得極端點，也可能是喝酒引起的糾紛。」

「那不是喝酒鬧事！」一名記者怒斥道。

那名記者就是田村滿吉。田村的鼻頭已冒出了汗珠。

「根據酒館的老闆娘所言，田丸先生的確是在追查對方，這絕對與某案有關吧？」

「這只是你的猜測。」律師氣沖沖地打量著那名記者。

田村很想針對某案繼續追問，但是怕被其他記者知道，於是忍住了，只是無奈地瞪著瀨沼律師。

「看來您好像有難言之隱。」有記者故意挖苦似地說道。

「我沒什麼難言之隱，在案情未明之前，我不便多說什麼。」律師略顯怯懦地說道。

「您說『案情未明之前』是什麼意思？」有記者追問。

「這要看搜查本部的調查結果。」

「我原本認爲您坦率的陳述，有助警方釐清案情，但是總覺得您語帶保留？」

在這種場合下，田村追問得格外起勁。對方立刻有了反應。

瀨沼律師吃驚地望著滿頭大汗的田村。頓時，他眼裡射出了質疑的目光，隨即又別過臉去了。

「明天，搜查本部會傳喚您嗎？」

「沒聽說，但若有傳喚，我一定去。」

這是最後的提問，記者便離開了律師的住所。

大家對這個答覆很不滿意。有記者說，這其中必有蹊蹺，其他報社的記者也贊成這個說法。

直到後來才知道，瀨沼律師爲什麼如此膽怯。

晚間八點左右，瀨沼俊三郎律師坐上自用車，離家前往遇害的田丸利市家裡致哀。

田丸利市的住家位於大崎，從律師家到喪家住處，需要二十五分鐘車程。根據司機後來的證詞指出，律師平時在車裡多少會跟他聊上幾句，那天晚上卻一語不發。他在思考問題時，總是那副表情，所以司機也沒特別注意。

田丸利市的屍體正由檢方進行解剖，家裡的佛龕上只供著遺照。沒有棺柩的守靈夜，總顯得有些淒涼。根據了解，遺體解剖以後，旋即送去火化。

儘管如此，在狹小的田丸家裡，仍然擠滿了家屬、鄰居和親朋好友到場致哀。在弔客當中，也有死者在瀨沼律師事務所工作的同事。

瀨沼向佛龕的遺照鞠躬膜拜，然後對田丸利市瘦弱的遺孀敘說心中的懊悔與不捨。田丸的一對兒女——十六歲的長子與十一歲的么女，站在母親身旁。遺孀一面哭泣一面向丈夫的僱主瀨沼律師欠身致意。律師當場表示會盡量給予優厚的撫卹金。

律師結束致哀後，坐在參加守靈的弔客中。恰好那時候開始誦經，律師閉目聆聽。

同時，一名男子突然走近律師停在喪家門口的自用車。司機事後回憶，他只記得那個人是從田丸家走出來的，身穿黑色西裝，至於長相則記不太清楚。也許是因爲夜間，路燈太暗的關係，更何況司機也不覺得那個人行跡可疑。

「您是陪瀨沼律師來的嗎？」對方探進車窗向司機問道。

正在打瞌睡的司機聞聲後，慌忙地抬起頭回答，「是的。」

「律師交代說，他要在喪家守靈到明天早晨，您可以先把車子開回去了。」

那名男子口齒清晰，從聲調上判斷，約莫三十歲左右。

「律師還說，明天早晨他會從這裡直接到××大學的解剖室，警視廳會派車，您不必過來接他。」

司機聽完後，向男子點頭致謝，二十五分鐘後又驅車返回律師家，並將此事告訴律師家人。

瀨沼律師跪坐著聆聽誦經已經三十分鐘，這時候有人在他耳畔低聲輕喚，「瀨沼律師。」律師睜眼一看，身旁跪著一名身穿黑色西裝、左臂別著黑紗的男子。

「有件事情想跟您商量，能否請您移步到其他房間？」男子輕聲說道，語氣恭謹。

律師以爲對方是死者家屬，當下覺得有事商量，很可能是爲了談撫卹金。他點點頭站起來，跟著那名男子，悄聲地走出了狹窄的客廳。

在場的弔客都看見律師走了出去。瀨沼律師事務所的員工以爲律師離席是爲了跟死者家屬商量撫卹金事宜，而死者家屬則以爲律師是跟自家員工談事情才中途離席的。

不過，他們兩人離去之後，再也沒有回來。

過了深夜十二點，前來守靈的弔客已陸續回去，只留下至親好友，沒有人對律師的中途離席感到奇怪。

然而，還是有兩、三個人看到瀨沼律師最後的身影。他們就是田丸家的鄰居。目擊者指出，二十六日晚間，他們站在這戶喪家的門前，一邊察看情況，一邊交談。

那時候，三名男子從田丸家的後門走了出來。他們不是分別走出來，而是相互勾著手臂。若再仔細觀察，可以發現中間那個人被身旁兩名男子架著。由於天色昏暗，看不清他們的臉孔，只知道中間那個人的體型比左右兩名男子矮胖。但是這個證詞很有幫助，因爲那特徵很像瀨沼律師，又在當晚九點左右，時間上也吻合。

他們三人默默走著，坐進停在附近等候的汽車裡。車門是由司機打開的，只知道那是一輛大型轎車，看不清楚是進口車或國產車，也分辨不出車款。那輛車停在暗處，所以也看不出是自用車或包租車。那輛車二十分鐘前即已駛來，始終熄著車燈停在那裡。三人上車後，車子迅即朝國道方向疾馳而去。附近的目擊者一直以爲他們是來弔喪的客人，於是看著他們乘車離去。

由於律師留有口信，所以家人見他早上沒回家，也不覺得奇怪，以爲他直接去××大學的解剖室，之後再去事務所。

瀨沼曾經說早上十點以後會去事務所。當天，律師的家人也來電通知，因此過了十二點、下午一點，仍不見律師來上班，員工也不覺得奇怪，以爲他可能在學校裡耽擱了。

下午兩點左右，淀橋警署的搜查本部打電話到事務所，說有幾件事情想請教瀨沼律師，希望他到搜查本部一趟。這通電話引起一陣騷亂。

「瀨沼律師去××大學看田丸的解剖報告，還說之後要前往貴署。」職員說道。

「他要來警署？我們沒有找他，況且屍體已經解剖完畢，今天早上已交還家屬了。」警方說道。

「可是瀨沼律師的家人是這麼說的。」

「是嗎？那我打電話到他家裡確認一下。」

搜查本部打電話到律師家裡，聽了瀨沼太太的說法，這才知道事情原委。爲了愼重起見，他們又打電話去××大學確認，對方回說瀨沼律師根本沒過去。

換句話說，從昨晚九點起，已經有十七個小時的空白。

於是，搜查本部的成員火速趕往瀨沼律師家。聽完司機的講述之後，又直奔田丸利市家中。

「我不認識那個人，我還以爲來找瀨沼律師的是事務所職員。」田丸的妻子這樣回答，當晚出席守靈的員工說，「我們還以爲對方是家屬的親友。」

後來，警方是從當時站在後門的目擊者得知事情經過的。他們試圖透過輪胎痕跡追查，但是這四、五天來，天氣晴朗，地面乾燥，很難鑑定是何種車型的輪胎。

由此可以推測，瀨沼律師是被有計畫地強行帶走的。從目擊者看到他們走路的姿態來看，律師被兩名男子左右挾持，押進了車子裡。

搜查本部一致認爲，綁架者與田丸利市槍殺案有關。

下午三點半，搜查本部判斷瀨沼俊三郎律師是遭人強行綁架失蹤。不過本部裡有人提議，暫時不要公布消息，先進行祕密調查；但是大多數成員認爲，應該見諸報端，以期目擊者提供情報，於是向各報社記者發布消息時，已經是下午四點了。

當然，這則消息來不及登在晚報上。那時候，龍雄正在昭和電器製造公司。

會計課長已由其他部門的課長接任。龍雄將寫好的辭呈放在信封裡，遞到新任課長面前。

「這是怎麼回事？」課長把信封裡的辭呈抽出一半，吃驚地問。

「辭呈。」龍雄點頭說道。

「爲什麼？」課長見旁邊尙有其他課員，低聲問道。

「我最近身體不好。擔心休息太久，會影響公司業務，所以想辭掉工作。」

龍雄說完後，課長便湊過來說：

「你休息的理由，我已經聽社長大致提過了。其實，社長爲關野先生自殺一事，感到很難過，還說那天不該那樣大聲責斥他，爲此每晚都睡不好。」

龍雄初次聽到這樣的說法，但認爲課長講的有道理。

「現在社長不在，總之，這個就暫時先放在我這裡。」課長把辭呈放在抽屜深處說道。

「那就麻煩您了。」

「啊，等正式決定後，你再來整理桌子吧。」

龍雄苦笑地點點頭。今天也許是他來公司的最後一天，想到這裡，彷彿看到什麼都覺得新鮮，不由得感慨萬端了起來。

「嗨，近況如何？」

「身體好嗎？」

不知內情的同事看到龍雄，紛紛拍了拍他的肩膀招呼道。因爲龍雄請長假，表面上的理由是「養病休息」。

龍雄心裡突然掠過些許莫名的感傷，於是邁開大步朝門口走去。

如果公司不准他再繼續請假，那只好辭職了。他也想過目前若辭去這份難得的差事，不但可惜，甚至有些愚蠢。然而，爲了那個燃燒的信念，他絕不能退縮。他覺得自己還很年輕，就算一生中做了這樣的蠢事，也是值得的。

黃昏籠罩著銀座，霓虹燈閃閃發光。

龍雄佇立了片刻，眺望著往來人群，然後穿越街道，步履緩慢地朝座落在小巷裡的紅月酒吧走去。剛才那種落寞感已逐漸淡去，心裡因爲某種期待而亢奮了起來。

3

萩崎龍雄推開紅月酒吧的門，走了進去。跟往常不同，這次來得比較早，客人不多，香菸的煙霧也沒有平常那麼濃烈。

「歡迎光臨！」吧女招呼道。

其中一名吧女迎了上來，說道：

「好久不見了。」

這個五官平板的吧女似乎還記得龍雄。

「請這邊坐。」

吧女帶著龍雄來到空著的雅座。幸虧來得早，座位也有空，三、四個吧女隨即坐了過來。

「先生，您要喝什麼？」

「給我一杯高球。」

「好的。」

龍雄拿起濕手巾擦臉，若無其事地望向櫃檯，有兩個身穿白色制服的男子在櫃檯裡走動。其中一個年輕人以前見過，另一個像是新來的。

不對，不是他，酒保已經換人了。眼前這個年約四十歲、體型肥胖的眼鏡男，正傾著手搖晃銀色雪克杯。他不是之前那個酒保，原先那個酒保三十多歲，臉型較長，與貝雷帽男子交談時，總是不經意地露出銳利的目光。

我猜得沒錯！

疑。

龍雄不禁心跳加速。

「先生，您好久沒來捧場了。」五官平板的吧女說道。

「是啊，妳們生意還不錯吧？」

這個肥胖的中年酒保應該是新來的，之前那個大概辭職不幹了。

到底要不要問這個問題？龍雄頗爲猶豫，他覺得剛坐下來就問這種問題，可能會引來猜疑。

「託您的福，待會兒就高朋滿座了。」

「那很好啊！」

龍雄環視四周，沒有看見老闆娘的身影。

「媽媽桑呢？」

「她馬上回來，您多坐一下嘛。」

馬上回來？難道是外出嗎？她去什麼地方？龍雄這樣忖想著。接著，他直接問道：

「你們店裡偶爾也換新的酒保嗎？」

龍雄看向櫃檯說著，表面上裝著若無其事，其實緊張得口乾舌燥，猛吞口水。

「嗯，之前那個離職了。」吧女回答得很乾脆。

「咦？什麼時候走的？」龍雄問得有點激動。

「大概是兩天前吧。他請了假，後來就不幹了。」

兩天前。龍雄在心中盤算著，正好是在東京車站看到貝雷帽男子的那天，當天他就遇害身亡了。

「他爲什麼不做了？」

「不知道呢，您跟山本先生很熟嗎？」

沒錯。他果眞姓山本，不是堀口，肯定使用了許多化名。

「我跟他不太熟，不過他待人很親切。他現在在什麼地方上班？」

「我不太清楚。可是酒保跟我們坐檯小姐一樣，常常更換酒店，也許過沒多久，就會聽說他在某家酒店替客人調酒呢。」

「原來如此。」

龍雄心想，看來這個吧女對那個酒保的了解僅止於此，最好不要深問。他喝著高球，潤了潤喉嚨。

晚上八點一過，客人開始多了起來。吧女紛紛到熟客身旁坐檯招呼，龍雄身邊只剩下一個沒什麼經驗的文靜吧女坐陪。

這時候最適合思考。

龍雄直覺那個姓山本的酒保應該就是殺死貝雷帽男子的兇手，同時也是那個化名堀口的詐欺犯。詐騙支票是他的本行，酒保只是僞裝。不，也許酒保是他的本行，後來慢慢淪落爲詐欺犯。他肯定深諳精巧的詐術，但在他背後操縱的，可能是更厲害的角色。

客人越來越多，龍雄自覺不能乾坐下去，便站了起來。腦袋還在思索。

走出酒吧，在這條小巷尋逛酒店的人影增多了起來。

走到車水馬龍的街上，一輛計程車吱地一聲停在龍雄面前，他隨意抬眼一看，一名女子下車，讓他眼睛爲之一亮，他趕緊閃身躲到一旁。

那名女子竟然是上崎繪津子。她站在車門外好像正在等候司機找零，司機東找西摸，讓她足足站了一分鐘。

各式各樣的街燈，映照著她的側臉。臉上的輪廓在明暗的襯托下，有一種立體感，顯得非常美麗，而且身材姣好，體態勻稱有致。龍雄這時才發現她是多麼美麗誘人。頓時，心兒怦怦跳了起來。

繪津子疾步朝小巷裡的紅月酒吧走去。

計程車還停在原地，司機正在塡寫載客日程表。龍雄突然想到什麼似的，快步地走到車旁。

司機抬起頭來，急忙打開車門。

「先生要去哪裡？」

「青山。」

龍雄隨便說了個去處。

車子開動了。從日比谷經過國會大廈旁，行駛在陰暗的馬路上，龍雄偷偷打量著司機的側臉，看上去他是個老實的中年人。

「司機先生，方才那位客人是在哪裡上車的？」龍雄問道。

「那位小姐嗎？」司機望著前面回答，「她從羽田上車的。」

「羽田？是從羽田機場嗎？」

「是的，在日直航空公司前面。」

龍雄心想，繪津子大概是搭機從什麼地方回來的，可是她下車時，手上並沒有行李箱或手提行李。

「她是下機的客人嗎？」

「應該不是，可能是去送行的。因爲那時段沒有班機降落。七點三十分那班是飛往名古屋的最後班機，所以我覺得她是去送行的。」

「喔，你很了解機場的情況嘛。」

「因爲我都在機場排班。」

「這樣啊。」

上崎繪津子到底爲誰送行？名古屋、名古屋……龍雄在嘴裡叨唸著，司機以爲他在問話，於是「咦」了一聲，稍微減緩了車速。

龍雄叫司機折回有樂町，在報社前面下車，因爲他突然想到一件事。

他一邊猜想不知田村是否在報社，一邊走向報社大門。警衛在櫃檯撥打分機到編輯室詢問，編輯室的人說田村在裡面。這時候，龍雄才安心地點了根菸。

菸抽不到一半，田村滿吉便氣喘吁吁地跑下樓來，眼鏡滑落到油亮的鼻頭上。

「喲。」他拍了拍龍雄的肩膀，「你來得正是時候，我有話跟你說。」

「我也是。」龍雄推推田村說，「你馬上跟我去羽田一趟。」

「羽田？」田村睜大眼睛問道，「什麼事？去機場幹麼？」

「看樣子跟這次事件有關，詳細情形待會兒在車上再告訴你。你現在走得開嗎？」

「什麼？如果跟這件事有關，那我非去不可。我開公務車去，你等一下，我先跟同事說一聲。」

田村滿吉身上的襯衫幾乎裹不住他肥胖的身軀，走起路來，不時拉高褲腰，深怕襯衫下襬跑出來似的。

不到十分鐘，他們兩人便坐上報社的公務車。

「去羽田做什麼？」田村迫不急待地問。

「跟這次事件有關的某個人，搭乘日直航空到了名古屋。現在是九點，那班飛機是在七點三十分起飛的。」

「男的還是女的？」

「不清楚。我現在就想去羽田機場翻查旅客搭機名冊，所以需要借用你報社的名片。」

龍雄這樣說道，田村陡然嘆了口氣。

「你是怎麼知道的？」

田村這樣反問是理所當然，但龍雄無法據實以告。他無論如何就是不願意把上崎繪津子的名字講出來。可以說從這時候起，他已經下意識地包庇上崎繪津子了。

「以後我再慢慢告訴你。總之，先這樣做就是了。」

由於事發突然，龍雄當下想不出更好的理由，只能含糊帶過。田村爲此感到不滿，但沒多說什麼。

「你說跟這件事有關的人，就是殺死前刑警的嫌犯嗎？」田村直指問題核心。

「我不敢斷定，但總這麼覺得。我認爲那個兇手和支票詐欺犯是同一個人。」

龍雄這樣說的同時，眼前浮現那個紅月酒吧的酒保，不過他還不能告訴田村，必須等上一段時期。

田村露出思索的眼神，說道：

「這事好像越來越有趣了。去名古屋？名古屋會有什麼事呢？」

龍雄聽不懂田村的話。不過，他猜想可能是某人命令那男子到名古屋暫避風頭，而那個人應該就是幕後唆使男子騙走鉅額支票的人。

「對了，你不是有話要跟我說嗎？」龍雄問道。

田村迫不及待地說：

「瀨沼律師被人綁架了！」

「咦？怎麼可能？」

「你以爲我在騙你嗎？明天早報就會報導。」

從有樂町到羽田，開車足足花了三十分鐘。在路上，田村把瀨沼律師遭綁架、目前下落不明的經過詳細地說了一遍。

「你的看法如何？」田村最後問道。

「這個嘛，我覺得瀨沼律師多少知道自己手下被殺的原因。因爲是他指派那個當過刑警的職員去調查的。」龍雄雙手抱胸說道。

「調查什麼？」

「當然是調查那件支票詐騙案。剛開始，我把瀨沼律師當成他們的同路人，但顯然不是這樣。律師詳細調查之後，快要查出兇手是誰。後來，查出幕後操控者竟是舟坂英明這個右翼頭目，他的手下因此惹來殺身之禍，律師當然知道是誰幹的，因而心生恐懼。我看到那天的早報，就覺得律師的反應很奇怪。因爲突然發生那樣的事，照理說他應該連夜從熱海趕回來。」

「瀨沼律師應該很害怕吧。」

「大概是吧。他也勸過我，危險的事情還是少碰爲妙。他非常了解敵人的可怕。」

「不過對方也很怕律師，生怕他講出什麼，所以把他綁走了。」

「警視廳知道這案子與右翼集團扯上關係嗎？」

「好像還不知道。可是發生律師被綁架，他們大概嗅出些許端倪。搜查本部正忙得雞飛狗跳。」

「你明明知道，爲什麼不告訴他們？」

田村吸了吸鼻子，低聲笑了。

「我要跟警方較量一下，非贏他們不可。這案子越來越有趣了。」

田村急促的鼻息幾乎吹在龍雄的臉上。

報社的公務車經過民宅的馬路，來到寬闊而陰暗的平原上。從東京市街來到這寬闊的地帶，感覺像是開進了平原。機場那一邊，燈光微亮的建築物看起來很小，跑道上成排的燈光，好像射向天空似的。突然，車窗外吹來一陣風。

「那裡是羽田機場。」田村伸出脖子說道。

車子沿著跑道邊緣兜繞著。遠處的建築物逐漸逼近視野，景象越來越大。

在機場長長的建築物之中，最靠邊的是日直航空的辦事處。將近晚間十點，辦事處的燈光還亮著。

他們倆一下車，立刻疾步走了進去。

一長排的櫃檯上，擺著各航線的名牌。只剩一名辦事員坐在桌前，一見到他們倆，馬上站了起來。到了這時刻，果眞看不到乘客的身影了。

田村遞出自己的名片。

「請讓我看看今晚七點三十分飛往名古屋班次的乘客名冊。」

年輕辦事員拿著名片，不時打量著滿臉是汗的田村。

「您是要做報導嗎？」

「是的，請讓我們看一下。」

6 CHAPTER

第六章

專家與門外漢

1

田村說是報社採訪之用，年輕辦事員便將桌上的乘客名單拿了過來。

「搭乘七點三十分班機的乘客有這些人。」

萩崎龍雄和田村欠身查看著攤在櫃檯的乘客名單。名冊做成卡片式，上面有姓名、年齡、地址、電話號碼、通訊處等項。

「總共有多少人？」龍雄一邊數查卡片數量一邊問道。

「二十七人。總乘客數爲三十一人，但名古屋航線大都只坐到八成。」

田村拿出報社專用稿紙，用鉛筆抄起名單。姓名、年齡、地址、電話，一字不漏地快速抄下。

「有重要人士搭乘這班飛機嗎？」辦事員問。

田村一邊抄寫，一邊苦笑著。

過了二十分鐘，田村揮著汗水，終於抄寫完畢。他拿著抄下的旅客名單與龍雄研討起來。

目前尚不知那名乘客是誰。如果嫌犯是那名姓山本的酒保，年紀大約在三十歲出頭，可以從年齡方面查找，但是四十幾歲的男子也不能放過。不知道他的背後尚有多少黨羽。

繪津子絕對是爲了這班飛機的乘客送行，我是否該說說她的特徵？龍雄思忖著。

然而，田村就在面前，龍雄不想把繪津子的名字點出來。若讓田村知道，他絕不會輕易放過。不知為什麼，龍雄在許多方面刻意掩護繪津子。

另外，龍雄也認為來送行的女客很多，即使說了也是無濟於事。

「請問這班飛機的女空服員貴姓大名？」田村抬頭問道。

辦事員再次回到辦公桌查了一下，立刻走了過來。

「田中道子，二十一歲。」

田村的表情好像在說，二十一歲這句話是多餘的，只抄下了姓名。

「那位空服員什麼時候會回到這裡？」田村問道。

「明天早上。從名古屋起飛的頭班飛機，預計九點四十分抵達這裡。」

「是嗎？謝謝您的詳細說明。」

他們向辦事員道謝以後，並肩走出夜晚這間空蕩蕩的辦事處。從明亮的地方走出來，外面顯得格外黑暗，只有跑道上的燈光向夜空綻放著光芒。

坐上公務車，田村便說肚子餓了，龍雄也覺得有點餓。

「要不要找個地方吃飯？」

「嗯，到了銀座找家餐館吧。」

「不，還是在品川吃吧，品川比較近。」

龍雄心想田村居然餓成那個樣子，田村見狀接著說道：

「我要一邊吃飯一邊工作呢。」

「工作?」

「喏,就是這個。」

田村拍了拍口袋裡的稿紙。

「名冊上有電話的乘客,我要逐一查問,動作得越快越好。」

龍雄這才恍然大悟田村的用意,然後從側面打量著田村極力報導這起事件的專注神情。

車子駛到品川車站,在一家中國餐館前停了下來。

走進店裡後,田村滿吉馬上詢問一名女服務生店裡是否有電話,女服務生指著取送菜餚的長檯旁有具電話。

「最好選個不耗時的菜色。嗯,我要炒飯和肉丸。」

點餐完畢後,田村從口袋裡拿出乘客名單,一邊看資料一邊撥打電話。

「喂喂,請問是××公館嗎?我是報社記者,請問今晚七點半搭機前往名古屋的××先生,是府上的哪一位?噢,是您家先生?謝謝您!不,沒什麼事,請您不必擔心。」

田村放下話筒,用鉛筆逐一在名單上做記號。接著,他把女服務生叫來。

「我還要打好幾通,等一下我會依電話通數付費。」

接著,田村按名單資料,陸續撥打電話,手指忙個不停。

不斷傳來田村說著「喂喂,某某先生嗎?」的聲音,每打完一通電話,便做一個記號。

餐點端送在自己面前，田村單手用湯匙舀著，另一隻手繼續撥打電話，始終維持雙腳打開的站姿。連女服務生看到也嚇了一跳。

龍雄暗自佩服不已，田村不愧是新聞記者，這種精神他實在比不上。

田村最後放下話筒時，盤子裡的東西也吃得一乾二淨。

「有待查明的，只有這兩處。」田村用髒污的手帕擦了擦額頭和嘴巴，指著名單說：「沒寫電話的有五個人。這兩個我明天會去查訪，其他三個人住在外縣市，只能寄限時信查詢了。」

龍雄看了看電話未明的那兩個人，他們分別是三十三歲的男子和二十七歲的女子。電話號碼、住址、姓名都對不上。

「打了電話，卻說沒這個人，看來他們是化名的。」田村說道，「不過也不能因爲這樣就斷定他們有問題，因爲有些人是搭飛機私奔的。」

田村笑了笑，拿下眼鏡，一邊擦拭一邊說：

「總之，必須把這個查出來，才能了解狀況。」

「住在外縣市的那幾個人，只好那樣處理了。」龍雄說道，「沒有電話的乘客，明天可以查得完吧？」

「沒問題。中午過後就能查完。開報社的公務車方便多了。」

「接下來怎麼做？」

「去羽田，找那個姓田中的空服員。」

「我跟你一起去吧。」

「我就知道你會跟。」田村大聲笑了出來，「我希望可以從空服員那裡打聽到一些消息。因為機上所有乘客的機票都在她手上，她應該記得乘客的姓名和面貌。我打算把做記號的乘客名單給她看，請她回想每位乘客的長相和舉動。」

龍雄不由得佩服田村的機靈。不過，龍雄手中握有田村不知道的資料，可說比他站在更有利的位置。

「真是好主意。」龍雄稱讚自己的朋友，「我陪你跑一趟吧。」

「好吧，那麼下午兩點左右，你在報社大門等我。」

兩人相約後便各自離去了。田村開著公務車回報社，龍雄則搭乘山手線電車回到自己的住處。

早晨，龍雄躺在地板上讀早報。

「瀨沼律師遭到綁架」的消息，以斗大的標題刊登出來。龍雄仔細閱讀這則新聞，內容與昨夜田村在車上說的沒有很大出入。報導說，搜查本部認為，這起綁架案與新宿凶殺案有關，將深入調查。

龍雄心想，有關紅月酒吧的酒保與右翼團體有所掛勾一事，目前尚未曝光。不知警視廳對案情已掌握到何種程度？龍雄益發覺得以自己這個菜鳥的能耐，也許警方比他掌握到更多情資。不，他們早已領先他太遠了。不過，這反而令他感到欣慰，就算他不主動通報給搜查本部，他們終究會知道的。

總之，龍雄想按照自己的方式追查案情，他已經無法收手了，即使成為大戰風車的唐吉訶德也在所不辭。

龍雄和田村約下午兩點碰面，他正在吃著遲晚的早午餐。

「萩崎先生，您的限時信。」房東太太登上樓梯把信送上來。

這是昭和電器製造公司寄來的茶色信封。龍雄把它翻過來，不禁睜大了眼睛，這是社長親自署名的信，頓時心頭掠過一股預感。

拆開一看，裡面有一封信和昨天他交給課長的辭呈。他急忙打開信。

……我已經看過你的辭呈，現暫不接受並寄還給你，你應留在公司繼續奮鬥。有關你自力查訪之事，我已聽聞轉調大阪分公司經理的前專務提起，今後我將如前專務那樣，予你方便，你就按自己的方式去做。這次瀨沼律師遭逢不幸，我們公司也難辭其咎。總之，公司特予准假三個月。今夜，我將前往北海道，請你諸多保重……

結果信的內容與他的預感剛好相反。龍雄緊握著信，怔愣了半晌，辭呈掉落在榻榻米上。

龍雄想起新任會計課長說，關野課長走向自殺之路，社長為此深感愧疚，非常後悔當初不該怒斥他，自己必須負起部分責任。

龍雄心想，社長說「今後將如前專務那樣，予你方便」，是在暗示我繼續追查嗎？從「瀨沼律師遭逢不幸，我們公司也難辭其咎」這句話來看，應該是指公司指派律師去追查這起事件。想不到原本不希望這起詐騙案張揚出去的社長，對於關野課長的自殺有了新的看法，於是也委託瀨沼律師暗中調查。結果卻導致瀨沼律師也遭綁架，現在轉而鼓勵我繼續追查吧。

龍雄心頭掠過莫名的感傷情緒。他所做的一切，是爲了情恩並重的關野課長。他爲善良的關野課長被逼上絕路，歹徒卻逍遙法外，感到忿忿不平。這絕對不是出於抽象的正義感，而是跟關野課長這個有情有義的人緊密相連的。他之所以不惜辭掉工作，也要揪出幕後眞兇，不是出於空洞的理由，而是基於這種眞實的情感。同時，這也是爲了回報被降調到大阪的前專務的提攜與厚愛。

龍雄認爲，他這樣做並不是受社長委託，既然社長如此通情達理，他倒能藉此放手去做。這次社長特別准他告假三個月，眞可說是寬大爲懷。

想到這裡，龍雄心裡不由得多了些寬慰。

龍雄於下午兩點準時來到報社大廳，但田村還沒出現。龍雄坐在候客專用的長椅上，一邊抽菸一邊等候。

過了十五分鐘，依然不見田村的身影。他猜想田村可能還在忙，便請櫃檯小姐打內線電話到田村的部門。

「田村先生出去了，什麼時候回來還不知道。」櫃檯小姐轉達說道。

龍雄心想，田村外出可能還在忙著確認沒有電話的那幾戶人家吧。不過他昨天說中午以前即可辦完，還興奮地約好今天去羽田機場，照理說應該會趕回來。龍雄打算坐在這裡繼續等他。

報社大廳進出非常頻繁，不斷有訪客上門，形形色色的什麼人都有，龍雄藉此觀察訪客的神情來打發時間。有的人穿得很正式、有的人穿著髒污的工作服、有老人也有小孩，各種年齡都有。他們是為了什麼事來這裡？他們先請櫃檯小姐打電話通知各部門，有的上樓、有的索性離開，其中不乏他看過照片的知名人物。

龍雄對女性訪客格外感興趣，有位小姐看似某家千金，一名職員下樓後，看到她揚了揚手中的紙條，便苦惱似地搔著腦袋，看來她是酒店小姐。女人剛走，男職員便交待櫃檯小姐，若她下次再來，就推說他出差。沒多久，又來了一名其貌不揚的中年婦女，趾高氣昂地走進廣告部，好像是來登廣告的。

過了四十分鐘，田村依然沒有出現。櫃檯的人來人往已經看膩，龍雄叼著菸，隨意地想起一首俳句。

春日午時分　眼前來去掠浮生

「哎，不好意思，讓你久等了。」滿身大汗的田村滿吉疾步走了進來。

「可以去了嗎？」龍雄問道。

「嗯，現在就去。剛才我忙著發一則稿子。」

田村拉著龍雄的手臂走到外面，坐上已在等候的車子。

「去羽田。」田村對司機交待後，開始擦拭汗水。

「怎麼樣，查出來了嗎？」龍雄問道，他的臉頰浴著車窗外吹進來的風。

「嗯，差不多了。還有更重要的消息呢，你知道嗎？」田村突然看著龍雄說，「搜查本部說已經找到嫌犯的行蹤了」

「咦？眞的？」

「眞的，各報社已經發布這條新聞了。」

田村從口袋裡拿出一張皺巴巴的報紙給龍雄看。

——今年四月二十五日晚間，在新宿鬧區小巷酒吧發生的凶殺案，經警方全力偵查發現，現年三十一歲，出身新潟縣，在中央區銀座西××號的紅月酒吧（業主爲梅井淳子）擔任酒保的山本一男涉有重嫌，目前警方已發布專刊全國通緝當中。據了解，歹徒犯案當晚，即離開住處不知去向。酒吧老闆娘指出，山本是一年前由同業介紹雇用的，警方正在循線調查當中。這次之所以能查出嫌犯，是因爲有目擊者向搜查本部通報，並認出被殺的前刑警田丸先生所戴的貝雷帽，同時也認識山本本人。當天，又看到他們出現在府中賽馬場。山本向來熱衷賽馬，時常出現在中山和府中賽馬場……

2

車子經過品川，沿著京濱國道疾馳而去。車速加快以後，窗外吹進來的風更強勁了。

萩崎龍雄直盯著搜查本部發布的這則消息。

「嫌犯山本一男出身新潟，在紅月酒吧（業主爲梅井淳子）擔任酒保」這段文字，在龍雄眼裡顯得格外醒目，他也是這時候才知道老闆娘名叫梅井淳子。

「怎麼了？」田村探看著龍雄問道，「難不成你也認爲嫌犯就是他嗎？」

對龍雄來說，這是個很難回答的問題。因爲在此之前，他始終瞞著田村，現在不便說什麼。可是，佯裝不知道也說不過去。

「我沒有發現是那名酒保，只是覺得他有點可疑而已。」

「你是根據老闆娘梅井淳子是舟坂英明的情婦這個傳聞來推論的嗎？」

「嗯，我聽到這個傳聞以後，時不時就去那間酒吧觀察動靜。」

「到了酒吧，你沒發現那個酒保很可疑嗎？」

「起初我沒把重點放在酒保身上，只注意上門的熟客而已。」

龍雄並沒有完全吐露實情，爲此感到苦惱。看到田村如此賣力調查，他總覺得有點愧對田村。

「看來山本這個酒保八成就是嫌犯了。」田村雙眉緊蹙，沉思似地嘟囔著。

田村說得沒錯。原先只有龍雄知道這條線索，現在警方已著手調查了。龍雄不得不佩服警方的專業能力。

「萩崎，」田村抬眼打量著龍雄，然後以詰問的語氣說，「你爲什麼認定飛往名古屋那天的日直航空班機有問題？」

這不能責怪田村。因爲龍雄昨天推說事後再細談，現在這託詞可行不通了。

「這個嘛……」

龍雄無論如何就是不想說出上崎繪津子的名字，打算爲她掩飾到最後。他倏然想起那時候老闆娘不在酒吧。

「因爲我打聽到老闆娘去羽田機場送機剛回來。」

龍雄不能說這消息是從司機那裡聽來的，而且又將上崎繪津子換成了老闆娘。這小小的謊言，讓龍雄感到忐忑不安，很不自在。

不過好心的田村卻沒有追問下去，在功名利祿的吸引下，反而高興地拍起手來。

「太好了！」他鏡片後面的那雙細眼炯炯生輝，「以此推斷，老闆娘絕對是想把山本趕到名古屋，而且在幕後下指令的就是舟坂英明。舟坂英明察覺到若把這個危險人物放在身旁，可能會引來災禍，便把他支到更遠的地方。主要是搶在警方出手前先做好萬全準備，他們比誰都清楚，這件事若處理不當，他們的組織很可能就此瓦解。」

龍雄也抱持這種看法。性情急躁的「山本」，誤以爲刑警在追捕他，情急之下殺死了對方，使得舟坂英明目前只好採取自衛手段。

「喂，在我看來，」田村語氣強烈地說，「搜查本部似乎還未發現這背後牽涉到右翼組織。儘管他們聲稱已經查出嫌犯的來歷，但只是目擊者的供述而已。看來我們的動作還比警方快得多了。」

他們走進日直航空公司的辦事處，跟昨晚不同，白天的候機室擠滿了旅客，辦事員也很多。

田村大步地朝擺著「名古屋航線」牌子的櫃檯走去。昨晚那個辦事員認得田村，綻著笑容起身走了過來。

「您好！」

「昨晚多虧您的幫忙，謝謝啊！」

「不客氣。查清楚了嗎？」

「就是爲了這件事來的。」田村說道，「我們想見田中道子小姐。」

辦事員歪著腦袋微笑地說：

「對不起，田中剛好休假。」

「咦？她休假？」田村略顯沮喪地望著辦事員。

「是啊，因爲她輪到昨晚末班的勤務。」

「這麼說，她昨晚在名居屋過夜嘍？」

「是的。名古屋的 YMCA 設有女空服員宿舍。田中搭今天最早的班機飛回羽田。中午之前的飛機檢修時間，她還在這裡，下午就回去了。她明天才會來上班。」

可沒辦法等到明天。田村往口袋裡摸了摸，急忙拿出記事本。

「我們有急事想找田中道子小姐，您方便把她的地址告訴我們嗎？」

辦事員說了聲「請稍等一下」後，回到座位翻查名冊，周遭的辦事員都朝他們投來詫異的目光。

「在這裡，港區……」

田村把辦事員所說的地址——港區芝二本榎××號，抄在記事本裡。

「謝謝！」

田村向站在身後的龍雄使了個眼色，快步地走出了辦事處。

「請往芝的方向。」田村這樣吩咐司機，哎呀了兩聲，拿出手帕擦臉。

「唉，害我們白跑一趟。」他迎著風瞇起眼睛說道。

「你找那名空服員，是要詢問乘客的長相嗎？」龍雄問道。

「當然，除此之外也沒什麼好問的。」

「你調查出眉目了嗎？」

「嗯，差不多。就是這個。」田村攤開髒污且發軟的記事本說道：

「我已打過電話查詢，今天早上又跑了一趟，結果發現有四個人登記的地址不對。前面兩個，我昨晚打電話詢問的時候，就知道情況不對。」

「原來如此。」

龍雄拿起記事本一看。

1　荒川區尾久××號　高橋慶市（33歲）

2　新宿區淀橋××號　西村好子（27歲）

3　世田谷區深澤××號　前田兼雄（31歲）

4　世田谷區深澤××號　前田正子（26歲）

「今天早上我已經到現場查過後面那兩個，根本沒有這兩個人。我猜那可能是化名。」田村說明，「不過，看了這些名字，我發現有個共通點，你知道嗎？」

「你是說這兩個男人的年齡與山本很相近嗎？」

「是啊。」田村微笑著說，「我想問問那個空服員，先把這兩人的來歷弄清楚。」

車子從品川往北駛去，進入五反田的市街。

那天早晨，東京車站的旅客服務中心，接到一通電話。

「我們是從岐阜來東京觀光的旅行團，全員共有二十三名，現在有位團員突然生了急病，需要用擔架抬他回鄉。我們預計搭乘下午一點三十分的南下快車，您們能不能提供特別照顧呢？」電話那頭這樣說。

「需要什麼樣的特別照顧呢？」站務員反問。

「比如，讓我們陪病患坐在三等的臥鋪車廂。」

「這點恐怕恕難照辦。臥鋪列車的車票在一個星期前開始預售，目前已經賣完了。請問貴團員生了什麼急病？」

「胃潰瘍。病情突然惡化，旅途上幾經波折，我們又不能把他丟在醫院不管，現在很爲難。」

站務員請對方稍等一下，他要去請示上級。

「臥鋪車廂已無空位，如果是普通車廂的話，他倒是可以躺在座位上，不過得有人在身旁照顧，怎麼樣？」

站務員說完，對方沉默了一會兒。

「情非得已，也只好這樣了。可是抬著擔架從剪票口進入，可能會影響到其他乘客，可以從其他入口抬進去嗎？」

其實用擔架抬著患病乘客進入車廂，並非沒有前例可循。

「那麼請您們從車站中央出口旁的小型行李搬運處進去吧，那裡有地下道可以直通。」站務員依照前例說道。

「是從小型行李搬運處進去嗎？」對方追問道。

「是的。上車之前，請你們派人到站務室通知一下。」

「知道了。」

雙方的通話就此結束了。下午一點三十分的南下快車，是開往佐世保的「西海號」。過了早上十一點，一個矮胖的中年男子來到了站務員室的窗口前。

「我是今天早上打電話請求用擔架搬抬病患的人。」

對方穿著土里土氣的西裝，手臂上別著「眞圓會」的臂章。

站務員出來聽完詳情以後，對方這樣說道：

「我是岐阜眞圓寺的住持，我們這次是募集信徒來東京觀光的。眞圓會是協會名稱，這次總共來了二十三人。不幸的是，有位會員在旅館裡吐血，經醫生診斷爲胃潰瘍。由於沒辦法留他在這裡住院，大家決定帶他回去。醫生說，必須盡可能讓病人保持安靜，病人目前也很虛弱，所以想用擔架抬進火車。我們知道這樣會造成您們的困擾，但還是希望給予方便。」

他看起來像是寺方僧侶，話說得相當圓融世故。

「好的，就照電話中說的，擔架從小型行李搬運處抬進去。」站務員說道，「你們是在岐阜下車吧？」確認之後，又說，「那麼，待會兒我用鐵路電話通知岐阜車站。這班車會在晚間七點五十二分抵達岐阜。」

眞圓寺的和尚向車站的妥善協助致以謝意之後，便離開了站務室。

「西海號」列車於下午一點三十分開車，約莫兩個小時前，乘客即在剪票口前大排長龍。排在最前面的二十幾名男子，紛紛別著「眞圓會」的臂章，有的蹲下來、有的坐在行李箱上等候剪票上車，這是車站常見的返鄉情景。

這一行人沒有什麼特別之處，跟一般的地方團體一樣，並沒有老弱婦孺。若沒特別觀察，根本不會引來注意。

下午一點左右，開始剪票了。這群經過漫長等待的乘客，在站務員的引導下，才得以依次登上通往月台的階梯。排在前面的乘客，多虧耐性等候，終於享有率先挑選座位的特權，而排在後面的人擔心沒位子可坐，浮躁地鑽來擠去。

眞圓會的成員因爲排在最前面，很快地在三等車廂內找到座位，悠然地坐了下來。不過，車內尚有四個空位，後來的乘客見狀，忙不迭地要坐上去時，坐在附近別著臂章的男子加以制止說：

「對不起，這位子有人坐了。」

原來藍色座位上放著一疊報紙，這表示已有人捷足先登了。而佔住這個座位的，是兩個別臂章的男子，他們一前一後地抬著沉重的擔架，正從小型行李搬運處經過地下道、朝月台這邊走來。躺在擔架上的病人，毛毯一直蓋到臉上，疲憊地緊閉雙眼。站務員走在擔架前面，引導他們走向月台。

擔架一出現在月台，三、四個從車窗眺望的乘客，迅即跑下月台幫忙。在四、五個人的搬抬下，擔架終於被抬進了車內。他們怕影響到沉睡的病人，搬抬時顯得格外小心，好不容易才把病人安放在早已佔妥的空位上。他們把氣枕塞在病人的頭頸下，毛毯依然蓋到病人鼻子上。

車長走了過來。他俯視著病人，問道：

「坐到岐阜沒問題嗎？」

回答「沒問題」的，是那個眞圓寺的中年住持。

「他已經睡著了，而且還說感覺好多了。讓您們擔心，眞是對不起，有我們在旁邊照料就行了。」

車長向他們說了句「路上多保重」之後，便又匆忙地離去了。剛開始，其他乘客對於照料病患的這夥人投以好奇的目光，隨著列車開動以後，又紛紛回到各自的天地。

如果從空間來說明時間交錯，四月二十八日下午三點四十分左右，龍雄和田村正驅車經過五反田，往空服員田中道子住家的路上；而載著這名胃潰瘍病患的南下快車「西海號」，則準時經過靜岡縣沼津車站的附近。

3

車子從二本榎的都營路面電車道駛進狹窄的市街後，司機邊兜繞邊找門牌，好不容易開到一家酒館前停了下來。

「好像就在這條小巷裡。」

司機問過酒館以後，打開車門說道。

田中道子的住家在第三棟，夾竹桃從黑色板牆上探了出來。

田村遞出報社名片之後，田中道子的母親馬上露出驚訝的表情。

「發生了什麼事？」

「不，沒事。我們想向道子小姐打聽一下某位乘客，請問她在家嗎？」

「她在，請進來吧。」

「不用了，我們站在這裡就行，馬上就要告辭。」

住宅的門口很狹窄，龍雄和田村就坐在台階上。

田中道子從屋裡走出來，是個年約二十三、四歲的短髮小姐，臉上掛著笑容，顯見平常就相當熟悉待客接物。

「您好，我就是田中道子。」她落落大方地說。

「休假時間叨擾您，非常抱歉！」

田村把眼鏡往上推了推，急忙從口袋裡拿出記事本。

「聽說您是昨天飛往名古屋末班飛機的值勤人員？」

「是的，是我值勤。」

「我們想向您打聽一下那班飛機的乘客。」

「咦？」

「您記得這兩個人嗎？」

記事本上寫著高橋慶市和前田兼雄兩個名字。

明眸大眼的田中道子朝那兩個名字瞥了一下，但目光是冷淡的。

「這兩位乘客也許坐在裡面，可是我不認識他們，所以不便說些什麼。」

「咦？您說什麼？」田村驚訝地說，「乘客的機票不是都由您統一保管嗎？」

「不，不是由我保管。」道子微笑道，「我只保管乘客名單，並沒有拿著名單逐一核對乘客身分，我只核對人數。」

「噢，這樣啊。」

田村和龍雄面面相覷。他們從未搭過飛機，所以沒有這方面的常識。田村露出沮喪的神情。

「可是您在機上總會接觸那些乘客吧？」龍雄說道。

「是的。像是機內服務的差事。比如，送點心或端茶水之類的。」

「那時候，您有沒有發現舉止怪異的男客？」

聽到舉止怪異這句話，田中不由得納悶了起來。

「這個嘛……」

「請您再回憶一下。因爲是昨晚的事，應該還有印象吧？」田村插嘴道，試圖從這名空服員口中挖探一些蛛絲馬跡。

「我沒什麼特別的印象。」田中道子思索了一下，回答道。

龍雄心想，這種問法太漫無邊際，應該更具體地縮小範圍。

「那位男客大約三十出頭，乘客裡這樣的人不多吧？」

「倒是有呢。」田中道子抬起她的明眸大眼，「那個人是什麼長相？」

「是個長臉男子，不過沒什麼特徵，很難說明。總之，長相不難看，也沒戴眼鏡。」

「穿什麼衣服？」

「我不太清楚。」

道子托腮做出極力思索的表情。三十歲出頭的男子。她拚命回憶那個座位上的乘客。

「他是從事什麼行業的人？」道子反問道。

沒錯，這種問法提供另一種方向。平常她接觸形形色色的乘客，從乘客的外表大致就能看出對方從事的行業。

「那個人在酒吧裡當酒保。」

龍雄這樣說著，道子又傾頭沉思，一副不容易做出判斷的神情。

「您有沒有發現心神不定的乘客？」

龍雄補充道，道子問道：

「他是做了什麼壞事嗎？」

「是的，其實是……」

龍雄不便說出對方是殺人犯，於是說道：

「他牽涉到某件刑案。」

這時候，道子才恍然大悟對方之所以拿報社名片來訪的眞正意圖。

「我不敢確定對方是不是坐立不安……」道子接著說，「倒是有位乘客非常在意能不能趕上火車。對了，那個人的年紀大約是三十出頭。」

龍雄和田村不約而同地看向道子。

「趕搭火車？」

「是啊，他說他想搭十點十分由名古屋站發車的那班火車。那班飛機九點半抵達小牧，他頻頻問說，飛機是否準時到達，從小牧搭巴士到名古屋車站需要多久時間？我回答說，坐巴士需要三十分鐘，他喃喃自語地說，希望能趕上那班火車，顯得很焦急不安。」

「他要坐的火車開往哪裡？」

「他沒說，我不太清楚。」

「是十點十分由名古屋發車的嗎？」龍雄確認，心想只要查閱火車時刻表即可知曉。

「除此之外，您還發現其他狀況嗎？」

「我記不太清楚了。」

他們客氣地致謝後，表示就此告辭，田中道子送他們到門口。她是位溫和親切的小姐，高䠷的身材穿上制服想必非常相襯吧。

「看來從昨天到今天上午，我辛苦訪查這些乘客的名單，到頭來終究是白忙一場。」田村坐上車後，苦笑著說。

「哪裡，一點也沒有白忙。」龍雄安慰地說，「光是發現乘客中有人使用化名，就是大功一件了。」

「不過，現在沒法追查下去了。」

「現在就要去追呢。喂，我們把車子停在書店前面。」

「說的也是。」

不到五分鐘就找到一家書店，他們把車子停妥，田村跑進書店買了一本火車時刻表回來。

「嗯，名古屋、名古屋……」田村以粗短的手指迅速翻找時刻表。

「東海道本線由名古屋發車南下的，有二十二點五分的普通列車。這班列車與晚上十點十分那班只差五分鐘，但應該不是。北上的有二十二點三十五分，這也不對。」

田村又翻到另一頁。

「關西線有開往龜山的，是二十二點整，可惜這也不對，快了十分鐘。剩下的只有中央線了。」田村又急忙翻找。

「唔，名古屋、名古屋……」

田村的手指快速移動，倏然，用手肘頂了頂龍雄。

「喂，找到了，就是這班！」

田村那污黑的指甲指著時刻表上密密麻麻的鉛字，催促龍雄細看。

「二十二點十分，普通列車。」

龍雄仔細看著時刻表，田村的鼻息都吹到他的臉上了。

「原來是這班列車，中央線。」龍雄點點頭，「可是這班車有點怪，終點站只到瑞浪。」

「是啊，這麼說，他很可能在中途下車。」

田村數算著從名古屋到瑞浪有幾站。

「總共有七站，不知道他在哪一站下車。」

龍雄笑著問道：

「你已經認定他是兇手了嗎？」

「嗯，我先假定他是兇手。」

田村這樣假設，龍雄並沒有什麼不服氣。不管怎麼說，上崎繪津子送行的那個乘客，絕對坐在那班飛機上。

可以這樣確定，那名乘客就是酒保「山本」，也就是自稱「堀口」的詐欺犯。這與田中道子所說的情況是相吻合的。

「火車在那之後沒有班次了嗎？」

龍雄這樣問著，田村的眼睛又在時刻表上搜尋了起來。

「下面只剩下兩班平快車。」

「噢，是嗎？這麼說，他勢必得坐上二十二點十分那班普通車了。」

然而，龍雄總覺得那個人之所以想趕搭那班慢車，可能另有原因。

「到底有哪七站？」

「嗯。有千種、大曾根、春日井、高藏寺、多治見、土岐津和瑞浪。」田村依次念著站名。

「名古屋的下一站或再下一站，有市區公車等交通工具，既然是坐火車，應該會選在第三站下車吧。」

「是嗎？你說的有道理。我們就集中搜查那五站，這樣也比較輕鬆。」

「你打算親自查訪嗎？」龍雄打量著神情精悍的田村。

「當然想去。我去拜託我們組長。我們報社在名古屋有分社，但這種事可不能交給那些人辦。」田村目光炯炯地說。

龍雄拿起時刻表看著那五個站名。

春日井、高藏寺、多治見、土岐津和瑞浪。他會在哪一站下車？最大的站是多治見站……

龍雄也想乘坐那條路線的火車，它們都是鄉下小站，總覺得去一趟也許可以找到些許線索。

不過他不像田村那樣意志堅定，反而有點猶豫不決。

那天晚上八點半左右，東京車站的客服員接到岐阜車站打來的電話。

「喂，您好，我是岐阜站的副站長。貴站曾來電通知，有位病人在東京站搭上三十九班次列車『西海號』……」

「是啊，辛苦您們了。他們已經平安抵達了嗎？」客服員問道。

「我們等了很久，還派了兩名站務員到月台上等候，可是沒看到病人下車。」

「咦？沒有下車？」

「是啊。下車的全是些朝氣蓬勃的乘客呢。」岐阜站副站長略顯不滿地說。

「這就奇怪了。他們明明說要在岐阜站下車的。請等一下，我回想看看。對了，您們有沒有看到一群手臂上別著眞圓會臂章的乘客下車？大概有二十三、四個人。」

「沒有啊！」

「什麼？一個也沒有？眞奇怪。他們一行人說要在岐阜站下車的，而且大家都別著臂章，就是他們用擔架把病人抬上車的。」

「確定是三十九班次嗎？」

「不會錯的。」

「總之，您說的乘客，並沒有在我們這一站上下車。我們接到您的通知後，立刻做了相關安排。」

「是嗎！讓您們多費心了，待會兒我再向該班次的列車長請教一下。」

掛斷電話後，客服員露出納悶的表情。眞是怪事！那些大聲嚷嚷要去岐阜的人，難不成變更行程在其他站下車了？坦白說，這也沒什麼大不了，但既然已聯絡岐阜站，讓對方白等一場，總需要了解一下事情的來龍去脈。

「西海號」列車即將於二十二點三十分抵達大阪，列車長要在那裡換班。

二十二點四十分，客服員打電話到大阪車站找那名列車長。

「喂，請問您是三十九班次的列車長嗎？」

「是的，我就是。」

「有位病人從東京車站坐往岐阜站，您知道這件事嗎？」

「知道。他坐在第二節車廂，從東京站起，我就特別注意了。」

「那他在岐阜站下車嗎？」

「這個嘛……」列車長沉吟了一下，說道，「火車從尾張一宮站開出時，我正要提醒他們得在下一站下車，沒想到他們已經不在了。」

「什麼？不在車上了？」

「嗯，坐在那裡的是其他乘客。」

「您知道他們在哪一站下車嗎？」

「這個我倒沒注意。」

從聲音可以猜到列車長此時正露出困惑的表情。

「當時，我還有其他工作要忙，所以沒有特別留意，而且病人又有同伴照料，我便安心多了。」

「他的同伴是否別著臂章？」

「從東京站上車時，他們的確別著臂章，過了小田原，我去查票的時候，他們全把臂章取下來了。」

「所以您不知道他們在哪一站下車？」

「我記得到濱松時，病人和那群乘客還在車上，因爲那時候我剛好在那節車廂上，但在那之後，就不清楚了。」

結果還是沒弄清楚他們的行蹤。

「眞是怪事。」

客服員嘀咕著，把這件事告訴了身旁的同事。

這時候，恰巧有個刑警閒逛經過，聽到了這段對話。那個刑警正是爲偵辦瀨沼律師綁架案，在車站執行警戒任務的。

7 CHAPTER 第七章

偵察的方向

1

當這名客服員嘟囔著遇上怪事的同時，一個刑警恰巧經過那裡，陡然抬頭問道：

「發生了什麼事？」戴著粗黑框眼鏡的刑警，眼神射出了銳光。

客服員笑著解釋，「事情是這樣的。有個地方團體到東京觀光，團員中有人生病，他們要把病人送回岐阜，請求站方准許他們用擔架把病人抬到車上。我們特別給予方便，並打電話通知岐阜站照料一下。可是剛才岐阜站來電說，沒看到那名病人下車，我們正爲這件事感到納悶。」

「沒下車？這是什麼意思？」刑警從口袋裡掏出半截香菸。

「簡單來說，他們在中途就下車了。那些人手臂上都別著臂章，可是並沒有在岐阜站下車。那時候，帶團的團長還特地來拜託我們給病人方便。爲此，我們還打電話通知岐阜站請他們多多關照，結果卻讓他們白等一場，這些外地人還眞悠哉。」

「他們是什麼樣的團體？」

「根據那個帶團的住持說，他們是用互助會的方式湊足旅費，來東京觀光的。」

「嗯，鄉下人經常用這種方式存錢。我的故鄉在九州的佐賀，那裡也時興跟會呢。那些種田的農民存了一年半載的錢，當然希望到外地痛快遊覽一番。」近視眼的刑警緬懷似地說道。也許是這段話勾起了他的懷鄉之情，因而分散了他的注意力，使得他沒有追究下去，也使得偵察進度延遲了兩天。

搜查本部認爲，新宿凶殺案的兇手和瀨沼律師的失蹤有關，決定朝這兩條線索同時進行偵察。

目前他們已鎖定特定對象，亦即在紅月酒吧擔任酒保的「山本一男」，但除此之外沒有任何進展。當初搜查本部樂觀地認爲，只要查到嫌犯的名字，接下來即可輕鬆應付，但要查出嫌犯的來歷可沒那麼容易。

有關山本如何受僱於紅月酒吧，根據老闆娘梅井淳子的說法，他是由一個名叫小野繁太郎的人介紹的。小野是個皮條客，專門在銀座和新宿的酒吧廝混，以介紹吧女和酒保給酒店，賺取仲介費爲生。

小野繁太郎今年三十二歲，原本是個舞蹈老師，如今靠拉皮條爲生，有點窮困潦倒。他臉色蒼白，卻給人出手闊綽的感覺。對於警方的訊問，他這麼回答：

「我是在一年前認識山本的，他說他老家在山形縣，對此我不甚清楚。我們是在銀座的酒吧裡認識的。有一次，他說他曾在酒吧當過酒保，找我商量幫他找份差事，我便把他介紹到紅月酒吧。至於之前他靠什麼生活，我完全不知道。總之，我們只是在酒店裡結識的酒友。山本是不是他的本姓，我也不清楚。」

酒保和酒店小姐一樣，流動性非常大，輾轉於各酒店間是常有的事。因此，紅月酒吧的老闆娘梅井淳子不清楚山本的住處以及他的生活來歷，這一點也不足爲怪。

「我是聽說他住在目黑的祐天寺附近……」梅井淳子沒什把握似地說道。

刑警們到祐天寺附近徹底查訪了一番，還是沒能查出他的住處。

「山本在我們店裡工作非常認眞，朋友幾乎很少來找他。他的嗜好只是賭馬，似乎也沒有知心的女友。」

老闆娘淳子又說，山本向來個性溫和，不可能是殺人兇手。

結果，搜查本部連「山本」的來歷也查不出來，偵察進度陷入膠著。

有關在新宿的藍線區（註）酒吧槍殺田丸利市、目前在逃的嫌犯「山本」，刑警到處打聽查訪，還是沒能找到有力的線索，搜查本部終於焦慮了起來。於是他們決定把偵察重點放在瀨沼律師的綁架案，他們認爲只要查出此案，就能找出山本這條線索了。他們提出了兩個假設：

1　瀨沼律師受託調查某件案子，便指派曾擔任刑警的職員田丸利市展開祕密調查；而射殺田丸的兇手必定與這事件有關。

2　兇手之所以槍殺田丸，完全出於偶然。綁架瀨沼律師的動機在於他們擔心該律師可能向警方供出實情。從犯案手法來看，這夥綁匪成員眾多。

那麼，瀨沼律師到底在調查什麼案子？警方訊問過瀨沼律師事務所的職員，他們都說不知情。確切地說，律師完全沒向他們提起。因而有職員這樣說：

「瀨沼律師有個習慣，每次追查重大案子時，從來不會告訴我們。田丸先生以前是某警署的刑警，是瀨沼律師把他挖角過來。由於田丸先生具有查訪案情的專才，所以經常被指派這方面的任務。」

搜查本部非常努力地要查出瀨沼律師到底在經辦什麼案子，得到的線索卻很有限。律師沒有留下任何資料，所有機密事項，他都記載在偌大的記事本上，始終帶在身上，那本記事本也隨著律師的失蹤而不見了。

總而言之，除了盡快找出瀨沼律師，沒有其他辦法了。

偵察重點放在遭綁架的瀨沼律師到底被囚禁在什麼地方，可是沒有任何線索。根據當天在附近的目擊者說，強行載走律師的車輛是大型轎車，若是這樣的話，很可能是自用車或出租車，而不是路過的計程車。問題是，目擊者的說詞有時並不可靠，尤其是事件發生在夜裡，目擊者也可能將中型車錯看成大型轎車。不用說，搜查本部全面清查了東京都內的計程車行，還是徒勞無功，無人通報當天晚上看到那輛車經過，也沒有任何可靠的線索。

有關藏匿肉票的地點，出現了兩種說法。一說是肉票被拘禁在東京都內；另一說是肉票

註—源自警察在地圖上圈藍線，指日本二次大戰後僅持有飲食店營業執照而從事賣淫的飲食街。

被帶到外縣市。剛開始，前者的說法頗具說服力，隨著時間推移，後者的說法越來越受到支持。

瀨沼律師的相貌一般人都認得。因此，搜查本部連同律師的照片共複印了三萬張，分發到全國各地，另一方面，又在東京、上野、新宿、品川等車站，派駐多名便衣警察戒備。他們認爲嫌犯暫時在東京都內潛伏，勢必會逃往外縣市。

儘管在東京都內進行的偵察行動幾近陷入瓶頸，但是搜查本部並沒有因此放棄。近年來，自從派出所在轄區巡查戶口的制度廢除以後，確實爲調查工作帶來了極大的不便。東京都內有八百萬人口，要在茫茫人海中找尋一名失蹤者，無異是大海撈針。

當然，各火車站都有警力嚴加戒備。刑警站在剪票口等處，留意每一個進出的乘客。在東京車站執行勤務的那個刑警，換班後回到了搜查本部，直到兩天以後，才跟同事聊起某地方團體來東京觀光時，有團員突然生病一事。

「什麼？你剛才說什麼，再說一遍！」走過來問這話的是坐在一旁的老刑警。

「那個來自鄉下的旅行團突然有成員生病，被其他人用擔架抬進車廂。」近視眼刑警被老刑警的氣勢洶洶給嚇到了。

「那是什麼時候的事？」

「嗯……兩天前，二十八日。」

「笨蛋！你爲什麼不早說！」老刑警怒斥他。

搜查本部打電話詢問東京車站的客服員，得知那名病人是被人用擔架抬著，經過小型行李搬運處的專用道，搭乘電梯在月台上車的，不由得緊張了起來。尤其又聽到照料病人的那群乘客，並沒有在目的地岐阜站下車，而是在中途神不知鬼不覺地消失了，頓時大爲驚慌。

被耍了！任誰都會有這種感覺。

「他們都佩戴著眞圓會的臂章嗎？」搜查本部詢問客服員。

「是的。他們說是岐阜的眞圓寺所組的旅行團，領隊是一名四十歲出頭的和尚，他還特地過來要求我們協助。」客服員回答。

「那個帶團的和尚有沒有留下地址和姓名？」

「沒有。因爲他們未滿三十人，我們不當團體客處理。」

「所以你們也不知道確切人數？」

「正確人數我不清楚，他說大概有二十三、四人。」

接著找來了那班車的列車長。

「別著臂章的人，全是三十歲左右的年輕男子。那位病人躺在雙人座的座位上，毛毯一直蓋著半張臉，看起來好像睡著了，對面有兩名年輕人照料。不知什麼緣故，過了小田原站，他們全把臂章拿了下來。直到濱松站之前，他們都還在車上。不過，從尾張一宮站發車時，我又去看了一下，那裡已經坐滿了其他乘客。那班列車原本就很擁擠，一有空位，站著的乘客馬上就會坐下。那些乘客在中途的哪一站下車，我實在不清楚。雖說我也擔心那位病人的情況，但手邊還有其他事要忙，就沒再走到那節車廂了。」列車長搔著頭說道。

後來，搜查本部打電話到岐阜查詢，不論是岐阜市區或岐阜縣內，都沒有眞圓會這個團體，最近也沒有什麼旅行團到東京觀光。這種情況，正如搜查本部的預料。

搜查本部由此判斷，綁走瀨沼律師的這夥歹徒爲數不少，光是在火車上同行的人就有二十三、四人。他們佯裝是外地來的旅行團，把律師迷暈扮成病人，避開一般剪票口，抬著擔架改走小型行李搬運處，顯然是早有預謀，又算準那裡是警戒的死角。

搜查本部詢問各車站，四月二十八日搭乘南下「西海號」列車上，持有岐阜站車票的乘客，中途有多少人下車，每站的答覆稍有差異：

靜岡站三人、濱松站兩人、豐橋站四人、刈谷站三人、名古屋站五人。總共有十七個人，尚差幾名。不過，中途下車的乘客不收票，僅憑站務員的記憶，難免有所誤差。

有關這個誤差，搜查本部得出兩個結論：

1　那個團體果眞有二十三、四名成員嗎？列車長自信地說有二十幾個，實際人數還是不確定。

2　假定那個團體眞有二十三、四個人，除了這十七名（雖然不很確定）以外，其他人又在哪一站下車？

假設是2的話，最有可能的下車處就是名古屋站。因爲在這一站下車的人很多，相當混亂，很容易脫身。回報的消息說名古屋站有五人下車，實際下車的人數應該更多。

「在名古屋站之前，有靜岡、濱松、豐橋、刈谷，他們倒是可以在這幾站下車。」搜查一課課長剛好來到搜查本部，看著表格上的資料，表情嚴肅地說道。

「看來他們是分批下車的。因爲這麼一來抵達終點站以後，比較不會引來注意。」搜查一課的主任說道。

「不，不是這個因素。」課長反駁道，「那些人這樣做是爲了返回東京。他們已事先拿下臂章，或許同時在名古屋站下車，但最可能在離東京最近的那一站下車。儘管分批下車，在小站仍會引起注意，所以早已預作準備，眞是心思縝密。」

「可是，被扮成病人的瀨沼律師又在哪裡下車了？」

「名古屋。人潮眾多容易矇混過去。」

「不過，抬著擔架……」

「你怎麼還搞不清楚，怎麼可能讓他躺在擔架上。一來麻醉藥效已經退去，二來兩個壯漢即可強行把他架走，只要逃得出東京站就沒事了。瀨沼律師在這種脅迫下，大概也不敢吭聲。」

「這麼說，用不著的擔架，應該還留在火車上吧。」

「嗯，可以去查看一下。不過，還不至於到終點站的佐世保。」

課長的這番推測，在兩天以後被證實了。有民眾通報警方，有一副裹著布的擔架被丟棄在眞鶴的海邊。這種擔架隨處都買得到，搜查本部決定從製造商方面著手調查。

搜查本部沒想到案情牽涉如此廣泛，非常驚訝，便火速派了三名刑警前往名古屋。

「律師調查的是什麼案子？是走私？還是販毒？」

「不，瀨沼律師主要是擔任公司的法律顧問，這個有待查明。會不會是處理某公司遭惡意掏空的案子？」

這時候，恰巧嫌犯「山本」的肖像畫已經繪製完成，承辦人員把那張素描拿過來。

「喔，這傢伙長得還滿英俊的。」課長說道，「可惜，長相沒什麼特徵。」

「是的。我是依照紅月酒吧的老闆娘和小姐的描述製作的，只是面貌沒有顯著特徵，繪製起來很費工。有的同事還說弄得不像。」

承辦員說著，課長用指頭敲了敲那張素描，嘖了一聲說：

「這傢伙現在會躲在什麼地方？」

2

九點左右，田村漲紅著臉來到龍雄的住處。

「喂，你沒出去呀？」

田村渾身充滿酒氣。

「噢，你心情很好嘛！」龍雄笑眼以對。

「我心情很好？」田村憤然地說著，猛地坐了下來。看得出他不怎麼高興。

「怎麼了？」龍雄問道。

「我跟我們副組長吵架了。」

「吵架？」

「嗯，他把我數落得滿頭包，我也不服氣地頂了回去，便到外面喝了幾杯，但還是怒氣未消，就來這裡找你了。」田村解開襯衫的鈕扣，露出胸膛說道。

「你為了什麼事吵架？」

「他不讓我去名古屋。我再三要求，他就是不准。」

龍雄心想，原來田村是為了這件事悶悶不樂。他想像得出，田村聽完空服員的話，極力主張到名古屋附近的中央沿線調查時的奕奕神情，現在卻遭到部門主管打回票，必然沮喪與洩氣。

「他為什麼不准你去？」

「簡直是個小氣鬼。他說，這種事交給名古屋分社的記者調查就行，沒有必要浪費公款出差。我告訴他，這麼重要的事情，我哪能交辦給分社的記者？他回答，最近報社厲行縮減經費政策，非緊急事件不得出差，必須充分利用分社的資源，必要時可由分社記者代行。這種做法怎麼可能採訪到什麼好新聞！我知道他沒安什麼好心眼，胡亂預設立場，認為我是去遊山玩水。想到這裡，我就滿肚子怒火，氣得跟他大吵一架，然後就跑出來了。啊，真教人掃興！」

說完，田村躺在榻榻米上，噘著嘴嘆起氣來。

龍雄見他這樣，知道多說無益，便出言邀他：

「喂，要不要去喝幾杯？」

「好啊，走吧。」田村立刻站起來，「這種時候，得喝個痛快才行。可是這樣不會耽誤你嗎？」

「不會，我原本就想到外面走走。」

龍雄起身後換上了西裝。對他來說，沒有比田村如此重情義的好朋友了，在這種時候，至少應該陪他一個晚上。

他們來到新宿，連喝了兩、三家酒吧。每次喝酒，他都要把副組長臭罵一頓。

「沒有像他那麼頑固的傢伙了，而且這種人居然還是編輯，眞是令人笑破肚皮！」說完不久，田村又說，「像他這種做法，早晚會被同業淘汰的，到時候只有乾瞪眼的份。混帳，眼看就要查出眞相，他偏偏不讓我去，氣死人了！」

田村搖晃著身體，懊惱不已。當他們走進最後一家酒吧時，田村已經喝得酩酊大醉了。

「喂，萩崎，」他摟著龍雄的肩膀說，「既然我去不成，你就替我跑一趟名古屋吧。好不好，拜託你了。」

田村滿吉的聲音像是帶著哭腔。

其實龍雄也是這樣打算。

早晨，龍雄醒來時，陽光已經照到枕邊了。儘管酒量不佳，龍雄昨夜依然陪田村喝到凌晨一點半，直到現在腦袋仍然有點昏沉，睡意未消。

房東太太總會把當天報紙放在他枕邊，他習慣起床後看報。社會版的消息指出，瀨沼律師目前仍然下落不明，內容不多，卻寫了三小段。他只看到這三段文字。

他趴在床上抽了根菸。這是他日常的習慣，奇妙的是在剎那間，他做出了這樣的決定。好，我去一趟名古屋。

其實，不需要田村特別叮嚀，龍雄心裡很清楚，除此之外，沒有其他方法了。事情發展到這種地步，還有什麼可猶豫的？在此之前都有一種錯覺，只要提到名古屋，便以爲路途迢遙。從東京到外地旅行，看似耗時不便，其實搭快車只需六個小時，沒什麼不大了。

這樣決定之後，龍雄便起身到附近的書店買了愛知縣和岐阜縣的地圖。他把地圖攤在桌上，仔細盯看著高藏寺、多治見、土岐津、瑞浪這幾個地方。這幾站位於平原的盡頭，與美濃的山區相連。

問題是，到了陌生的地方，要如何著手？他與田村商量後做出決定，打算逐站下車向站務員打聽，但是現在看著地圖，卻不由得不安了起來。自己並沒有掌握具體資料，如何向站務員開口？也許不只是那名空服員苦思不得其解，彷彿連那個站務員也對他搖頭冷笑。火車開到高藏寺站是二十二點五十四分，多治見站是二十三點十二分，土岐津站是二十三點二十三分，瑞浪站是二十三點三十一分。深夜時分下車的乘客不多，也是線索之一，不過站務員當時是否注意到這些人？而且已經是數天前的事情，有沒有印象也是個問題。

龍雄陷入苦思。指間的香菸快燒成灰燼了。這時候，他倏然想起上崎繪津子的現況。不，與其說她的現況，不如說不知道她在不在東京。發生這起事件以後，她就像影子般在他腦海中纏繞。其實，他始終極力想隱瞞上崎繪津子，不想向田村坦誠以告。他打算獨自追查她的來歷，不想讓別人插手。這與陷入某種偏執心態非常相似。

幾番思考後，龍雄決定到外面打電話給山杉貿易公司。

「敝姓平山，請問上崎繪津子小姐在嗎？」

龍雄心想，如果對方說在的話，他打算找個藉口含糊帶過。

「上崎小姐今天休假。」接電話的男子說道。

「只是今天嗎？什麼時候來上班呢？」龍雄心頭掠過一個預感。

「昨天開始休假，暫時不會來上班。」

龍雄聽到休假，心頭怦怦跳。

「是請假到什麼地方嗎？」

「這個我不清楚。請問有何貴事？」

龍雄沒有回答，便掛斷了電話。

她果眞沒去上班，這之間大有問題。

霎時的思索也有回味的餘韻。龍雄沉浸在這餘韻之中，街上的風景逐漸從眼前退去，只是下意識地邁著步伐。

她應該不在東京，想必是去了什麼地方。

這時，中央線的地圖又浮現在龍雄眼前了。

龍雄打了通電話到報社找田村，打算跟他商量去名古屋的事，想不到田村在電話裡卻顯得格外興奮。

「我正想開車到你那裡去，你現在在什麼地方？」

龍雄說出澀谷的某家咖啡廳店名，田村急忙說：

「好，我馬上去。你等我十五分鐘。」

十五分鐘後，田村推門走進來時，表情與昨晚截然相反，顯得神采奕奕。看到他滿頭大汗、笑臉迎人的模樣，就知道一夜之間，心情有了很大的變化。

「你決定出差了嗎？」龍雄搶先問道。

「是啊。」田村掩不住興奮地說，「剛剛決定的，是我們組長叫我去的。」

「你們組長倒是比副組長通情達理。」

「不是的。」田村探出身子說，「事情有了新發展，所以他們才願意派我去。」

「怎麼回事？」

「已經查到瀨沼律師被綁架的線索了。搜查本部現在正忙得人仰馬翻。」

田村根據搜查本部發布的消息，從瀨沼律師被抬上擔架、逃出東京車站、到該組織成員假扮觀光客護送病人到岐阜車站，然後半路失蹤的始末，詳細地說了一遍。

「儘管還不能證實躺在擔架上的病人是瀨沼律師，搜查本部卻深信不疑，他們派了三名刑警前往名古屋。」

「名古屋？」

「嗯，搜查本部推測，瀨沼律師很可能在名古屋站被放下來，那些假扮乘客的綁匪便在濱松、豐橋、刈谷或其他小站分批下車。搜查本部研判，他們達成『護送』目的以後，便回到了東京。」

從綁匪人數如此多來看，龍雄直覺這分明是舟坂英明在幕後策動的陰謀。也就是這個右翼頭子指派手下把瀨沼律師綁走藏起來的。他們一夥人前往名古屋，豈不是與搭乘日直航空的詐欺犯「堀口」到名古屋不謀而合嗎？

「一定是舟坂！」龍雄激動地說道。

「沒錯，就是舟坂英明。」田村目光炯炯地說道。

「搜查本部知道這情況嗎？」

「不知道。豈止不知道舟坂英明，連右翼這條線索也還沒掌握到。搜查本部當中，有人猜測這頂多與販毒或走私有關，但目前似乎還是毫無頭緒。」

「你不告訴他們嗎？」

「開什麼玩笑！這是我僅存的王牌呢。我若告訴警方，這消息馬上會傳到同業的耳裡。要是這樣的話，我就不必這麼辛苦追查消息了。我不但沒露口風，連右翼這個名詞也沒向報社透露呢。」田村露出詭譎的笑容說道。

「那你打算怎麼做？」

「在眞相還沒查清楚之前，我不打算透露什麼。現在的情況還不夠明朗。」

這種考量也許有道理。然而，田村爲此燃燒雄心壯志，令龍雄不由得感到驚訝。

「怎麼樣，去名古屋之前，我們先找舟坂英明，試探一下他的反應怎麼樣？」田村如此提議。

這當然不失爲正面攻擊的策略，但龍雄認爲這樣做有點冒險。這種突擊會面，難保不會波及瀨沼律師的生命安全。新宿發生的凶殺案，對舟坂英明而言，就是突發意外。他很可能受到驚嚇，甚至狼狽不堪，可以說綁架瀨沼律師就是這種心態的具體反映。現在若聽到有記者來訪，他勢必會繃緊神經，覺得事態益發緊迫，更加倉惶失措。龍雄有種預感，貿然行事會引來不好的後果。

龍雄說出自己的看法，但田村情緒高漲，根本聽不進去。

「別擔心啦，我不說刺激的話就是了。我會假藉其他名義，說要採訪他。總之，我們有必要貼身觀察他。」田村如此主張。

田村這樣說也有道理。龍雄終於讓步了，坐上了田村等候的車子裡。

「去荻窪。」

車子從代代木來到青梅街道向西駛去。陽光非常耀眼，給人盛夏已到的感覺。來到荻窪，車子駛進樹木掩映的街道上。龍雄突然想起當時跟蹤上崎繪津子座車來到這裡的情景。車子在過了荻外莊的地方停了下來。

無論是大門、圍牆或寫著「舟坂寓」的門牌，他依然記得很清楚。那時候，還下著清冷小雨，附近傳來悠揚的琴聲。不過，現在陽光照著茂盛的樹林，葉片閃著亮光。他們踩著碎石路，來到玄關。宅第有點老舊，但比起從外面看去還要寬廣。田村按了按門鈴。

出來招呼的是一名理著小平頭、顴骨突出、眼神銳利、體型高大的四十歲男子。他穿著已然過時的灰色立領服，腰間掛著一條手帕。

「不好意思，請問貴姓大名？」田村問道。

「我嗎？」男子冷漠地說，「我是這裡的總管。」

「總管？」

「你若不習慣總管的稱呼，叫我總幹事也行。」立領服男子冷笑道。

原來像舟坂這種勢力不大的右翼組織，家裡也需要總幹事。田村爲了慎重起見，問了對方的姓名。

「敝姓山崎。」對方居然率直地應了一聲。但他那銳利的眼神，依然帶著嘲諷的意味。

田村遞出自己的名片，表明想求見舟坂先生，只見男子冷淡地說：

「先生外出旅行了。」

站在田村後面的龍雄不由得嚥了嚥口水。

「是嗎，請問先生到什麼地方？」田村問道。

「先生去參拜伊勢神宮。」

「參拜神宮？」

田村怔愣了一下。男子目不轉睛地盯著他：

「爲了鍛鍊年輕成員的精神，先生帶了二十名小伙子去伊勢了。這是每年的慣例。」他回答得愼重其事，眉間堆著皺紋。

「什麼時候回來？」

「有何貴幹？」男子反問道。

「我們想請教先生對時局的看法。」田村說道。

「請您一個星期以後再來。五天前先生出發時，行程就是這樣定的。」男子不容分說地表示。

他們走出大門，回到車上，田村用手戳了戳龍雄說道：

「喂，剛才那個總幹事的話，你聽見了沒有？這件事非比尋常。」

龍雄也有同感。

「去伊勢吧？」

「沒錯。要去宇治山田（註）的話，得在名古屋換車。這一切不都指向名古屋嗎？而且五天前，正是二十八日，也就是那夥人用擔架抬著瀨沼律師走進東京車站搭乘南下列車的那一天。」

龍雄的腦海中掠過那個旅行團的身影。

「是啊。那些押送瀨沼律師的旅行團，之所以中途分別下車，並非像搜查本部所說的，爲了趕回東京，而是順路去了宇治山田。這種一石兩鳥之計，考慮得眞是周到啊。」

龍雄不禁喘起了粗氣。

3

下午三點半，龍雄和田村搭乘的「難波號」快車抵達了名古屋車站。

那班列車是早上九點半由東京車站發車，田村爲了趕上列車，起了大早，火車開出不久，他便揮著汗水睡著了，一路睡到小田原，行經眞鶴海邊時，他才醒過來，探出身子嘟囔，「原來擔架就是從這裡丟出去的啊。」

列車開進丹那隧道時，田村又睡著了，到了靜岡才醒來，說道：

「我還沒吃早飯呢，要不要吃個飯？」

吃過鐵路便當後，田村又是忽睡忽醒。他居然如此能睡，龍雄感到驚訝。

來到名古屋車站的月台上，田村做體操似地伸展四肢，說道：

「啊，在車上睡得眞飽。」

月台的位置較高，俯瞰整個市區，午後的豔陽把大樓照得閃閃發亮，中間夾雜著濃暗的陰影。

「我先到分社看看。」田村說道，「與其去警署，不如去分社來得方便。你也跟我一起去吧。」

龍雄思索了一下，搖搖頭說道：

「你去警署好了，我到日直航空辦事處看看。」

「噢，是嗎，得先去調查巴士的時刻表吧？」

田村表示同意。因爲嫌犯「山本」坐日直航空班機抵達小牧機場後，要前往名古屋，絕對是乘坐日直航空的專用車。他期待從這裡可以掌握到一些線索。

「那麼，一個小時以後我們就在車站的候車室會合。」田村提議，「然後，再決定往後的行動方針。」

龍雄同意這個看法。從車站到分社有段距離，田村決定坐計程車去。黃昏時分已近，陽

註——一九五五年改爲伊勢市。

光依然強烈，田村乘坐的計程車閃著亮光。龍雄目送著遠去的計程車，往寬廣的馬路駛去，車影越來越小，讓他不由得泛起淡淡的旅途感傷。

龍雄頂著明亮的陽光，朝站前的日直航空辦事處走去。他向接待的辦事員說明「山本」抵達的日期和時間，並希望能向當天巴士的車掌請教幾個問題。

那時候恰巧是休息時間，一名十七、八歲、臉型嬌小的小姐走了出來。

「我想打聽一個人的消息，」龍雄先開口說道，「搭乘四月二十七日二十一點二十分末班飛機抵達的乘客，是坐你們的專用巴士進入市區的吧？」

「是的。」

「那時候，您有沒有發現車上有乘客急著趕搭火車？」

那名小姐似乎立刻想了起來。

「嗯，有一位。」她眼睛溜轉地看著龍雄，「我記得很清楚，對方說要坐二十二點十分的火車，問我是否來得及，還連續問了兩次。」

「後來有沒有趕上？」

「巴士於二十一點五十五分抵達車站，那名乘客下車後，馬上奔向車站。那時候，我還替他祈禱，若能趕上火車就好了。我在車上看到他趕車的情景，所以記得這件事。」

龍雄從口袋裡拿出一張報紙，給那位小姐過目：

「那個乘客是不是這個人？」

這是警視廳通緝「山本」所製作的嫌犯肖像畫，小姐睜大眼睛端詳了許久，回答道：

「我總覺得有點像又不太像。」

一個小時後，龍雄依約回到候車室，田村還沒出現。他遲到了二十分鐘，才氣喘如牛地走了進來。

「讓你久等了。」他邊擦汗水邊問道，「事情進行得如何？」

「我這邊很快就辦好了。」龍雄回答道，「那個在飛機上急著趕火車的男子，果真和搭巴士去名古屋站的人是同一個。聽說他趕上了二十二點十分的火車，車掌小姐親眼看見他跑進車站內。後來，我又出示報上的嫌犯素描給車掌小姐看，她說有點像又不太像。」

「這樣啊。」

「這也難怪，那素描原本就弄得不像，跟我的印象完全不像，所以車掌小姐說的也不能完全採信。不過年齡相符這一點得以證實，算是很大的收穫。今後還要拿這張肖像畫四處打聽，看來只會越弄越亂呢。」

龍雄說完後，輪到田村說明進度。

「分社的警政記者帶我去警署，承辦的刑警說，他們目前正在追查押送瀨沼律師那夥人的下落。」

「有消息嗎？」

「沒有，也不知道律師的下落。警方根本沒注意到右翼頭子舟坂英明這條線索，抓不到重點，只能四處打探消息。東京派來的三名刑警也忙得滿頭大汗呢。」

「原來如此。接下來我們要怎麼做？」

「我們先坐中央線到瑞浪站，然後逐站下車查訪。」

田村說著，看著手表，抬頭望著牆上的火車時刻表。

「十七點四十分有一班，時間剛好，現在就去吧。」

說著，他們朝剪票口的方向走去。

上了火車，田村顯得有點悶，似乎若有所思的樣子。

「怎麼了？」龍雄關心地問道。

「我總覺得應該去見見舟坂英明，看看他的廬山眞面目。從這裡到宇治山田兩個小時應該沒問題吧。」田村顯得心神不寧，雙腿不停地晃動。

「他還在宇治山田嗎？」

「我剛才已經請分社的同事打電話到宇治山田的電信局查過了，聽說他一直待在旅館。」

有關這方面的聯絡事宜，怎麼樣也比不上報社來得方便。

「對了，方才東京來過電話，已經查出擔架的製造商了。」田村說，「聽說是由佐伯醫療器材公司製造的。做擔架的廠商有很多，這次是從擔架的特點查出來的。搜查本部目前正從販售的管道著手調查。」
「噢，原來如此。也許很快就可以查出來了。」
「這也不一定。」田村質疑地說，「對方早就料到這一點，故意把它丟在那裡的。他們不會笨到留下證據，讓警方來個甕中捉鱉吧。」

要從哪一站開始查起，這倒是個難題。他們決定按照最初的方案，從高藏寺站查起。抵達那裡的時候，天色已經暗淡下來。高藏寺是個小站，他們跟著下車乘客經過剪票口，向站務員表明想見站長，於是很快就被帶到一旁的站長室。

田村遞出名片，說明來意。
「嗯，這麼久的事，實在沒什麼印象。」老站長說著，翻查著四月二十七日的勤務表，把當天的剪票員叫了過來。
「這位乘客在二十二點五十四分從這一站下車，由於到站時間較晚，下車的乘客應該不多，不知道您有沒有印象？」
龍雄描述乘客的容貌，只見年輕站務員歪著頭說：
「我不太記得了。這時間下車的乘客，大都是熟面孔的本地人。」
「當地人很多嗎？」
「是的。坐晚班火車下車的乘客，很少是外地來的，大多是附近的居民，從名古屋遊玩回來的。」補充說道。

「那麼，你們對外地的陌生人應該有印象吧？」

「大概都認得出來。不過，那天我實在沒什麼印象。」

他們在這一站沒有得到有力的線索。

等了二十分鐘，十九點十九分的火車來了，他們又在多治見站下車。這時候，暮色已籠罩大地，群山環抱的小盆地裡，無數煙囪矗立在夜空下。多治見是個製造陶瓷聞名的小鎮。

「我實在沒有印象。」

這裡的站務員也這樣說。

等了一個小時，他們又去土岐津站。土岐津也是陶瓷的故鄉，站內展示著茶碗器皿等樣品。

「我不太記得。」出來接待的站務員這樣說，一頭霧水的模樣。

如果高藏寺、多治見、土岐津都沒有線索的話，只剩下瑞浪站了。

「事情隔了這麼久，難怪他們都不記得，說不定山本根本沒下車。」

龍雄說完，田村接著說道：

「也許他眞的沒下車。一來時間很晚，下車的乘客不多，何況大多是當地人，外地來的陌生客，很容易被認出來。」

儘管田村這樣說著，其實也沒什麼把握。

他們抵達瑞浪站已經是晚上十點多，加上他們兩人，走出剪票口的乘客只有十七、八個，而且那十幾個乘客臉上都帶著笑容，向站務員道了晚安才走出站。

「果真沒錯。」田村看到這幅情景，低聲對龍雄說，「他們全都是當地人。如果山本在這裡下車，搭的就是比我們晚的二十三點三十一分那一班。下車的乘客可能更少，站務員不可能沒注意到他。」

龍雄點點頭。這一站很小，大部分燈光都已熄掉。最後兩班是快車，不停靠此站，在翌晨六點之前，他們在這裡幾乎無事可做。

從售票口望去，可以看到值班的站務員在排好的桌上鋪棉被。他的頭頂上只亮著一盞燈。田村敲了敲玻璃窗。

「有什麼事嗎？」一名三十出頭的站務員，臉色不悅地走了出來。

「二十七日那天正是我值班。」

站務員看到報社名片後，突然態度不變，面對提問，不時思索似地回答：

「我記得很清楚，那天晚上有四十幾個乘客下車。這裡是終點站，下車人數比較多，而且都是當地人，不過其中好像有您要找的人。」

站務員這句「我記得很清楚」，讓龍雄好奇地探出身子。

「請您再說詳細一點。」

「他沒有同伴，只有一個人，尤其深夜時分在這裡下車的乘客不多，所以我記得很清楚。」站務員繼續說，「他拿的是在名古屋買的車票，至於他的長相我沒什麼印象了，大概三十歲左右，臉型瘦長。他丟下車票後，便急忙走出去了，所以我還記得。」

「您不記得他的長相嗎？」龍雄問道。

「沒看得很清楚，所以談不上什麼印象。」

在此，龍雄試探性地出示報上的素描給站務員看。

「我不太清楚。」站務員據實以告。

「沒關係。他穿什麼衣服？」田村接著問道。

「他穿襯衫，我記得他手上搭著上衣，還提著一個手提箱。」

「上衣是什麼顏色？」

「好像是深灰色的。不對，大概是藍色的，我沒特別注意。」站務員露出思索的表情說道。

「有人來接他嗎？」

「沒有。我只看到他一個人匆忙地走了出去。」這次，站務員回答得很肯定。

田村沉吟了一下，問道：

「這附近有幾家旅館？」

「三家。服務最周到的只有站前那家米屋旅館，其他兩家很遠，也不怎麼乾淨。」

至此，他們覺得沒有必要再追問下去，向站務員致謝之後，走出了車站。他們看到那家旅館的招牌就在昏暗的廣場對面。

「那個傢伙果真在這一站下車。」田村很有精神地說道。

「嗯，那個站務員看到的八成是山本。我們總算找到一些線索了。」龍雄答道。

其實，他是直到現在才有一種找到線索的感覺。

米屋是一家小而整潔的雅致旅館。田村對著端茶的女侍說：

「這裡有幾個女侍？」

「連我只有兩個。」肥胖的女侍說。

「是嗎？向您打聽一下……」

田村說出「山本」抵達的日期和時間，詢問是否有這樣的旅客在這裡投宿。

「沒有。最近這半年以來，幾乎沒有這麼晚來投宿的客人。」

田村和龍雄面面相覷。

8 CHAPTER 第八章

在美濃路的小鎮上

1

「先生、先生。」

龍雄聽見有個女人在輕聲呼喚，先睜開了眼睛，黑暗處傳來了田村的鼾聲，龍雄打開枕邊的檯燈。

「先生，您醒了嗎？」

隔著紙拉門，龍雄認出是女侍的聲音，便應了一聲，撐起半個身子，抬手一看表，已經凌晨兩點多。

「警察先生來了。」女侍說道。

龍雄把田村搖醒，田村悶哼著，睜開紅通通的眼睛。

「警察？」

田村馬上站了起來。龍雄打開電燈，說了聲請進來。

「叨擾您們了。」

拉開紙拉門，兩個穿著皺巴巴西裝的刑警走了進來，其中一人拿著住宿登記簿。

「由於發生了某個案件，我們過來查看一下。您們二位確實是住宿登記簿上的本人，沒錯吧？」說完，分別看著龍雄和田村。

「沒錯，那是我們的眞實姓名。」龍雄回答道。

其中一名刑警朝著放在壁龕的那只手提箱打量著。

「您們有沒有帶身分證件？」

「名片和電車月票。」田村略顯傲慢地回答道。

「請讓我看看。」

田村擺出要表明身分的樣子，走到掛上衣的地方，從口袋裡拿出名片夾，順便把龍雄的也拿來了。

刑事好像調查似的，拿出名片翻看，並查看月票上的姓名，然後很客氣地還給他們，說了句謝謝。

「好了，深夜打擾您們了。」

「等一下！」田村目光炯炯，「剛才您說發生了某個案件，是怎麼回事？」

兩名刑警彼此對看了一下。

「您們是報社的人吧。」

「是的。」

「不好意思，有關案件的具體情況現在尚不能對外公布，請多多包涵，打擾您們了。」

說完，兩名刑警便疾步離去。

田村嘖了一聲，從枕邊拿起一根菸，叼在嘴上，又揉著眼睛。

刑警深夜時分查訪旅館的房客，豈不是證明警方已經知道「山本」這條線索了嗎？龍雄這樣說，田村搖搖頭。

「不可能，搜查本部還不知山本搭飛機到名古屋的事吧。剛才，刑警半夜臨檢，八成是在追查瀨沼律師的下落。」田村提出自己的看法，「他們認為律師是在名古屋被抬下車的，所以連這個鄉下地方也大規模調查。」

「看來警方也承受著莫大的壓力。」

「嗯，簡直是精銳盡出呢。」

田村盤腿坐在棉被上，吐著青煙說道：

「喂，萩崎啊，天色一亮，我直接去伊勢市一趟。」

「伊勢市？」

「就是原先的宇治山田市。山本的行蹤到瑞浪站下車後就消失了。雖然有點可惜，但是這裡就交給你處理。總歸一句，我若沒跟舟坂英明見上一面，總是心有不甘，我總覺得他正在宇治山田坐鎮指揮。」

田村又叼了根菸，擦亮了一根火柴。

他們吃完過晚的早餐，走出旅館，外面已是陽光普照。爲了避免查訪有所疏漏，他們又到另外兩家旅館探問了一下。不過，兩處都說這兩、三個月來，幾乎沒有深夜下榻的旅客。

「山本根本沒到旅館投宿。」田村如此斷定，他們沿著帶有鄉村風格的商店街，朝車站走去。

「可是，站務員說的那個深夜下車的陌生乘客，應該就是山本。他八成是在瑞浪站下車的，只是沒住進旅館。情況就是這樣。他到底在哪裡過夜？三更半夜的，他絕不可能跑太遠。」

龍雄支持田村的意見，於是說道：

「那天晚上，他肯定要住在這個鎮上，很可能一開始就抱著這個目的而來。照常理來說，他應該在名古屋過夜，卻急著搭那班二十二點十分的火車，因爲後面兩班是快車，不停靠瑞浪站。」

「是啊，他根本沒必要在名古屋投宿，只要趕上那班火車，一個半小時以後即可抵達目的地。而且他不在名古屋過夜，應該另有原因。」

田村說到這裡，龍雄接著說：

「他不在旅館投宿，是擔心自己的行蹤曝光吧。」

「沒錯，他肯定是接到指令躲到更安全的地方。」

「指令？」

「嗯，這當然不是山本的意思，而是有人在背後操控他的行動。」

「喔，所以你打算到舟坂英明那裡試探一下。」

「在背後指使山本的人是舟坂英明。山本在新宿失手殺人，受到警方全面追緝，舟坂怕受波及，只好想辦法把山本藏起來。因此山本今後的行動，都要聽從於舟坂的嚴格指示。」田村說道。

他們離車站越來越近。

「有一班火車十五分鐘以後進站。」田村看著手表嘟囔道。

「我認爲舟坂綁架瀨沼律師是個失敗之舉。」這次，換龍雄說出自己的看法。

「這話怎麼說？」田村看著龍雄問道。

「這跟山本的情況不同，山本只要遵照舟坂的指令即可，對瀨沼律師可行不通。律師是受到脅迫和拘禁，舟坂絕不能掉以輕心，必須不斷更換拘禁地點。問題是，目前警方的偵察重點都指向這裡，綁架律師反而成了累贅。萬一有什麼閃失，只會暴露自己的行蹤。依我看來，舟坂綁走了瀨沼律師，他正在爲如何安置肉票，搞得焦頭爛額。」

「這點倒是挺有意思。」田村點點頭說，「你分析得很對。要把瀨沼律師藏在什麼地方，對舟坂來說都是個難題，簡直是騎虎難下。在我看來，舟坂之所以在宇治山田坐鎮指揮，目的就是爲了處理山本和瀨沼律師這兩個燙手山芋。所以我認爲有必要到伊勢市一趟。」

「那我們怎麼聯絡？你會回到這裡嗎？」

面對龍雄的提問，田村思索了一下，當下決定道：

「我預計今天去伊勢，明天早上去見舟坂，晚上回名古屋。我們約七點好了，晚上七點在名古屋分社碰頭吧。」

龍雄送田村到車站後，坐在候車室的長椅上思索。搭這班火車的乘客已然散去，四周沒有人影。站務員一邊灑水，一邊驅走正在玩耍的一群孩子。

瀨沼律師恐怕有生命危險，龍雄有這種預感。

沒錯，舟坂現在正爲了如何安置瀨沼律師傷透腦筋，要永遠把瀨沼律師藏匿起來，是不可能的。況且警方已經朝這個方向大力搜查，對舟坂的行蹤自然有所把握。儘管如此，舟坂不可能就此放走瀨沼律師。面臨這樣的危機，想必舟坂正寢食難安。

瀨沼律師可能會被殺害！

外面的陽光格外強烈耀眼。站前的廣場上停著三、四輛公車，司機和車掌小姐站在車身旁的陰影下談笑，客人在水果店前悠哉地挑選水果，沒穿上衣的孩子蹲在地上玩耍。乍看之下，這幕情景像是平凡的日常生活，但是在不爲人知的地方，卻即將發生一件慘案，這是何等的愚蠢和殘暴。

龍雄站了起來，怔愣地走在乾燥發亮的路上。

那個傢伙既不是「山本」，也不是「堀口」。他佯裝酒保，其實是個詐欺犯，也是右翼組織的手下。這個三十出頭、相貌平凡的男子，就是逼關野課長走向絕路，又持槍殺死那個前刑警的兇手。他現在應該還潛伏在這一帶。晚上十一點半，他在這一站下車，卻沒在這裡投宿，末班公車早就開走了，而且鄉下地方根本找不到計程車。

他究竟在哪裡？躲到什麼地方去了？這時候，龍雄想起站務員的話——「不是沒有人來接他嗎？」

沒有人來接，他照樣也可以去。看來即使是深夜，他也早就知道自己的去處。

由此推論，他之前很可能來過這裡，要不就是曾經在這裡住過。用警察術語來說，他就是「有地緣關係的人」。

這個地方很小，住家不多，也算不上是市鎮，只是幾家簡陋雜貨店和商店的聚落。走沒多久，商店街即走到盡頭，繼而是低矮屋頂、門口滿是灰塵的民宅。龍雄總覺得那傢伙就躲在民宅裡面。

走到住家盡頭，有一條河流，從橋上向下俯瞰，河水泛白而渾濁，可能是陶土造成的污染。

過了小橋，有一所小學，一群孩子正在打棒球，喧嚷不已。再往前走，即是山路，只有零星散落的幾戶農家。這時候，一輛載滿木材的卡車從身旁開了過去。

遠遠望去，可以看到不知名的雄偉高山，初夏的藍天底下，浮雲顯得多麼潔白明亮。

當龍雄正想返身回去的同時，突然看見前方茂密的樹林裡，有一處細長的屋頂閃著亮光。龍雄以為那裡是小學的分校，但又覺得若是分校，未免與附近的本校距離太近，於是沒多加思考就往那裡走去。

走近一看，原來是一棟三層樓的老舊建築物，中央有棟木造的雙層樓洋房，整棟樓散發著森森陰氣，四周用鐵絲網圍住，庭院內種著花草樹木。這樓房依山而建，剛好座落在山丘中央。

龍雄走到門前，這時候，有個白衣女子正走過庭院，一下子就消失不見了。門口掛著一塊長牌，寫著「清華園」三個大字。

這裡有護士走動，很可能是一間療養院。不過，以療養院來說，未免太陰森了。建築物的窗戶很小，外牆已見斑駁老舊，毫無生氣可言。只有燦爛的陽光照耀著冷清的院落。它孤伶伶地座落在山裡，不禁令人感到陰森恐怖。

龍雄沿著原路走回去，燦爛的陽光依然照在頭頂上，他卻不覺得燠熱。一個用馬車載著糞桶的少年從對面走過來。

「喂，那棟建築物是什麼？」

龍雄問著，用布巾包著臉頰的少年，稍微拉住馬兒，望著那裡說道：

「那裡嗎？那是精神病院。」少年說完便離去了。

原來如此，聽少年這麼說，確實有點像精神病院。雖說是中午時分，建築物四周依然籠罩著陰森氣氛。龍雄走了幾步，又回頭一望，已經看不見隱匿在茂密樹林間的屋頂了。

豔陽當空下　護士悄聲院庭過

龍雄邊走邊做了這首俳句，這是他對這棟精神病院的印象。當天晚上，他落寞地在這鄉下地方過了一夜。

隔天早晨，龍雄往車站方向走去，看見一間小型郵局，上半處的玻璃門布滿灰塵。此時，他心裡掠過淡淡的旅愁，這裡又離大阪很近，突然興起念頭，想寫張明信片問候調往大阪的專務。他推開有點髒污的玻璃門走進去，這間郵局比東京的特定郵局（註）來得稍大些。

他在窗口買了張明信片，坐在角落髒污的桌子上，正要寫字的時候，聽到窗口內的女職員接電話的聲音。

「咦？十萬圓嗎？請您稍等一下。」

女職員拿著話筒，對著一旁的男職員大聲問道：

「對方說，現在手頭上有張普通匯票，想來兌換十萬圓現金，可不可以？」

「十萬圓？」男職員驚訝地說，「現在局裡哪來那麼多現金！而且都快下午三點了，明天才有辦法籌出來，叫他明天下午一點再來。」

女職員對著話筒說：

「對不起，現在我們局裡沒那麼多現金，請您明天下午再來。」

放下話筒，女職員拿著鋼筆敲著下巴，睜大眼睛地說：

「打從在郵局上班，我還沒看過十萬圓的匯票呢，對方還眞是有錢。」

「持匯票的人，大概是什麼樣的男人？」男職員抬起頭來問道。

「不是男的，是女的，聽聲音好像滿年輕的。」

龍雄坐在角落寫著明信片，耳裡聽到這兩個鄉下郵局職員的對話，也許正在斟酌字句，那時候並沒有聯想到其中的重要意涵。

2

田村搭乘近鐵電車抵達宇治山田站時，已經是黃昏時分，一路上沒有半點風。從伊勢神宮參拜回來的學生，個個面露疲態地坐在站前廣場休息。

報社在宇治山田設有通訊處。田村拿出記事本，查出通訊處的地址，立刻坐計程車前往。

雖說是報社的通訊處，其實只是一戶普通住宅，被夾在蔬果店與糕餅鋪之間，偌大的招牌顯得很不相稱。

田村只知道舟坂英明還待在宇治山田，但不知道住在哪家旅館。他走出瑞浪站的時候，打算透過通訊處幫忙。

註—日本舊制郵政事業中的小型郵局。

拉開格子門，一個繫著圍裙、年約四十歲的女人走了出來。

「敝姓田村，是總社社會組的記者，請問您先生在嗎？」

女人聽到是總社來的記者，連忙取下圍裙，向田村欠身致意。

「眞不巧，他外出了。」

「去工作嗎？」

「不是。」女人露出困惑的神情說，「工作已經辦完了，請您先到裡面坐吧。」

從通訊手冊來看，這裡只有一名姓青山的通訊員，若沒找到他，事情就很難進展，田村決定先進去再說。

房間只有三坪大，榻榻米已經泛舊，中間放著一張待客用的椅子，角落有一張辦公桌，周圍雜亂地堆放著合訂成冊的舊報紙和草紙，也沒有像樣的書籍，顯得單調乏味。

「您知道他去哪裡了嗎？」田村啜了口冷茶問道。

「這個嘛……」青山的妻子爲難似地說，「他平常喜歡喝兩杯，工作一結束，便到外面兜轉，每次出門，不到半夜十二點是不會回來的。」

「眞是傷腦筋。」

田村嘟囔著。他希望盡快打聽到舟坂英明在哪家旅館落腳，今晚就去見他。

「請您稍等一下，我打電話找找看。」

她走進裡面，聽得見她連續打了好幾通電話，大約打了二十分鐘。

「實在找不到他，您好像有急事要辦，眞是對不起。」她愧疚似地說道。

田村看到這種情景，也只能無奈以對。他總不能一直苦等下去，於是起身離去，表示明天早上再來。

這間通訊處絲毫沒有報社應有的氣氛。之前，田村常聽說派任鄉下，相當悠哉自在，此刻卻感到荒涼和寂寞。他似乎能體會這個中年通訊員每晚想藉酒澆愁的心情。

他隨便住進一家旅館，對於自己爲了跑獨家新聞，奔波到這裡，心頭不免掠過些許落寞。當初，離開東京的滿腔熱情，現在卻變得欲振乏力。

晚上九點左右，田村打電話到通訊處，通訊員還沒回來，他留下投宿旅館的名稱和聯絡電話。

正當田村鼾聲大作時，被一通電話吵醒，他抬手看表，剛好是深夜十二點。

「不好意思。」通訊員帶著醉意的聲音致歉道，「舟坂目前住在二見浦的旭波莊，我剛才已經打電話確認過了。就是這件事而已嗎？那麼明天晚上請到寒舍來，我們喝兩杯如何？」

早上十點，太陽已像正午般炎熱。

乍看之下，旭波莊是一間格局很大的高級旅館。田村繞過前庭的花草樹木，踩著碎石路，來到玄關處。昨晚的消沉情緒已然不見，再度恢復旺盛的鬥志。

大門旁邊有一間車庫，田村看到一名男子挽起袖口正在洗車，令人側目的是那輛綠色中型新車，它似乎是旅館用來接送賓客的專車。他這樣推想，所以只是朝那白色車牌瞥了一眼。這時候，女侍剛好出來接待。

女侍接過田村的名片，往旅館深處走去。田村站在門口處尋思，舟坂英明該不會拒絕見面吧？

稍過片刻，一個瘦削男子從旅館光潔的走廊匆忙地走了出來。他理著平頭、身穿立領裝、顴骨尖突、眉間微蹙，還有一雙銳利的大眼，田村覺得眼前這男子好像在哪裡見過。

「噢，你終於追到這裡來啦！」男子面露冷笑，聲音嘶啞地說道。

田村聽到這聲音，立刻想起對方是誰。

「啊，您是山崎總幹事，之前我們在荻窪的舟坂寓所有過一面之緣。」田村說道，「您也來這裡了？」

「嗯，昨天來的，剛好要處理事情。」山崎總幹事笑道。

「這樣啊，那我就不多說了，我想見舟坂先生一面，請您通報一下。」

「請問您有何貴事嗎？」

「我是專程來採訪舟坂先生對時局的看法。」

「您挺熱心的嘛！」山崎露出潔白的牙齒說，臉上的微笑略帶嘲諷意味。

「可是舟坂先生現在正忙呢。」

「我不會佔用太多時間，只需要二、三十分鐘就夠了。如果舟坂先生走不開，我先在這裡等他。」田村執拗地說。

「喔，沒想到貴報社居然如此看重我們舟坂先生，眞是令人意外。」山崎語帶揶揄地說。

田村有點惱火，旋即又想，在此爭吵也無濟於事，便沒有多予理會。

「總之，訪談很快就會結束，請您通報一下。最近，各學校想恢復『公民與道德』的課程，各界都在討論，我是專程來聽聽先生的看法。」田村低聲下氣地說道。

山崎的應對讓田村感到不舒服，但他無論如何都要見到舟坂英明。

「要恢復『公民與道德』的課程……？說得也是。」山崎感佩似地嘟囔著，不過嘴角依然泛著嘲諷的笑意。

「山崎先生，請幫我通報一聲吧。」

田村卑躬屈膝地要求，山崎總幹事這才點頭答應。

「好吧，我替您轉達一下，先生是否同意，我可不敢打包票。」

他用那雙大眼打量著田村，啪答啪答地踩著拖鞋往裡面走去。

沒多久，女侍走了出來，跪在光潔的地板上，說道：

「先生非常忙碌，僅能見十分鐘。」

田村心想，舟坂不至於拒他於門外，但似乎已提高警覺。田村告訴女侍，十分鐘也沒關係。女侍替他擺了一雙拖鞋。

田村被帶到一間西式會客室等候。舟坂沒那麼輕易出現，他讓來客長時間等候，就是爲了突顯主人的威嚴與架勢。田村在這空蕩蕩的會客室裡，益發感到莫名的壓迫感。

田村坐立難安，索性站起來看著牆上的油畫。那幅畫是二見浦的日出，筆觸拙劣，但田村仍像在欣賞名畫，目的是爲了消弭內心的慌亂。眼看就要見到頭號人物，田村像剛跑新聞的記者般，拚命深呼吸調整氣息。

走廊傳來了腳步聲，田村趕緊回到座位上，目光迎面落在對方身上。

舟坂英明比想像中還矮，但體格粗壯，一頭短髮，戴著一副黑框眼鏡，氣色紅潤。身穿黑色和服搭配褲裙，宛如石頭般難以撼動。

如果見到這名男子的不是田村而是龍雄，也許會認出他就是當初在東京車站候車室與關野課長見面的那兩人之一吧。這件事田村滿吉當然無從得知。

「敝姓舟坂。」他聲音嘶啞地說，「有何貴事？」

舟坂撥開褲裙，在白色沙發上坐了下來。從鏡片後面射出的目光始終盯著田村，宛如刀鋒般銳利。

「我想請教您對社會現狀的看法，所以特地過來叨擾。」田村見到本人以後，情緒稍微平靜了下來。

「社會現狀？你從東京追到這裡，就是要問這個問題？」

舟坂英明笑也沒笑，鏡片後面的銳利目光閃了一下，聲音低沉，卻有著某種威嚇感。

田村心想，山崎既然在這裡現身，想必舟坂已經知道他造訪過寓所的事，田村不由得緊張了起來。

「我不是追到這裡來，而是來名古屋洽公，恰巧聽到您在這裡才來的。」

田村若無其事地提到名古屋，想試探舟坂有什麼反應。然而，舟坂圓胖的臉龐絲毫沒有慌張的神色。

「你剛才說什麼？」

身穿黑色和服的舟坂英明坐在白色沙發上，雙手擱在沙發的扶手上，一副泰然自若的表情。

「可能是因爲近來年輕人叛逆風氣盛行，最近有人主張學校應該恢復『公民與道德』的課程。這讓我聯想到您帶著許多年輕人來伊勢神宮參拜，鍛鍊他們身心的美意，所以想聽聽您對這個提議的看法？」

田村爲了做做樣子，從口袋裡拿出粗紙和筆做勢抄錄。他爲自己剛才的精采謊言感到滿意，而且既然已有這個藉口，應該趁勢挖探下去。

「誰說我帶許多年輕人來這裡？沒這回事，我是一個人來的。」舟坂的聲音嘶啞，語氣卻沒有任何變化。

「是嗎？那眞奇怪，我明明這樣聽說的。」

田村知道敵人正想逃走。他拿著鉛筆敲打自己臉頰，每次裝傻的時候，他總是做這個動作。

「聽說的？從哪裡聽來的？」舟坂不爲所動地問道。

「在東京的時候，我曾經登門拜訪，可惜您外出，我是聽總幹事先生說的……」田村回答道。

「你弄錯了，根本沒這回事。」舟坂支吾其詞。

田村還沒想出下一個問題。其實如果舟坂否認，他還是有辦法追問下去，但總覺得這可能會帶來危險，而且此刻時機不宜，沒必要讓對方看清自己的意圖，必須選在最佳時機攤牌。

「請問您在此停留的目的爲何？」

這是很平常的問法。不過田村已習慣逐步進逼問題核心，因而這樣直接質問顯得草率與幼稚。

「休養。」舟坂用這句話頂了回去。

「您不是很忙嗎？」

田村話中有話，舟坂英明不爲所動。

「嗯。」僅用鼻子應了一聲。

仔細一看，田村發現舟坂英明銳利的目光正盯著自己的眉心，彷彿要射向它似的。由於他坐在沙發上，低抬眼頭，視線動也不動地直直朝著田村。

田村不由得縮起脖子，感到一股莫名的恐懼，這才突然醒悟眼前是何方人物，剛才那種輕鬆的情緒完全消失了。

田村很慌張，而且孤伶伶地被丟在這間會客室，更令他感到莫名的壓力，汗流滿面，不停地看著手表。

「謝謝！」他站了起來，結結巴巴地稱謝，「百忙之中叨擾您，非常抱歉！」

一張粗紙掉落在地毯上，他趕緊撿起來。

一身黑色和服的舟坂英明拉高褲裙站了起來，只簡短地「嗯」了一聲。

田村點頭致意後正要離去，一隻拖鞋脫落。

「喂。」一個聲音叫住了田村。

「我贊成恢復『公民與道德』。你專程從東京追到這裡，我就把意見告訴你吧。」

「是。」

田村滿頭大汗地走出去，彷彿聽見舟坂英明在背後哈哈大笑。

他走到走廊，身穿立領裝的山崎總幹事正站在暗處，用那雙銅鈴大眼目送他離去。不知爲什麼，他總覺得不寒而慄。

田村返回宇治山田車站。

這次，田村與舟坂英明較量的結果，顯然失敗了，這都要怪田村準備不周，而且他從來沒有見過如此令人毛骨悚然的對手。

儘管如此，不能因爲這樣就退縮。田村爲自己打氣，遲早總會把這兇手揪出來。走在耀眼的陽光下，他突然又恢復了奕奕的神采。

田村在車站打了一通電話到通訊處致謝。

「喔，田村先生嗎？」電話彼端陡然傳來男子的聲音，與昨晚不同，咬字非常清晰。

「昨晚眞是謝謝您，我正要回東京。」田村說道。

「事情辦完了嗎？」

「嗯，這都要感謝您的幫忙。」田村回答，卻有些沮喪。

「您去過旭波莊了嗎？」通訊員追問道。

「去過了。」

電話裡陷入了短暫的沉默。

「有件事我想當面跟您談，您現在是在哪裡打給我的？」

田村告訴通訊員是在車站打的電話，對方說要趕過來，請他稍等一下，便掛斷了電話。

不到十分鐘，通訊員頂著豔陽天騎著腳踏車來了。他有點禿頭，臉上布滿汗水。

「敝姓青山。」通訊員一邊用手帕擦汗一邊說道。

田村向通訊員致謝，他們走進一家小餐館，裡面一個客人也沒有，生意很冷清。

「您到旭波莊見過一個姓舟坂的客人了嗎？」青山急忙問道。

「是的。有什麼事嗎？」

田村熱切地等對方開口，滿心期待著，也許可以從對方口中打聽到些許線索。

「不，沒什麼特別的事。三、四天前，某大臣在那家旅館投宿，我便去採訪。在這裡上班，雜務很多，每逢有要人來神宮參拜，我總是要過去看看。」青山苦笑著說，「那時候，我看到一個理光頭、個子矮壯、年約四十出頭的男子，是不是那個姓舟坂的？」

「沒錯，就是他。」

「果眞是他！當時我不知道他的姓氏，所以沒有特別留意，他到底是什麼人？」

青山大概認為，總社專程派記者來採訪，對方肯定來頭不小，因而好奇來問。另外，也是出於他對於責任區域的職業感使然。

田村遲疑了一下，稍後回答道：

「他是右翼組織的頭子。」

「是因爲發生某個案子，您才追查到這裡來的嗎？」青山睜大眼睛問道。

「不，沒什麼，只是有事想見他而已。您要跟我談他的事嗎？」

「是的。」

中年通訊員舔了舔發乾的嘴唇。

3

那天傍晚，萩崎龍雄回到名古屋。他依約來到報社的分社，但田村還沒來。

「既然已經約好，他應該很快就會來，請您在這裡稍等一下。」

報社的職員把龍雄帶到會客室。雖說是會客室，其實是徒有其名，只是在編輯室的角落擺上桌椅而已。女事務員端來一杯溫茶。

龍雄拿起掛在角落的報紙翻閱，這是今天的日報，他翻開社會版新聞，一則三段式報導映入眼簾。

瀨沼律師綁架案

警方已查明擔架製造商

這則報導如下：

——根據搜查本部研判，瀨沼俊三郎律師綁架案與在新宿發生該律師事務所職員田丸利市遭槍殺一案有關，因而同時展開調查。此外，搜查本部已查明將瀨沼律師偽裝成病人，從東京車站抬進火車內所使用的擔架。根據了解，這副擔架係由東京都內文京區本鄉的佐伯醫療器材公司製造。據查該公司於一九五二年總共出產該型擔架兩百五十副，除了供應大型醫院和療養院之外，全部批發給本鄉的鯨屋醫療器材行。醫院方面已經查明，鯨屋醫療器材行零售部分目前尚在清查中。搜查本部表示，這副擔架屬於特殊商品，查出擔架出處，只是時間問題，並不困難。偵察獲此重大進展，搜查本部感到無比振奮……

這則報導很短，卻也透露出某種訊息。搜查本部只查出做案用擔架便如此興奮，可見得偵察遇到瓶頸。

龍雄這樣認為，只要沒查出右翼組織舟坂這條線索，偵察很難繼續下去。

然而，龍雄不打算把舟坂這條線索告知警方。並不是不願意協助，而是目前尚未掌握到具體事證。簡單來說，這只是他個人的臆測，儘管經過目前的推測研判，雖有初步輪廓，但終究尚需事實佐證，只是想像的堆砌，卻沒有實體的內容。確切地說，龍雄是希望親手抓到逼死關野課長的兇手。

「喂。」田村招呼道，精神抖擻地走了進來。「你等很久了？」

室內的電燈已經點亮，田村滿臉通紅，好像喝過酒，看得出他情緒昂奮。

「不，剛到。」龍雄把報紙遞到田村面前說，「我正在看這則新聞。」

田村俯下身子瀏覽，手指敲了敲報紙說：

「警方辦案眞是慢吞吞，居然還在這裡繞圈子。」

「進度雖慢，但比較確實。」龍雄說道。

龍雄打心底這麼認為。警方腳踏實地展開搜索，正逐步邁入事件的核心。兩相比較之下，他們所做的努力，虛無縹緲又沒有著力點。

「你說他們的做法慢卻很確實嗎？」田村心情愉快地說，「要說確實，我們也不輸他們。對了，說說你的收穫吧。」

「沒有。」龍雄搖搖頭說，「結果還是沒找到山本的下落。」

田村點點頭說：

「這也沒辦法。不過，我這邊好像有點收穫。」

「我見到舟坂英明了。」田村語氣興奮地說。

「談得怎樣？」龍雄望著滿臉汗水的田村問道。

「果眞大有來頭。如果在二次大戰以前，他肯定是個大人物。他年紀不大，卻有黨派頭子的氣派和威嚴。坦白說，他的威勢把我嚇得講話發抖。」

田村臉上有些難爲情，沒有具體講出什麼內容。

「雖說見了面卻沒有得到什麼線索，舟坂完全不露聲色，還否認沒帶年輕人到伊勢神宮參拜。他說在這裡短暫停留，只是爲了靜養。他越是這樣裝模作樣，只會教人懷疑其中必有內幕。」

龍雄猜得到這內幕指的是什麼。

「他在宇治山田指揮部下嗎？」

「我們報社在宇治山田設有通訊處。我見到了那名通訊員，他無意間這麼告訴我。」田村繼續說，「他是因爲其他事到舟坂下榻的旅館採訪，說是看到了舟坂，有兩、三個年輕人稱呼舟坂爲『老師』。通訊員原以爲舟坂是學校老師或作家。他還問我專程從東京來見舟坂，想必對方是個名人吧？由此看來，舟坂身旁果眞有許多年輕手下。」

「是嗎？果然如此。」

「我還聽到更有趣的消息。喂，萩崎，你猜是什麼？」田村目光炯炯，探出身子問道。

「我那會知道。」

「舟坂那裡來了一個漂亮女人。聽說是穿洋裝、身材姣好，絕對是從東京來的。」

「來了？你說來了是什麼意思？」

「就是這麼回事。通訊員從旅館正要回來，看到門口停著一輛轎車，女侍帶著那女人去見舟坂。對方實在長得漂亮，所以通訊員多看了幾眼。隔天，通訊員有事到旅館，隨意向女侍打聽，那女人當天早上還沒離開。怎麼樣，這消息很値得吧？」田村神采奕奕地說道。

「那女人肯定有什麼事要聯絡舟坂。於是我馬上猜那女人八成是舟坂的情婦，紅月酒吧的老闆娘梅井淳子。」田村的嘴角泛著笑意，「不過，憑體態和面貌來看，與印象似乎有點不同。老闆娘身材比較豐腴，聽通訊員說，那女人身材高眺，年紀大約二十一、二歲。老闆娘已有二十七、八歲了。話說回來，這只是粗略的印象，不能完全採信。正因爲是漂亮女人，也許在鄉下通訊員看來，都是那樣的印象吧。」

龍雄聽田村這樣敘述，心裡不由得怦怦跳。通訊員的印象沒錯，那女子就是上崎繪津子。

龍雄暗自吃驚，他在瑞浪郵局無意間聽到的對話，陡然又在耳畔迴響起來。在電話中表明要拿普通匯票兌換十萬圓現金的人，不正是個年輕女子嗎？可以這樣推想，嫌犯既然是詐欺犯，隨時都可能身懷鉅款。若真要逃跑的話，絕對不會攜帶大筆現鈔，而是把它兌換成多張匯票，依照需要隨時兌換，這樣來得安全方便。而上崎繪津子就是他們的手下。

「那是什麼時候的事？」龍雄不由得追問道。

「聽說是四天前。我正準備打電話到東京，請他們幫我調查紅月酒吧的老闆娘在不在店裡。不過，現在還不必嚴密跟監。」田村自顧自地昂奮不已。

9 CHAPTER — 第九章

偵察的進度

1

一個小時以後，一名年輕記者走了進來。

「田村先生，總社打來的電話。」

田村應了一聲，趕緊從椅子上起身。

「先失陪一下，待會兒有好消息再告訴你。」田村笑著對龍雄說，便走出了會客室。

這一個小時，田村打電話到東京，請總社的同事代爲調查，消息很快就回報了。

話筒就放在旁邊的桌上，田村馬上抓起話筒急問：

「喂，是我。啊，阿新嗎？辛苦了，怎麼樣？」

話筒彼端傳來了這樣的回答：

「我到紅月酒吧一看，老闆娘梅井淳子好端端坐在店裡呢。」

「什麼？她在店裡？」田村睜大眼睛，「喂，你看清楚了嗎？不會把其他小姐看成老闆娘吧？」

「我雖然戴眼鏡，可是每天擦得很乾淨呢。我向你保證，絕對不會錯的。我還跟老闆娘喝酒聊天呢。」

田村沮喪地嘆了口氣，突然又想起另一件事。

「慢著！老闆娘一直待在店裡嗎？這四、五天來，她沒離開過東京嗎？這個你沒問她吧？」

「這種事不需你吩咐，我自然會找機會探聽。」

「你眞是機靈啊！不愧是阿新，難怪女孩子會喜歡你。」

「吹捧我也沒用。也許會讓你失望，老闆娘說，她這兩個月來，都沒有離開過東京。當然，我是假裝若無其事隨口問問的。後來，我向一個愛慕我的酒店小姐求證過，她確實沒離開過。」電話彼端是年輕的聲音。

田村沉默了下來，正表示他思緒紊亂。

「喂、喂，」對方連喊了幾聲，「就這樣而已嗎？」

「嗯。」田村突然不知怎麼講下去。

只聽見阿新說：

「副主編有事找你，我把電話轉給他。」

隨即傳來嘶啞的聲音說：

「喂，田村啊，你那邊有線索了嗎？」

「嗯……快有消息了。」田村拗不過這個大阪腔的副主編。

「既然這樣，你馬上回來吧。少你一個人，我們快忙翻了。」

「您不要這樣誇大其詞，我來這裡不過兩天，事情才剛起頭而已啊！」

「你別說得這麼悠哉，組裡忙得要死，你還打算在那裡耗下去！聽說短時間不可能破案，搜查本部已做好長期抗戰的準備，我們可沒那閒工夫跟他們耗。你出差的時候，還信誓旦旦地說案子已進入最後階段了。」

「可是早上的報紙說，警方已經找到那副擔架的製造商，這豈不是一個新突破嗎？」

「那只是虛應故事，版面上有時候也得點綴一下。其實，這代表警方的偵察正面臨瓶頸。」

田村私下也同意這個看法。目前僅查出擔架的製造商，由此可見偵察進度何其緩慢。即使擔架來源已經查出，但能巧設此局的智慧型罪犯不可能立刻露出馬腳。

龍雄心想，如果告訴副主編，這起事件涉及右翼勢力在背後操縱，也許他會改變心意，但是尙未掌握具體證據之前，還是暫時不說爲妙。

「是什麼事啊？那麼忙！」

「又爆發貪污案了！沒你這麼能幹的記者幫忙，我們可忙不過來，你就坐今晚的火車回來吧。」

聽完，田村沮喪地掛上了話筒。

龍雄看到田村板著臉孔走回來，心想他可能遇到不順心的事了。

「怎麼了？」

「沒什麼好談的，反正就是壞消息。」

田村不高興地坐下來，猛吸了幾口菸。

「紅月酒吧的老闆娘沒有離開過東京，這是其中之一。」

「這樣啊。」

「另外就是副主編叫我立即回東京。」田村氣呼呼地說道。

田村堅信去宇治山田聯絡舟坂英明的女人就是紅月酒吧的老闆娘梅井淳子，龍雄卻認為是上崎繪津子。雖說事情發展至此，龍雄仍然不能將其中情形告訴田村。

龍雄始終不想告訴任何人上崎繪津子涉及這起案件。其實，他也不明白為何要這麼做，總覺得若把她的名字公諸於世，即是違背自己的心意。而且這股抗拒的力量非常強烈。

「偵察工作似乎沒有多大進展，」田村沒理會龍雄的安慰，接著說道，「所以我們副主編命令我先回總社。剛才我突然有個想法，覺得回東京也沒什麼不好。」

龍雄凝視著神情不變的田村。剛才，他板著臉孔、表情僵硬，現在嘴角卻泛著淺淺笑意，他向來就是個性情多變的人。

「總社的同事說，老闆娘梅井淳子沒離開過東京，我認為這其中必有問題，聯絡舟坂的女人絕對是她。我回東京以後，非拆穿她的假面具不可！說不定追查老闆娘這條線索，可能帶給案情新的突破呢！」田村目光炯炯，笑得很開心。

看到田村說得如此得意，龍雄覺得很過意不去，但他還是不能把上崎繪津子的身分告訴眼前這個好友。

「有關舟坂英明的後續行動，我已經拜託宇治山田的通訊員代為觀察，他應該會跟我聯絡。其實，我待在這裡也沒有掌握到什麼具體的線索。」

聽田村的口氣，已全然做好回東京的準備了。

「我打算先回東京，你呢？」

「這個嘛……」龍雄露出思索的眼神，其實早已下定決心了。

龍雄心想，前來聯絡舟坂英明的女子，絕對是上崎繪津子。從宇治山田的通訊員描述其臉型和身材特徵來看，應該就是她本人。繪津子現在就在瑞浪。她算是舟坂和「堀口」的聯絡窗口。

通訊員說四、五天前看過她，而龍雄是今天中午在瑞浪郵局從兩名職員的對話中得知她的消息。

從時間上來看，並沒有出入。上崎繪津子從東京來到宇治山田，肯定是接到舟坂的指令，前往瑞浪的。而瑞浪站正是那個男子深夜下車的車站。如此推測，那名自稱「堀口」的男子，應該潛伏在瑞浪附近。

龍雄打算再去一趟那個小鎮。

龍雄心想，郵局的職員在電話中告訴對方，現在郵局裡沒有那麼多現款，請明天中午再來一趟。好吧，我就趕去瑞浪郵局看個究竟，看看準備兌換十萬圓現金的上崎繪津子。一定可以在那裡見到她。

「說得也是，我晚點再回東京。」龍雄若無其事地說，其實內心非常亢奮。

當天晚上，田村即搭火車回東京。龍雄送田村到車站，田村探出車窗，向他揮手，身影逐漸遠去。

龍雄在站前的旅館住了一晚，隔天早晨，搭乘早班中央線往東奔去。

這次似乎見得到上崎繪津子。中午時分，她就會出現在郵局。中午很快就會到來。他看著手表，十一點多，這班火車就會抵達瑞浪站。他喃喃自語著，就快到了，絲毫沒有心思眺望從車窗飛掠而過的土岐川風景。

十一點三十二分抵達瑞浪站，陣陣強風吹來，彷彿颱風即將來襲。

這次是龍雄舊地重訪。他逕自往郵局走去。一邊走著，不敢掉以輕心，隨時盯著路上可能會出現上崎繪津子的身影。不過，來往於路上的全是當地人。

他推開郵局的玻璃門走進去，裡面只有兩、三個男性顧客。郵局正上方的掛鐘，指著十一點四十分。他思忖著，終於趕上了。

龍雄在角落的椅子上坐下，悠哉地吸著菸，眼睛始終緊盯著辦理「匯兌」業務的窗口。每次玻璃門一開，他總要飛眼看去。

將近十二點的時候，他開始心跳加快，彷彿要跟情人約會一般。說來奇怪，這明明與事件有所牽扯，他卻絲毫沒有那種黯淡的情緒。每次有人走進來，都不是他要見的人。

時鐘指到十二點的時候，窗口便掛出了「休息三十分鐘」的牌子。郵局職員在桌上攤開便當，眼睛不停地瞅著龍雄。

十二點半以前，郵局不辦公，龍雄只好到外面去，要消磨這半個小時，他覺得無比漫長。

龍雄等不到十二點半，便又回到郵局，在椅子上枯等。站在匯兌窗口前的，全是一些不相干的人。他總覺身材高眺的上崎繪津子隨時就要出現，心跳不由得加快了起來。

然而，到了下午一點，仍不見她來。他開始覺得不對勁，腦海中閃過一個念頭，她該不會已經來過了吧？

女職員從窗口裡對龍雄問道：

「請問您有什麼事嗎？」

龍雄心想，可能是他在那裡坐得太久，郵局職員覺得奇怪，才出聲問他。他站了起來，決定當面問清楚。

「我在等一位小姐，她要來兌換十萬圓現款……」

那個圓臉女職員露出納悶的表情看著龍雄。

「你們認識嗎？」

「是的。」龍雄嚥了嚥口水。

年輕女職員的表情顯得有些躊躇不前，似乎正猶豫要不要告訴龍雄，最後終於下定決心似地說：

「那位小姐上午已經領走了。」

龍雄不由得大吃一驚，剛才才這樣猜想，果眞不幸料中了。

「上午？上午十一點半開始，我就在這裡等了啊。」龍雄用近乎絕望的口氣說道。

「她是十點半左右來的。」

這麼說，是郵局提早把現款備妥嘍？動作太快了！要是她依約中午來的話，就不至於失之交臂了。龍雄懊惱得直想跺腳踹地。

龍雄仍抱著一線希望。

「那個來匯兌的小姐，是不是大約二十一、二歲左右，身材高䠷？」

「是的。」女職員露出警戒的神色回答道。

「長臉、明眸大眼，鼻子挺直……」

龍雄描述上崎繪津子的容貌，不知不覺把她形容成美女，也許女職員覺得有點可笑，嘴角不由得泛起微笑說：

「嗯，她的確長得很漂亮，不是本地人。」

果眞沒錯。龍雄做了最後努力。

「她確實是我認識的人。這筆匯款其中有些緣故，不知領款人是誰，可否讓我過目一下？」

女職員又露出警戒的神色，默默地看向坐在對面的男職員。男職員始終聽著他們的對話，於是起身來到窗口處。

「依照規定是不行的。假如您眞有什麼情況，請留下您的名片。如果只是看一下倒也無妨。」

郵局男職員對龍雄釋出善意，大概是認爲龍雄不是可疑分子。況且龍雄又說有特殊情況，也許他也感到不尋常。於是龍雄遞出自己的名片。

「噢，您是從東京來的？」

男職員看過名片以後，交代女職員拿單據給龍雄看。龍雄非常感謝男職員並沒有拿規定當擋箭牌。

女職員從一疊用迴紋針夾著的匯票當中，抽出兩張給龍雄過目。她愼重地用手指按住匯票的一端。

每張金額是各五萬圓，收款人是女性的名字，但不是上崎繪津子。

龍雄掏出記事本，儘管知道對方使用化名，爲了不辜負男職員的好意，依然做勢抄寫下來。

山梨縣北巨摩郡馬場村新庄，吉野貞子

兩張匯票上都印有「東京京橋」郵局的圓形郵戳，日期是一個多月以前。

這一切都符合無誤。

龍雄向兩名職員致謝後，步出郵局，往街上走去。

上崎繪津子還在這個小鎮，三個小時前她才在郵局現身。

由此看來，她之所以來提取十萬圓現款，很可能是交給那個嫌犯，也就是堀口或紅月酒吧的山本花用吧？這麼說，對方應該還在鎮上。他們倆究竟在哪裡？

上崎繪津子到底是何許人也？舟坂和高利貸業者山杉喜太郎關係匪淺，她只是單純負責聯絡嗎？還是另有任務？

龍雄心情黯然，他極度不願聯想上崎繪津子跟那個嫌犯有什麼特殊關係。他搖搖頭，在心中自忖，這到底是什麼樣的情感作祟？她居然那樣深深地吸引我？

那兩人究竟在這附近的什麼地方？

2

擔架是由一名少年在神奈川縣眞鶴海邊撿到，送交當地派出所的。發現地點就在很高的懸崖正下方，上方有東海道線列車行經而過。四月二十八日下午，這名少年從懸崖下走過，望著南下的列車經過，當時並沒有看到什麼東西拋丟下來。換句話說，那時候擔架尚未掉落在那裡。調查後發現，那班列車是開往伊東的「初島號」快車。

少年走過那裡，在伸向海裡的礁岩上玩了二十分鐘。他往回走的時候，看到現場有一副剛來時所沒有的擔架。「初島號」經過九分鐘以後，「西海號」快車從現場附近駛過，由此看來，那副用帆布捲成棍棒狀的擔架顯然是從「西海號」丟下來的。

那天的「西海號」快車，就是綁匪把瀨沼律師假扮成病人、用擔架抬進車廂的那班列車。搜查本部把從小田原警署轉交的擔架視爲是綁匪丟棄的重要證物和線索，積極追查擔架的出處。

東京都內共有三家擔架的製造商。刑警拿著擔架查訪，結果證實那擔架是本鄉的佐伯醫療器材公司的製品。該擔架的帆布縫法很特別，很容易辨識，因爲每家廠商的縫法各有不同。

佐伯醫療器材公司看過擔架所使用的帆布和木料後，證實它爲一九五二年的產品，難怪這副擔架如此老舊髒污。

那年，佐伯醫療器材公司總共生產兩百五十副橡木料的擔架，一百五十副賣給各醫院和療養院，其餘約有一百副批發給專營醫療器材的經銷商鯨屋。鯨屋根據訂單賣給外縣市的小醫院，或是賣給上門的顧客。門市零售的部分已無法查出買主，但平常往來的客戶均有造冊紀錄。搜查本部根據佐伯醫療器材提供的資料和鯨屋的客戶名單，做成清單之後，決定展開地毯式清查。——這些情況，一如新聞報導的內容。

從擔架的髒污程度來看，搜查本部研判，它可能是醫院用品，因而從這方面著手調查。不過這是一件相當吃力的工作。他們依照清單查訪各大醫院，光是查出一九五二年出產的擔架，即大費周章。有的已經報廢，有的早已遺失，與醫院的器材資料不相符合。若眞要逐一查核，實在需要極大的耐性和體力。

幾名刑警分頭展開調查，意想不到的是，居然很快就查出了相關線索。

A刑警到東京都內墨田區龜澤町的有吉醫院查訪時，該醫院的總務課長對他說：

「如果是那種擔架，我們醫院的確曾經被偷走一副。」

A刑警神情振奮地問道：

「那是什麼時候的事？」

總務課長看過工作日誌後，報出那天的日期。A刑警得知那天正是瀨沼律師從東京車站被押走的前一天，不由得心跳加快了起來。

他旋即趕回搜查本部，把那副擔架送到有吉醫院，當時有三名老練的刑警陪同。

「是這副擔架沒錯，我們醫院被偷走的就是這一副。」總務課長只看了一眼，當下斷定道。

「怎麼被偷走的？請您詳細說明當時的情況。」刑警掏出記事本準備抄錄。

「這副擔架跟其他擔架就倚立在三樓病房入口處的牆邊。」

總務課長說著，親自帶刑警去那裡。這家醫院相當寬敞，外科病房設在三樓，與其他醫院一樣，病房旁邊成了雜物堆放處，那副擔架就靠牆而立。

「擔架就立在這裡，突然有人過來拿，然後扛在肩上抬走。」總務課長指著通往醫院後院的出口說道。

「扛在肩上抬走？」一個刑警反問，「怎麼知道的？有人看見嗎？」

「有個看護看到的。是一名年約三十出頭、身穿白襯衫黑褲的男子扛走的。因爲他態度從容，看護以爲他是工友。由於醫院的員工很多，不見得每個人都認得。那名男子從後院繞到大門，把擔架抬進在外面等候的計程車，然後就離開了。」

「是那個看護看到的嗎？」

「不是，是另一個護士看到的。她看到那男子的態度很從容，便不覺得奇怪。過了十天以後，我們清查醫院物品時才發現的。那副擔架很老舊，所以沒向警察通報失竊。」

刑警把這些供述記錄下來，並畫了一張草圖，彙報給搜查本部。

擔架被偷走的那天，正是瀨沼律師從東京車站被押走的前一天，也就是瀨沼律師到大崎的田丸利市家裡上香後被綁走的翌日。顯而易見，綁匪一開始就計畫偷走這副擔架，準備用來搬抬瀨沼律師離開東京車站的。

「這麼說，司機應該還記得那個抬擔架上車的乘客吧。你們馬上到市內的計程車行找人！」搜查本部的主任下令道。

結果不到兩天就查出來了。一名年輕司機果真記得那個抬擔架坐車的乘客，立刻出面表示：

「我記得那位乘客是在那天下午兩點左右，從神田三崎町上車的，是個三十歲左右的男子，身穿白襯衫。長相我記不太清楚了。他坐到龜澤町的有吉醫院，我把車子開到大門口，他叫我等十分鐘，然後下車。等不到十分鐘，他就扛著一副擔架從病房大樓走出來，再把擔架斜放在駕駛座旁，自己也坐了進來，然後又叫我開回神田。我還以為他是那裡的醫務人員。到了神田，他叫我在駿河台下停車，他便下了車。我拿到車資以後，離開前還回頭看了他一下，只見他把擔架立在地上，雙手扶撐著站在那裡，頂著炎熱的陽光。看樣子他好像在等其他車子。後來，我往銀座的方向，就沒有再注意他了。」

從這名司機的證詞來看，那名男子打算在駿河台下換車。後來，刑警又查訪過幾家計程車行，卻沒有任何司機載過那名偷擔架的乘客。

「看來他沒有換搭計程車，而是坐上自用車。」搜查本部的主任這樣分析，「他怕坐自用車去醫院，可能會被記下車號，所以先坐計程車去，回程時在駿河台下下車，與人約好在那裡換搭自用車。你們去打聽一下，看那附近有沒有目擊者？」

然而，經過多方查訪打聽，數十名刑警仍然徒勞無功。別說沒人看到他坐上自用車，更不可能看到所謂身穿白襯衫扛著擔架的男子。這附近車水馬龍，又是商店街，大家都非常忙碌。

線索到此就中斷了。

不過，偵察仍朝其他方向祕密進行。所謂祕密，就是不讓報章媒體知道警方的偵察進度。

最近的偵察進度盡量避開新聞記者的盯梢。因爲偵察進度若翔實地見諸報端，等於讓嫌犯掌握警方的策略，對警方相當不利。當然，有時候也可以利用報紙，但多半都是弊多利少，徒增困擾居多。二次大戰以前，官方可以用各種理由封殺報紙的消息，現在的局勢不同了。

所謂祕密展開偵察，便是從在新宿殺死田丸利市那把手槍的子彈鑑識著手。一發子彈射穿死者的腹部，卡在壁龕的柱子上；另一發穿過棉被卡在榻榻米裡面。因爲當時死者是仰躺，被兇手以槍塞進嘴巴射入的。

經過鑑識，那兩發外殼發亮的銅質子彈，是由美製一九一一型四五口徑的柯爾特自動手槍所擊發的。搜查本部爲此大感震驚，因爲這個型號的自動手槍，幾乎都是美國駐軍發給士兵的隨身武器。

問題是，嫌犯並不是美國士兵，而是不折不扣的日本人。從與美軍的關係來看，首先可以設想的是，與駐軍有關的日籍工作人員，例如傳譯員。其實，許多素行不良的日籍傳譯員後來淪爲惡棍。他們朝這個方向縮小範圍偵察，可惜沒找到任何有力線索，這也需要極大的耐性與長期努力。

「美軍士兵專用的手槍外流，不全然是替駐軍工作的日本人所爲。有些專門陪美軍士兵上床的Only（註一）和邦邦女郎（註二）要求以手槍代替嫖妓費，再以五千或六千圓的低價，在黑市裡賣給日本人。」

搜查本部認爲，那些Only和邦邦女郎大多聚集在立川基地附近，從那裡也許可以找到線索，於是朝這個方向下工夫。

事件發生後，搜查本部根據子彈鑑識出凶器爲四五口徑自動手槍，偵察工作都是憑著極大的耐性長期進行。不過立川附近的妓女個個口風很緊，她們擔心捲入風波，被問到這個問題，便像石頭般沉默。即使她們沒賣過黑槍，平常也幹些見不得人的勾當，自然不想逞口舌之快，以免惹來事端。

儘管如此，幾個老練的刑警經過不懈的努力終於撬開她們牢如牡蠣般的嘴巴。好在這些流鶯彼此經常發生內訌，刑警便利用這個機會，唆使她們互相檢舉，許多線索就是從那裡找到的。

一般情況是，美軍士兵以手槍代替嫖妓費交給流鶯，流鶯再把手槍交給自己的情夫或皮條客，以五、六千圓的低價賣給街頭流氓。那些流氓再以七、八千圓的價格賣給專做駐軍物

註一——指二次大戰後專以外國士兵爲賣淫對象的妓女。

註二——語源不詳。指二次大戰後，在日本各大城市，向佔領軍賣淫的流鶯。一九四七年，在六大城市的流鶯約有四萬人。

資的黑市掮客，掮客把手槍轉賣給第三者，價錢已經漲到一萬圓了。

如此錯綜複雜的轉賣過程，光憑四處打聽、逐一追查，不但困難，幾乎是不可能的。好不容易抓到流鶯的情夫或黑市掮客，他們全推說不知道買主的姓名和地址，使得偵察工作到處碰壁。

然而，搜查本部還是得撐下去，這是唯一最有力的物證，只好往這條線索追查下去。他們絕不讓媒體得知消息，秉持著堅苦卓絕的精神，長期而祕密地展開偵察。

自從瀨沼律師綁架案，警方好不容易找到疑似犯案工具的擔架，但是線索就此中斷；連那批人分別在東海道沿線各站下車後的去向，也不得而知。搜查本部正處於士氣低迷和焦急的氣氛中——這是每個進出警署的記者共同的印象。

夏末時分，正是外出散步的好時節。有個資深的E刑警帶著有力消息回到了搜查本部。自從發生槍殺案以來，已經過了相當時日。這個老刑警不畏日曬雨淋，每天守在立川基地附近打聽消息。

「有個名叫眞理子的流鶯，今年二月左右，從一個黑人士兵那裡弄到一把四五口徑的柯爾特手槍。這消息是跟她鬧翻的同居室友告訴我的。」E繼續向主任報告，「我問過眞理子，她倒是乾脆地說已經把手槍交給一個叫阿安的皮條客。後來阿安變心愛上別的女人，令她非常火大。我曾經找過阿安這傢伙，不過他已經洗手不幹，不知去向了。」

聽到這裡，主任掠過一個念頭，阿安會不會是槍擊案的兇手？

「我仔細打聽過阿安的長相。他才二十一、二歲，戴著深度眼鏡，個子矮小。」E刑警先否定了主任的疑惑，「後來我向許多皮條客打聽，看來阿安沒什麼朋友，所以沒有人知道他的下落。不過有人告訴我，今年四月左右，阿安跟一個黑人士兵打架，大腿還被打斷。他畢竟是皮條客，很可能是因爲嫖妓費跟對方起爭執，並不是他洗手不幹，而是因爲受傷沒辦法繼續吃那行飯吧。他究竟流浪到什麼地方，沒有人知道。我想，他的新歡可能知情，便想直接去打聽，可是那女人已經離開立川基地的老巢了。」刑警仔細地說明，「經過我四處查訪，終於得知那女人已經搬到橫須賀基地附近，於是我便去了趟橫須賀。」

「在那裡找到她了嗎？」主任催促刑警趕緊往下說。

「找到了。我走得兩腿發痠呢。見到她以後，我問阿安的下落，她說阿安的腿被打斷了，目前住院治療。她又說，他住在東京墨田區龜澤町的有吉醫院。」

「你說什麼？」主任露出驚愕的神色說，「有吉醫院？她的確這麼告訴你嗎？」

「是的。爲了怕遺漏，我還把它抄在記事本裡。」

有吉醫院。——那副擔架不就是在那家醫院失竊的嗎？而且第三病房大樓正是外科患者的病房。

「太好了！」主任不由得激動地站了起來，「我們馬上趕去有吉醫院見見阿安。」

主任說要親自問訊，急忙叫車。他們佯裝上廁所，以免引起記者的注意，從後門溜了出去，三名刑警早已在那裡會合。

3

主任抵達醫院以後，馬上找來總務課長，表明自己的身分。

「這裡有沒有一個叫阿安的病人，眞實姓名我不太清楚，他跟美國大兵打架，被打斷了腿，住在這裡治療。」

「啊，是有這樣一個人。」總務課長翻開患者名冊查閱道。

「他叫小柴安男，左腿脛骨骨折，從四月份開始住院。」

「我們要見他一下。」

小柴安男，二十二歲，東京都國分寺町××號——主任叫刑警把這些資料記下來。

總務課長聽到主任要見那名患者，便率先往病房的長廊走去。

「請問，」主任喊住總務課長問道，「擔架在什麼地方被偷的？」

總務課長指著被偷走的地方說，就是那裡。在第三病房大樓的牆邊，現在還靠立著三副擔架。主任朝那個位置和病房入口打量了一下，然後催促總務課長：

「可以了，我們去見小柴安男吧。」

狹窄的病房內放著四張床位，三名病患正躺在床上睡覺。總務課長指出小柴安男的床位，便客氣地走開了。

病房裡瀰漫著難聞的臭味。小柴安男坐躺著看書，看到陌生人走過來便抬起頭，鏡片上閃著光。

「你是小柴吧？」

主任怕同室的患者聽到，壓低聲音說著，遞出名片給他看。

這個叫小柴安男的男子，看見名片後表情有點慌張。

「別怕，今天不是衝著你來的，是來向你打聽一個人。」主任像是在安撫他似的，語氣溫和地說。阿安老實地點點頭，臉上仍流露出戒備的神情。

「你曾經把一支美製四五口徑的自動手槍賣給別人吧？」

阿安的眼神變得驚恐。

「賣槍當然是違法行爲，不過我不是來追究這件事的，只是想知道買槍的人是誰。」主任溫和地說道。

「是眞理子說的吧？」阿安這才開口說話，聲音裡帶著少年的稚氣。

「嗯。」

「這個臭女人，眞拿她沒辦法。」

「別生氣。怎麼樣？你能告訴我們嗎？」

「我想想看……」

阿安陷入思索的表情，他並不是猶豫要不要說出實情，而是買家很多，一時想不起來。

主任察覺到這情況，便從口袋裡拿出一張肖像畫，那是新宿槍擊案兇手的素描。

阿安打量著肖像畫，但沒有什麼反應。

「有沒有賣給這個人？」

「我對這個人沒什麼印象。」

阿安說得淡漠，但仍然握著照片不放。

「你再仔細回想一下。」

「先生，這個人拿槍做了什麼？」阿安反問道。

主任看到阿安的表情有所變化，便不隱瞞地說道：

「你沒看報紙嗎？」

「自從住院之後，就沒看過報紙了。」

「是嗎？這個人在新宿持槍殺人，子彈來自於四五口徑的柯爾特自動手槍。」

阿安沉默了半晌，吃力地挪了一下打石膏的腿。

「他大約這個年紀嗎？」

「嗯，三十出頭。」

阿安又閉嘴看著照片。這時候，主任直覺阿安絕對認識這個人。

「我認識一個人，跟這張畫像不太像，不過年齡和五官的局部很像，您看，髮型和眼睛有點相似。」

那張肖像畫實在做得不夠高明。

「噢，你把手槍賣給他嗎？別擔心，我不會抓你的，你儘管說吧。」

阿安嚥了嚥口水。主任爲了鬆卸對方的心防，在旁邊的病床上盤腿坐下。

「你賣的手槍是四五口徑的吧？」

阿安點頭說是。

「嗯，對方叫什麼名字？」

「姓黑池。」

站在主任旁邊的刑警隨即用鉛筆迅速把名字抄在記事本裡。

「黑池？叫黑池什麼？」

「黑池、黑池。嗯……叫什麼來著，我忘了。」

「想不起來嗎？」

「已經是十年前的事，眞的記不起來了。」

「十年前？」

「是的。那時候，我們都叫他黑池老師。」

「老師？」主任不由得睜大眼睛問道。

「他當過中學老師，那是我們念初一的時候。」阿安回答道。

主任依然維持盤坐的姿勢，盡量安撫自己的情緒，從口袋裡掏出香菸。

「是嗎，知道了。這麼說，那個姓黑池的以前是你的老師吧？」主任打算抽絲剝繭似地慢慢套問。

「是的。不過，黑池老師只教了我們一年，後來就辭職了，好像到其他地方去了。」說著，阿安似乎有些卸下心防。

「你們學校在什麼地方？」

「在我的老家，長野縣南佐久郡春野村，學校是春野中學。」

刑警又把校名抄下來。

「正好在八岳山的東麓，是個景色美麗的地方。」阿安說到自己的老家時，流露出懷念的神情，彷彿提到家鄉就變得溫和了起來。

「原來如此。這麼說，黑池老師是在你念初一時教你們的？」

「是的，在我十三歲那年。」

「黑池老師也是當地人嗎？」

「我想是的。因爲他每天從橫尾騎腳踏車來學校上課。橫尾在山裡，離學校約莫一里半。我當時年紀還小，對黑池老師家裡的事不太清楚。」

「這樣啊。黑池老師辭掉教職之後，到什麼地方去了？」

「聽說去了東京，我不太清楚詳細情形。他最拿手的就是體操，那時他才二十一、二歲，非常年輕，與其說是老師，不如說是大哥哥。我們還幫他取了個黑仔兄的綽號。」

阿安彷彿回到少年時光似地目光閃亮了起來。

「這麼說，你是十年後在東京與黑仔兄見面的？」主任問到核心了。

「是的，我們在府中賽馬場碰巧遇見。他已經忘了，可是我還記得他，我覺得很懷念，便喊他老師。那是第一次遇到他，在今年的二月左右，那天天氣很冷，我們就在擁擠的人潮中聊了一下。」阿安說道。

「那時候他就提到要買槍嗎？」

「是的，黑池老師問我現在在做什麼，我想瞞他也沒用，便說在做掮客，專做美國物資的買賣。他想了一下，問我能不能幫他弄把手槍。我當時嚇了一跳，反問他爲何需要這種東西？他苦笑著說，拿它防身，他做的工作有點危險，詳情不能告訴我，他要求我務必幫忙，花多少錢都無所謂。當下，我就認爲這個黑仔兄可能也是不務正業。那時候，我恰巧從眞理子那裡買了一把手槍，正想找買主脫手，便答應了他。隔天是賽馬的日子，我們約好在那裡碰面。」

「所以你就交給他了？」

「嗯，我依約在隔天交給他。因爲他是我以前的老師，我就以七千圓的低價賣給他。後來，黑仔兄還多給我一千圓，果眞很有錢。那個老師到底在做什麼行業呢？」阿安問道。

「好像不是什麼正當職業。」主任只是這樣回答，便又繼續問道，「你記得是在什麼時候把槍交給他的？」

「在二月中旬，有賽馬的某個星期日，查一下就知道了。」

那天是二月十五日，比新宿槍殺案早了兩個月。

「之後沒有再見面嗎？」

「沒有。不過，有一個年約二十六、七歲的瘦男人來找過我。他自稱是黑池老師託他來的，因爲我曾經把住處告訴過黑池老師。他說是老師交代，要我再弄一支槍給他。可是我覺得這樣做風險太大，便推說目前沒辦法弄到，當下就回絕他了。」

「那是什麼時候？」

「我記得是三月份。」

「他叫什麼名字？」

「他沒有說。他的眼神飄忽，一看就令人反感。警察大人，他不但知道我的住處，還知道我在這裡住院，三番兩次來醫院糾纏我，一直說要買槍，要我透露買槍的管道。那時候，我沒考慮就回絕了。」

「那是什麼時候？」

「我記不太清楚了，好像快四月底了。」

聽到這裡，主任閉眼思索，那大概是擔架失竊的前幾天。

「你還記得賣出去那把手槍的號碼嗎？」

「哪有可能看得那麼仔細。」

「好，謝謝你提供這麼多線索。」

主任站了起來。阿安看到這情景，再次流露出不安的神色。

「警察大人，黑池老師是用我賣給他的槍殺了人嗎？」

「是啊，這回你的麻煩可大了。」

主任撇下這句話，便帶著刑警走出了病房。

搜查本部再次召開了搜查會議。

主任在席上報告偵察的經過。報告即將結束時，他提出了自己的看法。

「我認爲新宿槍擊案的兇手，八成就是這個姓黑池的傢伙，他就是在紅月酒吧自稱姓山本的酒保。他在瀨沼律師所調查的案件中可能涉案很深，加上被律師事務所職員田丸利市跟監糾纏，一時失控便持槍殺了田丸。至於凶器應該就是向小柴安男買的手槍。經過鑑識，那是一把美製一九一一型四五口徑柯爾特自動手槍。之後，黑池或同夥人可能覺得必須買槍自重，按照小柴安男的證詞，一名體型清瘦的男子找他買槍，被他回絕了。後來，小柴腿部受傷住進有吉醫院，那男子又來詢問買槍的管道。這次小柴還是拒絕。問題是，小柴已經記不得那天的日期，我推估可能在擔架失竊的前天或十幾天前。也就是說，當時那名男子已經看到有幾副擔架倚立在醫院走廊的角落。在那之後，黑池殺死田丸逃走，同夥進而綁走瀨沼律師，爲了躲避警方的追緝，他們便計畫把瀨沼律師假扮成病人逃離東京車站。這時候就需要用到擔架，而擔架是特殊用品，若買新的，容易引起注意。於是同夥的瘦男子想到去找小柴時，曾經看見醫院的走廊上有幾副擔架。他大概覺得那裡的擔架可以輕易偷走，同夥也同意這個做法。果眞一如他們所設想的，輕而易舉就成功了。於是，瀨沼律師就這樣被放在擔架上，從東京車站被抬進『西海號』快車，以上是我的推論。」

在場眾人都贊同主任的看法。

搜查一課的里村課長始終全程熱心參與搜查會議，聽完主任的報告後，他探出身子，臉色潮紅地說：

「黑池身上還帶著手槍，逃亡時會闖出什麼禍來，沒有人料得到，所以必須趕快將他逮捕歸案。案情已接近大白，請各位同事務必全力追緝。」

矢口主任低下頭，宛如宣誓般要把嫌犯緝拿到案。

這天晚上，搜查會議的氣氛非常熱絡，每個成員都覺得光明在望。

隔了兩天，派到長野縣調查的調查員捎來回報。

「根據當地春野中學保存的教職員名冊，黑池爲本姓，一九二五年七月出生於長野縣南佐久郡春野村字橫尾，本名黑池健吉。一九四七年在該校擔任代課老師，一九四八年離職。」

10

CHAPTER

第十章

中央阿爾卑斯山上的屍體

1

八月底。

飯田營林署管轄的主任巡山員，前往長野縣西筑摩郡的廣瀨國有林巡視。

那裡是摺古木山（海拔二一六八公尺）的西麓，中間隔著峽谷，與南木曾岳（海拔一六七六公尺）遙遙相望。主峰是駒岳，南北走向，中央阿爾卑斯（註）地帶爲原始林，雜林遍佈，如檜木、花柏、絲柏、杜松、高野羅漢松、日本鐵杉等等。

這一帶的西邊大多是陡峭的斷崖絕壁，斷崖上露出特有的古生岩層。

昨天夜裡下了一場暴風雨，主任巡山員爲了查看山區是否出現災情，特別上山巡視。這個季節的暴風雨，風速可達二十公里，降雨量爲四百二十公釐，雲層迅速往東移去。山脈的西麓，亦即木曾山一帶，全年降雨量較多。

主任巡山員往四周掃視，來到某個地點，目光突然停在陡峭的斜坡下面。在樹林底下，露出一片花崗石斷層。在灰白的岩石上，好像有一個黑色的東西。昨夜的雨水把樹木淋得濕漉漉的，葉片上的水珠往下滴淌著，透過綠翠的葉叢間隙，可以看到這奇異的光景。

主任巡山員沿著陡峭的斜坡往下走，背包隨著身子輕輕晃動著。腳下的岩石面很滑，山上的流水從草叢間漫過。他攀拉著樹根和灌木，小心翼翼地往下走。

往下走二十公尺處，剛才還顯得很小的物體，這時候在他的視野中變大了。突出的那塊岩石，儘管峭拔奇險，仍形塑出幾處狹窄的平台，有個人平躺在平台上，動也不動，彷彿緊貼在石面上。

巡山員看到這副情景，立刻順著斜坡往上爬，因爲他知道躺在那裡的是一具屍體，他倒不覺得害怕，他的工作是巡山走林，這種情形已司空見慣，化成白骨的自殺者，一年總能遇上幾次。

他下了山，花了不少時間才走到有人居住的村落。這村落有二十幾戶人家，像青苔般座落在一千兩百公尺的峽谷裡，有一條路通往村落的中心，就是大平街道，連接著木曾谷和伊那谷。木曾嶺（海拔一四〇〇公尺）位於往東一公里的地方。

巡山員來到村落告知村長，在國有林裡有一具遇難者的屍體，他要去通知派出所的巡查，勞煩村長找幾名年輕人協助搬抬屍體。說完，便朝一輛從山上載著檜木下山的卡車招手，毫不客氣地坐了上去。

「先生，發生了什麼事？」頭上綁著毛巾、渾身汗臭味的司機問道。

「沒什麼，我在山上發現遇難者的屍體，想去派出所報案而已。」巡山員坐在副駕駛座，嘴上叼著菸。

註——日本木曾山脈的俗稱。

「哦，大概是昨天颳颱風，迷了路，從崖上跌下來的吧。三、四天前，氣象預報就說有颱風要來，卻硬要冒險登山，眞是亂來！」

巡山員聽著司機抱怨，心想對方說得沒錯，從那姿勢看來確實像是從崖上摔下來的。卡車順著蜿蜒的山路左彎右拐下坡而來，半路上，他們在木曾茶屋前休息了一下，再開到三留野的鎮上，總共花了一個半小時。

下午兩點左右，三留野派出所的巡查才把上述的案子通報給直屬的木曾福島警署。警署派相關人員到現場驗屍，得花費不少時間，因爲那個地方既偏遠，交通又不方便。警車沿著木曾街道南下，從妻籠蹣跚地爬上大平街道，抵達木曾嶺附近的村落時，已經是下午四點多了。山裡日落得早，四周已逐漸披上了暮色。

四名青年和巡山員在村落等候警方到來。總共來了四人，一名警部補、兩名巡查、一名法醫。由於發現遇難者屍體的是巡山員，便由他帶路。路況很糟，加上昨夜暴風雨來襲，走沒多久，一行人身上已半濕了，陳屍地點在深山裡，上了年紀的警部補走得氣喘如牛。

「就在那裡。」主任巡山員指著不遠處說道。

屍體依然以原先的姿勢躺在那裡。一個巡查畫著地形示意圖，另一個巡查和幾名青年則沿著陡峭的斜坡往下走。

死者是一名四十歲左右的男子，身上穿的深綠色襯衫被雨淋濕而緊緊貼在皮膚上。

隨後下坡驗屍的法醫，指著死者的後腦杓說，果眞是從崖上摔下來的，後腦有一處皮膚裂開了。

「醫生，死者並沒有流血。」巡查說道。

「可能被雨水沖掉了。」

法醫一邊回答，一邊開始驗屍。他觸摸冰冷的屍體，推測死亡時間已有三十個小時，死因爲墜崖身亡，斷崖高度約有三十公尺，死者背著癟塌的背包，裡面空無一物。打開飯盒一看，也是空空如也。

他們用備妥的橡膠雨衣裹好屍體，綁上繩子後拉上斷崖，再把屍體放在竹編的擔架上，由四名青年扛下山。天色完全暗了下來，必須打著手電筒照路。猿猴在樹上哀吟著，一行人當中有人大聲唱歌企圖喝止野獸，因爲這一帶經常有大熊出沒。

屍體被運到福島警署已是晚上了。在明亮的燈光下，法醫又重新勘驗屍體，他證實致命傷爲後腦撞及岩石造成的裂傷，傷口長兩公分、深〇．五公分。在除去屍體身上的衣服後，手肘、背部和腳部都有擦傷。這很可能是墜落時撞到岩石造成的，但不知什麼原因，腹部卻異常凹陷。從襯衫、褲子和鞋子等衣物來看，幾乎找不到任何線索可以查明死者的身分。死者腳上穿的並不是登山鞋，而是布鞋，而且尺寸過大；背包爲黃褐色，又舊又髒，上面沒寫姓名，背包底部沾滿泥巴，裡面空無一物；隨身攜帶的飯盒洗得很乾淨，上面也沒寫姓名。

總之，這個四十歲的遇難者是個身分不明的人。

「噢。」此時，前來旁觀驗屍的巡查部長小聲叫道，「這個人好像是通令要找的人。」

「是誰？」老邁的警部補大聲問道。

「就是東京警視廳要我們協尋的失蹤者，好像叫什麼律師來著？」

警部補馬上叫部下把文件拿過來。

「還滿像的。」警部補拿著通令上的照片比對死者的臉部特徵與身高。

「很可能是這個人。總之，先跟東京聯絡一下。」

警部補立刻命令部下打電話通知警視廳。

搜查本部接到通報已是當晚八點，他們旋即聯絡瀨沼律師的家屬。律師的弟弟答應前去認屍。不過，由於時間不恰當，決定搭乘隔天早晨的火車出發。然而，搜查本部至此仍半信半疑。

「跑到木曾的深山裡墜崖身亡，這未免太離奇了，該不會是另有其人吧？」主任歪著腦袋兀自嘟囔著。

主任心想，如果確定是瀨沼律師本人的話，那將是本案的重要關鍵。他相當重視這起事件，決定派出副手井手警部補和一名刑警前往。

連同律師的弟弟在內，三人於隔天早晨在新宿車站搭乘八點十分的快車出發，下午一點半抵達塩尻站，將近下午三點到達木曾福島站。福島警署的員警來車站接他們。那時，屍體已經送到了市內的公立醫院。木曾川流經福島市區，醫院旁有座橫跨河川的鐵橋。

屍體安置在醫院的某個房間，瀨沼律師的弟弟看到屍體的臉孔，便驚惶地說，「正是家兄。」

「您沒認錯吧？」井手警部補追問道。

瀨沼律師的弟弟肯定地表示沒有認錯，只是哥哥看起來比平常瘦了許多。

東京警部補聆聽木曾福島署的資深警部補參照五萬分之一的地圖和巡查所畫的示意圖，詳細介紹陳屍現場的狀況。

屍體被發現的前一天有颱風來襲。因此木曾福島署的警部補認爲，當事人是遇上強烈的暴風雨，無法下山，在山林裡徘徊時，失足跌落斷崖的斜坡上。

然而，井手警部補不得不懷疑，瀨沼律師遭綁架後，被綁匪假扮成病人，從東京車站抬進南下的「西海號」快車，經過那麼長的時日，爲什麼會獨自在木曾的山中徘徊？

「襯衫、鞋子、背包和飯盒，都是瀨沼律師的物品嗎？」井手問律師的弟弟。

「不是，不是家兄的，我也沒看過這些物品。」律師的弟弟否認道。

這些物品並不是新的，也不像是律師在半路上買的，而是別人用過多次的舊貨。換句話說，這些穿在律師身上的衣物，都是向別人借來的。

井手警部補這樣推測，綁走瀨沼律師的那夥綁匪，把自己的衣物穿在律師身上，然後把他帶進木曾的山裡，並將他推落斷崖致死。

當然，這只是一種假設。

「請立即解剖，查明正確的死亡原因。」警部補要求道。

警部補心想，如果在東京的話，該有多方便。像是這種死於非命的屍體，都可以送到東京都監察醫務院解剖，但在這麼偏僻的醫院裡，會有高明的法醫嗎？他爲此開始先入爲主地擔憂了起來。

親自執刀的院長，是個頭髮半白、儀表堂堂的人。他先口述屍體的外觀狀況，由助手負責記錄。然後以超乎警部補意料的熟練刀法，開始劃開屍體的體腔，並口述內臟器官的狀況，再由助手記錄，然後對一旁的警部補說：

「這個人似乎有過度飢餓的現象，待會兒我會檢查一下胃部。」

說完，院長取下肝、胃、肺的切片，交代助手拿去稱重。

內臟檢視完畢後，院長又切開了頭蓋骨。淡褐色的腦漿，皺褶整齊勻稱，上面覆著一層像薄紙的腦膜，宛如用蠟紙包覆的高級水果。

「院長，這裡請您仔細檢查一下。」

警部補說完，戴著口罩的院長點點頭。

院長俯下身子仔細檢查，用指尖戳了戳，告訴助手：

「皮下沒有出血。」然後又檢視腦漿的狀況，「沒有遭受外力撞擊。」

「院長，這是怎麼回事？」警部補問道。

「一般來說，後腦杓若遭受外力撞擊，皮下會有出血現象，但這個人沒有流半滴血。腦漿的質地很軟，若受到巨大衝擊，相對的一邊，就會出現受創徵候，這裡看不出來。」

「這是腦震盪特有的徵候嗎？」

「是的。」

「爲什麼沒有這些症狀呢？」

「沒有這些症狀，也可能引起腦震盪。解剖腦震盪的病例，查不出原因是常有的事。不過，皮下沒有出血，到底是什麼原因？受到這麼大的撞擊，理應會有出血現象。」

醫生檢查完腦部，又切開心臟，突然露出驚訝的神情。他吩咐助手說：

「量一下體溫？」

助手拿著溫度計從死者的肛門插入測量，沒多久，向醫生報告體溫結果，醫生微微點點頭。

「這是凍死的徵候。」

「咦？凍死的？」警部補睜大眼睛問道。

「他的體溫很低，心臟裡面的血色，左右差異很大，左邊赤紅，右邊微黑。很像是凍死的症狀。」

警部補聽到醫生這麼說，不由得想起發現屍體的前一天確實有颱風來襲。待在海拔一千五百公尺的深山裡，整夜遭受暴雨淋打，有可能被凍死。他心想，待會兒詢問氣象局，當晚現場的溫度降到了幾度。

「這麼說，死因是凍死，不是腦震盪？」警部補問道。

「至於是不是凍死的，目前還不能確定，只能說是接近這種症狀。」醫生說著，又打開胃，「眞乾淨啊，沒有任何消化物，肯定餓了很久，而且是極度疲勞。」

醫生又檢視腸子，腸道也很乾淨。不過，檢視大腸下端時，又露出詫異的表情，用小鉗子夾出一顆黑色微粒。大腸裡積存著許多這樣的東西。

「這是什麼東西？」警部補探視著問道。

「小的是野草莓，大的是通草籽。」醫生這樣回答之後，側頭思索了一下，做出判斷說：

「井手先生，死因應該是餓死比較恰當。」

「什麼？餓死？」警部補露出驚愕的神情。

2

醫生判定遇難者死於飢餓，井手警部補感到意外。他始終認爲瀨沼律師是跌落斷崖的斜坡，頭部受到劇烈撞擊致死的。實際上，後腦也有一道深〇・五公分、長兩公分的傷口。

「餓死？院長，您能不能再詳細解釋一下餓死的原因？」警部補站在院長身旁問道。

他思忖著，造成摔死和餓死的條件是完全不同的。該不會是這個鄉下醫生缺乏法醫的專業素養？畢竟這個醫生的專業不是法醫，難怪他要如此質疑。

「首先，胃裡沒有任何東西，腸道裡也很乾淨。」醫生將切開的胃和腸給警部補看，「您看，腸子下方只有些許消化物的殘渣，至少表示死者處於飢餓狀態，這就是根據。」

接著，醫生指著從消化物中取出裝入玻璃容器的野草莓和通草籽說：

「這些種籽沒有消化，還保存著原來的形狀，可以想見，這個人已經餓了很久，餓到隨手採食野生果實，也許還吃過樹根或青蛙之類的生物。」

「那麼，人要幾天不吃東西才會餓死？」

「長可拖到二十幾天，短則兩、三天。不過，要看是什麼樣的條件。」

「請您解釋一下短期致死的條件。」警部補問道。

大概是警部補問得可笑，醫生眼裡露出笑意。

「說到短期致死，精神上受到打擊也會加速死亡。比如恐懼、焦慮或極度恐慌等等。」

「原來如此。」警部補想像瀨沼律師獨自在山中徘徊的情景。

「此外，氣候寒冷也會加速死亡。方才我提到他有凍死的症狀，因爲他的體溫很低。在深山裡整夜受到暴風雨吹淋，難免會變成這樣。」

這時候，刑警打電話到松本氣象站詢問，向警部補回報說，颱風經過當晚，木曾附近一千公尺以上的高山，最低氣溫降到攝氏七度左右。

「我說的沒錯吧？氣溫降到這麼低，加上暴雨淋打，結果必然是如此。」醫生在一旁說道。

飯盒裡沒有一顆米粒，背包裡也空無一物。背包裡不可能沒裝東西，應該裝過罐頭之類的食品，吃完以後丟掉的。這樣看來，他畢竟是餓死的。

「院長，死亡時間有三十個小時嗎？」最早驗屍的法醫問道。

「是的。以昨天勘驗的時間點來看，超過三十個小時了。」院長同意法醫的看法。

警部補露出思索的神情。如果時間吻合的話，瀨沼律師很可能死於颱風當晚的十一點到十二點之間。假如他餓了三、四天，那麼他在山裡徘徊就超過五、六天了。

瀨沼律師為什麼會獨自在山裡徘徊？井手警部補想不出其中原因。

這段期間，醫生又切開內臟的各部分。他嘟囔了一下，耳尖的警部補立刻趨前問道：

「院長，什麼事？」

「你看，他的膀胱。」院長指著膀胱說，「尿液非常少。通常人飢餓的時候，都會拚命喝水，但他的尿液實在很少，而且其他臟器也是乾的。」

醫生吩咐助手把尿液裝進量杯裡，量杯上有刻度，助手看著刻度說尿量為四毫升。

「尿量稀少與死因有關嗎？」警部補問道。

「是沒有直接關係，不過水喝得太少，會增加飢餓感。」

瀨沼律師為什麼不喝水？當晚山上的降雨量為四二〇公釐，不可能沒水可喝。這時候，始終站著聽他們對話的木曾福島警署警部補說道：

「不，我認爲死者原本很想喝水，但是雨下得再大，那裡的地形全是岩層，雨水很快就流到山下，沒辦法形成水窪。不過，發現死者的現場下方，卻有一個水潭。這是我的想像，瀨沼先生可能想走到水潭處取水來喝。人渴的時候，都想喝水，加上他當時又餓又疲憊，走路不穩，不愼摔落到岩石上。」

井手警部補聽著，覺得這個推論有道理。瀨沼摔落之後，不管有沒有造成腦震盪，人已經無法動彈，在那種情況下，寒冷會加速瀨沼的飢餓感。這時候，井手警部補應該想到更重要的事，可是他卻疏忽了。

警部補只專注於推測瀨沼律師爲什麼非得攀登木曾的深山，於是他問瀨沼律師的弟弟：

「瀨沼先生是否經常爬山？」

「不，家兄根本沒有這種嗜好。」律師的弟弟回答道。

「令兄在木曾附近有什麼親友嗎？比如，有沒有熟識的人？或是以前曾經來過這裡？」

「沒有，完全沒關係。」律師的弟弟否認道。

警部補心生納悶，不喜歡爬山，又沒有親朋故舊的瀨沼律師，爲什麼來到中央阿爾卑斯這個陌生的摺古木山裡徘徊了五、六天？

井手警部補還年輕，卻有文學嗜好，想到瀨沼律師的離奇死亡，不由得想起海明威的作品〈吉力馬扎羅的雪〉中的序言：

吉力馬扎羅是一座海拔一萬九千七百一十呎的高山，長年積雪，在西高峰的近旁，有一具風乾凍僵的野豹屍體。野豹到這樣高寒的地方來尋找什麼，沒有人能夠解釋得清楚。

瀨沼律師爲什麼會爬上這座高山活活餓死？

警部補暗自背誦道：

「在西高峰的近旁，有一具風乾凍僵的野豹屍體。野豹到這樣高寒的地方來尋找什麼，沒有人能夠解釋得清楚。」

當然，井手警部補也知道瀨沼律師不是一隻豹。

瀨沼律師是遭人從東京綁架的。那麼，爬上中央阿爾卑斯山的一隅，就不是出於他的本意，他是遭到暴力挾持，強行被帶去那裡的。

警部補把醫生開具的詳細驗屍報告，送交警視廳，在福島警署的協助下，前往現場附近打聽。

說是現場附近，只不過是沿著大平街道散居在山裡的零星住戶，而且各戶之間相隔遙遠，沒有預想能找到什麼線索。

不過，倒是從其他方面得到些許情報。有個服務於三留野與飯田之間巴士路線的車掌小姐，向福島警署報案。

車掌小姐說，大約在暴風雨來襲的四天前，從名古屋出發的巴士，在上午十一點抵達三留野車站。她剛好輪到往飯田的第二班巴士，車上有個乘客很像警方尋找的瀨沼律師。警察問她怎麼知道，她回答說，因爲對方穿著深綠色襯衫。

「是這個人嗎？」井手警部補拿出瀨沼律師的相片給她看，車掌小姐表示記不太清楚了。

「他不是單獨一個人，」車掌小姐說，「有五、六個人跟他一起。」

「噢，他還有同伴，那些人大約幾歲？」

「都很年輕，嗯……，大概三十出頭吧。他們的長相我記不太清楚了。」

「他們在車上的情況怎樣？」

「在聊天，主要都在聊登山的事，聊了哪些事，我沒特別注意。」

「那個穿深綠色襯衫的男子也加入他們的話局嗎？」

「沒有，只有他不怎麼說話。我想起來了，他離那些人比較遠，顯得有些孤單。」

「噢，那麼他們在哪一站下車？」

「在木曾嶺的隧道那邊，五、六個人一起下車的。當然，穿深綠色襯衫的男子也在其中。」

「後來呢？」

「他們往山裡的方向走去，因爲山路狹窄，他們排成一列縱隊。」

「那時候，穿深綠色襯衫的男子走在最前頭嗎？還是後面？」

「嗯……，他好像在中間。」

警部補開始思索，如果在中間，那表示前後有人包夾，這意味著瀨沼律師被綁架以後，又被那批人強行押上山。

警方詢問過曾與這班巴士會車、載運木材的卡車司機，他的證詞也與車掌小姐相同。綜合上述線索，可以得知以下的情況。

3

在中央線上，約莫在名古屋站與塩尻站之間，還有一個叫三留野的小站。那裡位於山谷之間，除了木曾川流經，沒有什麼特別的風光。

從車站前面沿著舊中仙道往南而去，不遠處有家馬籠旅館，它即是作家島崎藤村的作品《黎明前》之故事舞台，只有愛好文學的人，才會注意這個小站。

上午十一點南下的火車抵達後，在站前等候的巴士，載上剛出站的旅客之後，隨即開走。巴士的起迄站是「三留野——飯田」，這條路線的班車，從木曾谷的三留野開往伊那谷的飯田市，途中必須越過駒岳山的山脊，全程總共四十四公里，每天只發三班車。

車掌小姐記得那天是八月二十一日。當時，車上有十四、五名乘客。身穿登山裝的有五人，均買了到大平的車票，她猜想他們可能去露營。這些人有老有少，在車上神情愉悅地高談山事。

巴士沿著蜿蜒的山路，氣喘吁吁地爬上陡坡。有三名乘客在中途的村落下車，一人上車。再走十里，山坡上出現住戶的地方就是大平，其餘全是險峻的環山路，一面是森林傾壓，一面是懸崖峭壁，下無著地，只有淙淙流水，對面的山雲盤繞，變幻莫測。

車子走了一個小時之後，停車休息五分鐘，前面有一間孤伶伶的茶店。

「木曾見茶店到了。」

乘客幾乎都下車了，只有少數幾個留在車上。司機伸展腰桿下車，車掌小姐也跳了下來。

從這裡望過去，木曾谷的景色盡收眼底，沒有比這裡更能清楚眺望山巒的美景。森林連綿不盡，林色鬱鬱蒼蒼，森林的另一端與御嶽相連。陽光灑滿山谷，朵朵白雲在地面上投下斑駁的陰影，白色的山路像羊腸般環繞著。只有這條山路顯得敞亮，隨著山勢起伏，不時遮上陰影，霎時產生立體感的錯覺。御嶽和穗高山層巒疊嶂，將天空塗抹得色彩繽紛。

有些人走進茶店享用關東煮、有些人坐著欣賞風景、也有人爬到豎立著「御嶽遙拜所」標示牌的崖上。五分鐘的休息時間很短暫。司機蹲在地上與小狗嬉戲、車掌小姐與茶店老婦聊天。

幾名登山裝束的乘客正在吃關東煮，好像有人問老闆是否供應麵條，似乎很餓的樣子。這五個人之中，有一個人穿著深綠色襯衫、頭戴綠色登山帽，唯獨他什麼都沒吃，也沒跟那夥人交談，彷彿被孤立在外。大概是因爲他戴著墨鏡，司機和車掌小姐對他印象不深，更遑論記得他的長相了。在這種季節，尤其跑這條環山公路的巴士，經常遇到這樣的乘客。

五分鐘以後，巴士又載著稍事休息的乘客上路，依舊是慢吞吞地爬上陡坡。穿過茂密的樹林，路上幾乎看不到行人，偶爾在轉彎處冒出載運木材的卡車，一路上看到的不是山巒就是樹木，久而久之令人感到單調乏味。只有開車的司機繃緊著神經。

這條山路在夜晚會有山豬出沒，有個乘客提到還有灰熊，另一名乘客則講到捕捉羚羊的經驗。聽說白天，猴子還會經常結伴出遊。

五個登山裝束的乘客坐在最後面的座位，彼此笑談著，只有那個戴淺綠色帽子的男子，多半沉默地看著窗外。

這條路名叫大平街道，從以前就是連接中仙道和伊那街的山路，後來改成巴士路線，其實只是把舊道稍微拓寬而已。這條路的土質相當鬆軟，坍方路段頗多，從坍塌處往下俯視就是潺潺溪水，溪旁是一片茂密的山白竹。車子開到飯田的盆地，需要三個小時。

車掌小姐無所事事地坐在司機旁邊，乘客幾乎都在睡覺，只有遇到劇烈顛晃時，才會睜眼探看。不過，窗外的景色實在不值得一賞，一睜眼便又闔上了。幾個登山客又開始交談，只有司機聚精會神地握著方向盤。

這座山脈西臨木曾溪谷、東接伊那谷，兩谷之間發生過斷層，只有中間隆起，因而形成了這座山。從北而南，有經岳、駒岳、南駒岳、念丈岳、摺古木山、惠那山等山峰。巴士緊靠著摺古木山的南側行駛，一四〇〇公尺的木曾嶺就是這條山路的最頂點。每年一到十一月份，常因大雪交通難行。

雲層在天空中浮動著。兩名維修崩塌路段的工人蹲在路旁抽菸，一路上看到的只有這兩個人。從三留野站出發，已經過了一個半小時，巴士依舊賣力地往上爬升。

單調的景色終於出現了變化，前方的隧道映入眼簾。司機似乎感到如釋重負，即將抵達山嶺了。

「喂，停車！車掌小姐！」後座有人喊道。

車掌小姐站起來回頭對後面的乘客問道：

「要在這裡下車嗎？」

「嗯，在這裡下車。」

五個登山裝束的乘客吵吵嚷嚷地站起來。

司機踩下煞車時，不料，黑暗的隧道口駛來一輛卡車。

「請等一下，現在要倒車。」車掌小姐阻止道。

看上去，滿載木材的卡車非常巨大，上面坐著兩個人。巴士一面緩慢移動，一面退至路旁，路旁的樹枝猛烈拍打車頂。

等不及卡車會車，五名登山客已經下車了。只有那個頭戴綠色帽子的男子，最引人注目。巴士上的乘客和卡車上的兩名男子，都看得非常清楚。

後來，在接受警方查問時，大家紛紛異口同聲說：

「我們記得很清楚。」

那五個登山客零散地走著，定眼細看，綠帽男被夾在中間，身旁跟著另一個人。有一個人抬頭看著隧道上方，那裡刻著「木曾嶺」三個大字，宛如匾額。另一個人指著進山的小徑，彷彿在說就是這條路。沒多久，五個人排成縱隊，開始往上爬，綠帽男依然走在隊列中間。沒多久，縱隊終於消失在山白竹、樅樹和檜木林的深處，走在最後的男子回頭朝巴士揮揮手，不過車上無人回應。

司機下車小解後，又坐回駕駛座，握著方向盤。車掌小姐直喊口渴。

「剛才那幾個人都背著水壺，妳應該向他們要水喝。」司機說著，又踩了油門。除了這兩句話，他們沒再聊到下車的五名登山客。巴士駛出隧道以後，又繼續走了一個半小時的單調山路。

警部補開始思索，瀨沼律師被那夥人強行押上山，沿路既搭了火車，也坐了巴士，中途也有乘客上車，他為什麼不大聲求救？只要出聲，應該有人相助。他沒這樣做，想必是稍一出聲便性命不保。

然而，那些人為什麼非得把瀨沼律師押上山不可？實在令人想不透。最後，瀨沼律師獨自在山中餓死，那些人肯定是把他留在山裡再離開。

那座山果真是人跡罕至、足以餓死人的深山幽谷嗎？警部補提出這個疑點時，一名熟悉那一帶地形的刑警說：

「那座山的路況非常惡劣，加上霧靄深重、天氣多變，眼見天氣放晴，一下子又怒雲滾滾。遇到這種天候，連老練的登山客都會迷路，沒有經驗的登山客一旦迷失了方向，只會離人煙處越來越遠。何況那裡又是鬱鬱蒼蒼的原始林。」

4

井手警部補回到東京，搜查本部好像等候已久似地立刻召開會議。

警部補逐項報告此行的調查結果，搜查一課的里村課長和負責此案的矢口主任一邊聆聽一邊熱心地記錄重點，尤其仔細地討論了醫生的驗屍解剖報告。

「僅僅四、五天，果眞就能餓死人嗎？」主任抬起頭來說道，對於餓死的問題提出質疑。

井手警部補複述了木曾福島醫院的院長解剖時，所提到短期餓死的條件。

主任不動聲色地離開座位，好像打電話給專門解剖死因不明屍體的小島博士，前後花了不少時間，回到座位以後，露出凝神思索的表情。

「我把瀨沼律師遇害的經過整理出幾個重點。」主任一面說，一面逐條寫下：

1　瀨沼律師從東京車站坐上火車，沿著東海道南下，姑且把目的地定爲名古屋一帶。

2　瀨沼律師從中央線的三留野站搭上巴士，這是他頭一次現身，離他從東京車站失蹤，已經過了很長一段時間。我推測他遭到綁匪監禁，問題是關在什麼地方？

3　一開始是坐火車去名古屋，後來在三留野站搭上巴士。這樣推測，他被監禁的地方，可能在中央沿線的名古屋至木曾附近。

4　綁匪爲什麼要把瀨沼律師押到摺古木山？最終目的是要餓死他嗎？

5　瀨沼律師什麼時候被遺棄在山裡？如果綁匪一開始便以餓死瀨沼律師爲目的，那麼讓他在山中迷路，長達數天便是必要條件。如此一來，同行的綁匪也必須在山裡監視他，直到他餓死爲止。否則瀨沼律師若從山裡逃走，對他們而言，後果是不堪設想的。

6　最後一點，他們爲什麼採取強押瀨沼律師上山使其餓死的手段？眞要殺他，可以用更簡單的方法，到底是基於什麼原因？

搜查會議以此議題爲討論重點，每個成員開始發表自己的看法。

主任抽著菸，仔細聆聽同事的發言，但是對於餓死的說法，始終無法認同，他總覺得其中有不盡合理的疑點。

然而，瀨沼律師確實是在深山裡飢寒交迫死亡的。當時，車上也有目擊者，醫生又從他的腸子內取出野草莓和通草籽，這些都是強有力的事實。

這時候，有個刑警提出了奇妙的問題。

「從解剖結果來看，死者的尿量很少，體內器官呈現乾枯狀態。瀨沼律師在餓死之前爲什麼不喝水？」

5

東京的報紙，連續兩天以〈新宿槍殺案〉爲題做了大篇幅的追蹤報導。

一則報導說，搜查本部已查出擔架和手槍的出處，以及嫌犯的眞實姓名。

——警方已查出嫌犯黑池健吉，現年三十二歲，原籍爲長野縣南佐久郡春野村字橫尾，之前化名爲山本，在紅月酒吧擔任酒保。黑池於一九四七年，在當地的春野中學擔任代課老師，一九四八年離職，前往東京之後便音訊全無。原籍地已無親人。凶案發生以來，已經過了四個月，搜查本部很有信心表示，近期內可將嫌犯逮捕到案。

隔天，各報又繼續報導瀨沼律師死亡的消息。

——瀨沼律師爲什麼會餓死在摺古木山中，這個謎團令警方費解。搜查本部證實，一個星期前，有五、六名登山裝束的乘客，而瀨沼律師也在其中。他們在中央線的三留野站下車後，坐上往飯田的公車，經過大平街道，在木曾嶺附近下車。不僅日期符合，警方也已得到車掌小姐和其他目擊者的證實。同行的四、五人，均爲強押瀨沼律師離開東京車站的綁匪，警方正循線展開偵察。另外，警方認爲，瀨沼律師遭綁架案，與新宿槍擊案有關聯，正全力布署，誓言將嫌犯黑池健吉緝捕到案。

萩崎龍雄在住處讀了這兩則報導。他從中央線的岐阜縣瑞浪市落寞地回到東京倏忽已經過了三個月。這段期間，他並非沒有外出調查，而是沒有追查到任何線索。

一個星期前，龍雄打電話到報社找田村，想問他後來有沒有找到有力的線索。不過，接線生這樣回答：

「田村出差了。」

「出差？去哪裡」

「九州。」

「九州的什麼地方？」

「不清楚。」接線生冷淡地回答。

龍雄吩咐接線生，請田村回來後打電話給他。龍雄心想，田村可能還在九州。

田村不在的這段期間，案情出現兩個發展。龍雄除了這兩則報導之外，無法得知更詳細的內容。如果田村在的話，八成會滿頭大汗地跑來告訴他。

警方果眞是行家。

龍雄讀完報紙以後，不由得發出這種感嘆。自己看似超前幾步，但是在躊躇不前的時候，警方的調查行動已經有了具體進展。之前他也預料到，自己的所作所爲終將是徒勞，現在似乎已得到證明。不論他或田村多麼焦急，終究達不到這樣的成績。與擁有優異組織的警方相比，他們這兩個門外漢顯得格外軟弱無力。龍雄深切感受到門外漢的侷限與無能爲力。不知怎地，他心裡有股無處宣洩的挫折感。

黑池健吉、黑池健吉。——報紙上這四個大字，深深烙印在龍雄的腦海裡。

就是這個人把關野課長逼上死路，輕易地騙走三千萬圓支票，連累專務被降調到大阪，他永遠不會忘記這個名字。瀨沼律師的離奇死亡，對他來說並不重要。他之所以感到憤恨難平，是因爲這個兇手居外還逍遙法外。

龍雄頻頻叨唸著，原籍長野縣南佐久郡春野村字橫尾，但腦中似乎沒有什麼特別的靈感。就在這時候，他突然輕叫一聲，聯想起另一個相似的地址。

龍雄急忙從口袋裡拿出記事本，迅速翻到這一頁。

山梨縣北巨摩郡馬場村新庄 吉野貞子

這是他在瑞浪郵局看到的一張普通匯票的收款人姓名。當時他認爲是上崎繪津子的女子，就差那麼一點點時間，最後還是沒見到。

龍雄直覺，山梨縣北巨摩郡和長野縣南佐久郡應該相距不遠。他爲了弄清楚，還跑到附近的書店買來一張長野縣和山梨縣的分縣地圖。

長野縣南佐久郡春野村在長野縣的南邊，臨近山梨縣，面向八岳山的東側。但是，他找不到北巨摩郡馬場村這個村名。由此看來，不論是村名或吉野貞子這個名字，都是隨便編的。不過，北巨摩郡確實位於山梨縣北部，與長野縣南佐久郡接壤。

這是巧合嗎？

龍雄攤開兩張地圖，一面抽菸一面思考。

這張匯票應該是在瑞浪鎮某處避風頭的黑池健吉，唆使上崎繪津子到郵局兌換現金的。

而收款人的資料當然是黑池健吉叫上崎繪津子塡寫的。這兩人之間究竟基於什麼原因要這麼做？實在令人百思莫解。儘管事因不明，但可以從這裡推測。

每個人在塡寫不實地址時，大多會選用印象中的地點。姑且試想黑池健吉的心理。以他的經驗來看，他最熟悉的地方是自己的故鄉和東京。他知道自己正被通緝，塡寫這兩個地址的同時，便會猶豫不決。因爲這兩個地方，與他過去的生活密切相關，難免引起本能上的恐懼，他害怕寫出長野縣和東京，會讓警方發現蛛絲馬跡。

黑池健吉爲了避免引來猜疑，便把長野縣改成山梨縣，以爲只要把縣名掉包，即可高枕無憂。他對於山梨縣記憶深刻，是因爲鄰郡的北巨摩郡在山梨縣內。他大概是順手寫下北巨摩的郡名，然後在下面隨便編個村名。

萩崎龍雄琢磨著眼前的兩張地圖如此推論。

想到這裡，他對黑池健吉的故鄉長野縣春野村產生濃厚的興趣。當然，他知道黑池健吉現在不可能在那裡。不過，黑池健吉二十三歲之前住在那裡，在那裡擔任代課老師，那裡是與他過去生活息息相關的地方，那裡存在著他的過去。

「嗯，我應該去那裡看看。」龍雄當下這樣決定。

報上說，警方近期內即可將嫌犯黑池健吉逮捕歸案。也許偵辦進度已超過龍雄的想像。黑池健吉若能落入警網，當然最好不過。他何必非親手抓到嫌犯不可？又何必跟搜查本部一爭高下？他知道自己與田村不同，不是新聞記者，就算黑池健吉先被警方逮捕，他也沒什麼好懊惱的。總之，先親自到那裡看看再說。

他查過火車時刻表，新宿車站剛好有一班十二點二十五分的快車，他打點行裝，便趕往車站。

他怕漏接田村的電話，又打電話到報社找田村。接線生回答說：

「田村出差，還沒回來。」

龍雄覺得田村這次出差未免太久了。走出公共電話亭，陽光灑落在車站前的廣場，自從上次颱風來襲，天氣多了些秋意。

快車經過甲府，下午四點十九分抵達小淵澤站。前往長野縣春野村，必須在這裡換乘搭小諸的小海線，這條支線非常不方便，得等上四個小時。所以，龍雄直接坐到富士見站，下車遊玩一番。

站在白樺林裡，龍雄朝對面的山丘望去，可以看到成排紅藍相間的屋頂。那裡有座白色的高原療養院，夕陽把窗戶照得閃閃發亮。眺望之際，龍雄想起那座建在瑞浪鎮郊外山丘上、陰氣森森的精神病院。

後來，龍雄又回到了小淵澤，換搭小海線坐到佐久海口這個小站。下車時，已將近晚上十點了。在夜色中，山裡飄來的寒氣急速沁入肌膚。

車站前有一間旅社，一樓是小吃部，二樓兼作客房，只有這裡透著燈光。

老婦把龍雄帶進燈光昏暗的小房間，端來半溫的茶水。

「大嬸，這麼晚才住宿，很不好意思。請問到春野村需要多久時間？」龍雄問道。

「到春野要兩里路，是春野的什麼地方？」

「橫尾。」

「噢，到橫尾？那還得走上一里路。」

「妳知道那裡有個姓黑池的人嗎？大概在八、九年前，那位黑池先生在春野中學當過代課老師。」

龍雄這樣問道，但老婦搖搖頭說不知道。

隔天早晨，龍雄很快醒來。昨夜抵達車站時，天色太暗，沒能看清楚。現在走到戶外，夏日清晨空氣格外清新，八岳山腳下的遼闊原野近在眼前。平時看慣了山的西側，山後又是別有一番景致。

吃完早餐，龍雄等著坐公車。他不由得感到交通的便利，不論多偏僻的山村，都可坐巴士到達。

巴士搖搖晃晃地沿著山路跑了四十分鐘，終於抵達有村公所的地方。這裡似乎是山村的中心，有兩、三家賣農具和日用雜貨的小店。

在空間不大的村公所裡，有五、六名職員坐在陰暗處，像影子般正在埋頭工作。

龍雄走到立有「戶籍」牌子的櫃檯前，對一個年老的職員問道：

「我想看一下戶籍。」
「好的，您要看誰的？」
「我要看本村的字橫尾黑池健吉的戶籍。」
龍雄付了四十圓的閱覽費，老職員便從架上取下一本厚重的戶籍原簿，用粗糙的手指翻到那個頁次，說道：
「就是這個。」
龍雄俯身細看。戶籍上這樣記載——黑池健吉，一九二五年七月二日出生，父母雙亡，兄長一人，已歿。旁邊有項記載，強烈地吸引著龍雄的目光。
他又回頭看著健吉母親的欄目，健吉的母親名叫靖子，爲梅村寅松的長女，同樣住在字橫尾。
「請讓我看一下梅村寅松先生的部分。」
龍雄說完，老職員站起來又從架上取下另一本戶籍原簿。
「來，就是這一頁。」他指著那一頁說道。
戶籍上這樣記載，梅村寅松有子女兩人，長女爲靖子，底下有個弟弟，已歿，但育有一子，名叫音次，生於一九一四年四月十七日。龍雄將這名字抄在記事本上。
「請問您在調查什麼？」老職員闔上戶籍原簿問道。

龍雄走了一里路，來到橫尾這個地方。高原的夏天，空氣非常乾燥。

橫尾座落在山谷裡，有三十幾戶人家，全是些生活拮据的農家，那裡當然沒有店家，龍雄不知從何問起，這時剛好有個五十出頭的男子坐在路旁抽菸，他走向前問道：

「請問您知道黑池健吉的家嗎？」

龍雄這樣問著，滿臉鬍鬚的男子抬頭看著他說：

「黑池家已經不在了。不久前，派出所的警察帶著東京警視廳的人，來問很多黑池家的事，您也是警察嗎？」

「不，我不是警察。」

「聽說健吉做了壞事。那傢伙到東京就學壞了。」

「梅村家在什麼地方？」龍雄改變話題。

「梅村是誰？」

「一個叫音次的。」

男子打量著龍雄，說道：

「阿音的家也沒有了。他十五、六歲的時候，離開村子到東京去，生死不明，也沒有任何音訊。他小時候就很聰明，不知道現在過得好不好？」

談到半途的時候，一個拉板車的男子經過那裡，便向他打招呼：

「早安。」

「嗯，你早。」

板車上放著三個用草蓆包裹的酒罈，從露出的縫隙間可以看到裡面的容器並不是木材，而是陶器。

「那裡面是什麼東西？」龍雄問道。

「硫酸。村子裡有家皮革工廠，這是給工廠用的。」

龍雄茫然地目送著板車往山野小徑走去。

高原上空氣冷冽，唯獨陽光把遼闊的原野照得燦爛耀眼。

龍雄隨口吟了一句：

夏野盡情望　孤獨太陽掛中天

他從那日影中彷彿看到上崎繪津子的身影。

11 CHAPTER

第十一章

吊死在湖畔的男子

1

長野縣北安曇郡有座小湖，名叫青木湖。它是位於海拔八百公尺的淡水湖，屬於仁科三湖之一，方圓約一里半，湖裡有少量的西太公魚和石斑魚，東西兩側有高山雄峙。湖西岸自北而南，有白馬岳、岳、鹿島槍岳等海拔近三千公尺高的群山。

那天早晨，黑澤村有個年輕小伙子，前往鹿島槍岳和青木湖之間，標高一千五百公尺的山裡砍柴，卻在那裡發現一具白骨。他是從死者身上的襯衫和褲子判斷爲男性。

警方接獲報案後，大町警署馬上派員前往驗屍。

那具屍體躺在草地上，幾乎變成白骨，腐肉散落在地，頸部纏繞著繩子，繩索已腐爛發黑，陳屍處上方的樹幹還掛著一截斷繩。

「看來是上吊的。繩子爛了，加上屍體的重量，就斷成了兩截。」警方推測道。

「死亡時間大概有五到八個月了。」隨行的法醫在鑑識後說道。

「死者身分呢？」

現場可供研判的，只有死者身上破爛的襯衫和飽受風吹雨淋的深藍色斜紋毛織長褲，沒有其他線索。口袋裡有個錢包，裡面裝著六千多圓。

不過，警察在翻動屍體時，不由得嚇了一跳，屍體底下壓著一把手槍。在陽光的照射下，發出黑亮的光澤。

「居然還帶了一把好傢伙！」警察再次望著死者的臉孔。其實，那已經不是臉孔，只是化爲塵土的「物質」而已。

那把手槍經警察帶回鑑識之後，得知爲美製一九一一型四五口徑的自動手槍。

「慢著！」

署裡的員警對於那把手槍尚有印象，因而急著翻找通緝令。

當天夜裡，東京淀橋警署即接到長野縣大町警署的通知。

「長野縣北安曇郡的深山裡，發現一具自殺者的屍體，好像是黑池健吉。」

這對搜查本部無疑是晴天霹靂。

里村課長和矢口主任都顯得很激動。

「這下子糟了！」主任氣得掄拳踹地，「好不容易查出嫌犯的眞實姓名，他就死了，實在太可惜了！」

對搜查本部而言，沒有比嫌犯自殺更令人懊惱的了。爲了這起案子，搜查本部辛苦了五個月，這下子全化爲烏有。

「其實也不必這麼悲觀。」里村課長安慰道，「自殺者是否爲黑池本人，尚未得到確認，現在就感到洩氣，也未免過早了。」

「不，大概就是黑池，我總覺得是他，手槍型號也沒錯。」矢口主任依舊板著臉孔。

「唉，別氣餒。」課長再次安慰道，「先查清楚再說，事情才剛開始。對了，矢口，你要不要去現場看一下?」

「知道了。」主任接受了課長的心意說道。

報紙以〈新宿槍擊案主嫌自殺〉的斗大標題,報導黑池健吉上吊身亡的消息。由於各報資料均由搜查本部提供,因此報導的內容差異不大。

——死亡已超過五個多月,屍體幾成枯骨。據推測為上吊身亡,因繩索腐朽斷裂,導致屍體摔落在草地上。死者身分不明,但現場遺留的手槍疑似與新宿槍擊案有關,大町警署旋即聯絡搜查本部,矢口主任聞訊後火速趕往現場。此外,黑池曾在紅月酒吧當過酒保,為了慎重起見,警方特地請紅月酒吧的A子(二十二歲)和黑池的朋友小柴安男(二十四歲)前往認屍。然而,由於屍體的臉部腐爛不堪,幾成白骨,根本無從辨認。不過,A子證實,死者所穿的藍色長褲及乾洗店的標籤、皮帶扣環,的確為黑池所有。矢口主任當日返回東京,將手槍送交警視廳鑑識課鑑識。經彈道比對證實,那支手槍與在新宿射殺瀨沼律師事務所職員田丸利市的美製一九一一型四五口徑自動手槍為同一支。由此推定,死者確為黑池本人。搜查本部研判,黑池在新宿作案後,迅即逃離東京,奔往長野縣,後來在北安曇郡白馬村的山林裡上吊自殺。陳屍現場位於青木湖畔、鹿島槍岳東麓的山林裡,平時人跡罕至,以至於死亡五個多月未被發現。經調查,手槍裡尚留有子彈,但顯示已射了兩發。搜查本部表示,追查黑池健吉的工作就此結束,今後將全力追捕綁架瀨沼律師等一干綁匪。

荻崎龍雄是在甲州附近的湯村旅館讀到這則新聞的。這則新聞讓他驚訝不已，他仔細地盯著每個鉛字。

黑池健吉是自殺的嗎？

頓時，他分不清是衝擊或是感慨，總之情緒極爲激動。黑池健吉居然在他這個外行人和專業的警察尚未動手之前，自我了結。當他們努命追查黑池的下落時，他的屍體已經在信州的山林裡開始腐爛了。龍雄意料之中的徒勞無功，竟以意外的形式出現了。

然而，龍雄尙不能接受黑池已死的事實。這其中必有蹊蹺。

黑池健吉絕不是會自殺尋短的人！

這是他昨天來到八岳山麓下，登訪那座高原上的山村時所得到的結論，也是他的直覺。黑池健吉的爲人在他心目中已越來越明朗。

依邏輯推論，搜查本部尙不知道，黑池作案之後，從羽田搭乘日直航空飛往名古屋，顯然是舟坂英明在背後操控。可是黑池怎麼又會在北信濃的山裡自殺？如果死亡已有五個多月的鑑識結果正確，即表示他犯下槍擊案後隨即自殺，這可能嗎？

龍雄確信上崎繪津子到瑞浪郵局兌換十萬圓現金，完全是黑池在背後授意的，他準備用這筆錢逃亡。

黑池健吉絕對不是會自殺的人，他的性格帶有一種野性，尤其在舟坂英明的組織中進行各種行動，更加劇這種暴戾傾向。

報導說黑池的屍體腐爛得幾近枯骨，根本無從辨識。臉孔無法辨識，豈不是人爲因素？能做爲判斷的依據，只有長褲與皮帶扣環，還有那支手槍。而手槍與槍擊案的凶器是同一型號，因此認定爲同一把手槍。這之中沒有以假亂眞的陷阱嗎？

龍雄請旅館人員送來一份地圖。前往北安曇郡白馬村，最近的路線即從松本站坐支線，經越後的糸魚川，然後在簗場站下車。根據火車時刻表，從甲府搭火車需要五個小時。

不過龍雄覺得沒回去東京，而是在甲府下車，是出於命運的必然。「不管如何，我要到現場探查一下。」他如此下定決心。

簗場車站像一個被遺棄的小站。龍雄下車時，太陽已經西下，落在狹小月台上的日影越來越長了。

在走出車站前，右側便是青木湖，夕陽將部分湖面照得波光粼粼。龍雄走到香菸攤，買了一包和平牌香菸，順便向中年婦人打聽：

「聽說這附近有人上吊，在什麼地方？」

中年婦人眼睛爲之一亮，說道：

「就在那座山裡。」

中年婦人還特地走到路上，爲龍雄指點位置。小山位於湖畔，山裡林木蒼鬱，後面就是鹿島槍岳。

龍雄從發電所旁邊登上小路，再稍微往前走就可到達山嶺，在山腳處有個村落。

有個老人站在自家門口，打量著緩步而來的龍雄。龍雄走上前去，問了剛才向香菸攤老闆娘問過的問題。

缺了門牙的老人微笑地說：

「喔，上吊的消息傳得滿快的嘛。方才有個人跟你問一樣的問題，我也是這樣告訴他的。」

老人一邊說著一邊指著右邊陡峭的山，告訴龍雄路徑。

「如果從這裡直走，會看到一棵分成兩股的大杉樹，你順著大杉樹向前直走就可以到達現場。」

龍雄依照老人的指示上山，前面有一條剛被人踩出來的小徑。越往上走，樹林越茂盛。這座山海拔一千六百公尺，剛才那座山嶺將近一千公尺，但感覺沒有那麼高。

登上山頂，果然看到一棵分成兩股的大杉樹。聽說沿著山脊往北走約兩百公尺就是陳屍現場。

山的右下方便是青木湖，就像一片葉子被夾在兩山之間。

樹林茂密表示這裡人跡罕至。如果在這裡自殺，確實在數個月內不會有人發現。

龍雄走到野草幾被踏平的地方，才意識到這裡就是陳屍現場，可能是大批警力來此勘驗所致。

抬頭看去，枝椏交錯著，已分不出綁繩上吊的枝幹，何況繩索也被取走了。

黑池果真在這種地方上吊自殺嗎？這個疑問又佔據龍雄的心頭。與其說是疑問，不如說是接近思索吧。

龍雄想像著男子在這裡自殺的情景。對方大概是神情落寞，悄然地從山嶺走上來。在這荒山野嶺中，應該會出現這種情狀。

自殺者不是黑池健吉，而是另有其人。

黑池絕不是那種垂頭喪氣走到山裡自殺的人，他性格剛烈，過慣舒適的生活，不可能像病弱者或老人般，選擇在荒涼的深山裡上吊。如果他真要結束生命，絕對會用更慘烈的手段。對了，他在新宿射出了兩發子彈，打死了田丸利市，槍膛裡的子彈不是還有剩嗎？如果真要自殺的話，大可朝自己開一槍。他就是這種性格。

此外，他還身懷鉅款，在瑞浪郵局兌換了現金十萬圓。既然有那麼多錢，怎麼可能自殺？

暮色已逐漸暗淡，太陽已下山，天空被夕照映得通紅。

龍雄腦海中掠過這樣的詩句——荒山冷透寒，倚身湖畔想通關。

這時候，樹林裡有人影閃動，一個矮胖的身影。龍雄驚愕得睜大眼睛。

「噢。」對方先向他打招呼，「萩崎，你也來了？」

果眞是田村滿吉。龍雄頓時說不出話來。

「想不到我們居然在這種地方碰面。」田村藉著微亮的光線，笑著走向龍雄。

「是田村嗎？」龍雄終於開口說話，「剛才在山腳下的村子裡，聽老先生說有人上山，原來是你啊。」

「是啊，想不到你居然站在這裡。」田村在鏡片後方的那雙眼睛泛著笑意。

「我以爲你還在九州。」龍雄不無驚訝地說。

「我昨天剛回來，在報社聽到這條新聞，今早就趕到這裡來了。」

「你還是想來現場看看吧？」

「嗯，我想親眼確認。」

「確認？確認什麼？」

「我想確認黑池健吉是否眞的在這裡上吊自殺。」

龍雄心想，田村果眞也對此有所懷疑。

「那你有什麼看法？」

「你認爲呢？」田村反問道。

「屍體已化爲枯骨，根本無法辨認死者是不是黑池健吉。所以我懷疑死者另有其人。」

龍雄這樣說著，田村拍拍他的肩膀說道：

「沒錯，我也這樣認爲。手槍、長褲、皮帶扣環等物品，都是別人故布疑陣的。死者絕對不是黑池健吉，他絕對不會在這裡自殺。」

龍雄看到田村說得斬釘截鐵，不由得望著他問道：

「你有確切證據嗎？」

「所謂的證據就是操控黑池健吉的舟坂英明。」

「什麼意思？」

田村滿吉沒有立即回答，而是叼著菸望著湖面方向。湖水在樹縫之間，發出暗白的光芒。

「我去了一趟九州。」田村換了個話題。

「嗯，我聽接線生說過。我以爲你去採訪貪瀆案。」

「什麼貪瀆案，是我隨便編的。」田村低聲笑著說，「告訴你，我去九州是爲了調查舟坂英明的底細。」

「咦？舟坂是九州人嗎？」

「不是，我不知道這個人的來歷。不過，聽說他原本是韓國人。」

「咦？你說什麼？」

「我特地到博多訪查了一個韓國組織。」

2

「天黑了，我們下山吧。」田村滿吉提議道，「反正今晚回不去東京，就在大町住一晚吧。我有很多話想跟你說，到旅館再慢慢聊吧。」

湖面上的亮光倏然消失，暮色更爲深沉，樹林內已是漆黑一片，現在再不離開，可能會找不到下山的小徑。

山腳下有個村落，沿路可以看到有人在昏暗的燈光下吃晚飯，這條路的對面，往西的方向則是通往鹿島槍岳的登山口。

一個老婦背著小孩站在低矮的門口。

「晚安。」老婦看到龍雄和田村從門前走過，在光線昏暗的屋簷下出聲打招呼。

「晚安。伯母有事嗎？」田村停下來，老婦向前走了兩、三步。

「你們是電力公司的人嗎？」

「不是，有什麼事嗎？」

「五、六天前有工程人員來山裡，所以我問一聲。他們說最近要搭建高壓電塔。」

「噢，我們不是工程人員。」

田村說完，邁步朝前而去，走到下坡轉彎處，即可看到簗場車站的燈光，這附近只有小小的湖面還泛著暮白的亮光。他們倆住進了大町的旅館，吃了一頓很晚的晚飯。

「繼續你在山上沒講完的事吧。」剛泡完熱水澡的龍雄，臉色紅通通，對田村如此要求。

「嗯，我正想接著講。」田村擦了擦鏡片上的霧氣。

「舟坂英明是韓國人，真是出乎我意料之外。你是怎麼查出來的？」這是龍雄最想知道的問題。

「向其他右翼團體打聽的，不是我問的。」

「不是你問的？喔，這麼說，你不是單槍匹馬嘍？」

龍雄凝視著田村，田村露出略帶歉意的笑容。

「坦白說，我沒辦法再單槍匹馬作戰了。首先，我不能隨意行動，很可能就此捲入奇怪的事件，情非得已，我只好向組長坦誠以告，被他狠狠地訓了一頓，於是多派了人手支援我。你可不要見怪。」

龍雄也聽說過報社為了搶獨家，不再像以前那樣單兵作戰，最近已逐漸改成團隊出擊。龍雄望著田村泡澡後大汗淋漓的臉孔，心想難不成田村的企圖心敗在報社的組織。

「搜查本部還不知道這事與舟坂英明有關。我們報社另立新的方針，決定暗中進行獨家採訪。這本來就無可厚非。我們掌握到這麼多線索，在緊要關頭，說什麼也不能讓同業捷足先登。有的同事還提議把舟坂的事告知搜查本部，我是強烈反對。」

聽起來，田村似乎不願服輸，但龍雄覺得這頗有辯解的意味。不管怎樣，龍雄知道報社的力量已經啓動了。

他感到扞格不入，單是對田村一個人倒沒有這種情緒，他擔心報社這股旋風會打亂事件的所有發展。新聞力量是粗暴而迅猛的，心頭不由得掠過陰影，讓他感到沮喪。他在爲上崎繪津子可能涉案感到擔憂。

「你說舟坂英明是韓國人，是怎麼回事？」龍雄忍不住先問道。

「我到九州的博多做了訪查。博多有個韓國人的組織，根據與舟坂有嫌隙的右翼團體透露，舟坂英明出生於全羅北道群山，名叫金泰明。他年輕時到博多發展，曾在玄洋社（註）派系的手下做事，後來受其感化，或者說是嚐到甜頭，來到東京以後，靠著右翼壯大聲勢，建立一股新興勢力。爲此我專程到九州調查，這次受到組長和副主編的鼓勵，我可是正大光明來出差呢。」田村笑容滿面地說道。

「你查清楚了嗎？」

「還沒。」田村搖搖頭，「我在博多耗了四天，那些韓國人都不認識他。與玄洋社有關的人，我也沒有找到線索。」

註—日本明治時代成立的超國家主義團體。一八八一年由福岡藩士頭山滿等人創建。後來逐漸右翼化，成爲政界的背後勢力，一九四六年解散。

「他眞的是韓國人嗎？」

「我認爲很有可能。」田村說，「舟坂英明今年約四十歲，倘若他十五、六歲改名，那也是二十五年前的事了。這之間發生過一次戰爭，所以現在恐怕沒人知道他的眞實姓名。」

「可是，與他作對的右翼團體，應該最清楚他的底細吧？」

「所謂知蛇莫過蛇，同行之間彼此打探對方的隱私。從這點來看，我認爲舟坂可能是韓國人。」

「哪一點？」

「他的身世。總之，沒有人知道他之前的經歷。比如，在什麼地方出生？在什麼地方成長？在哪所學校畢業？這些都沒有人清楚。據說，舟坂本身也很少談及自己的身世。說不定他連戶籍都沒有。正因爲他這樣神祕，剛好可以證實他是韓國人。」

龍雄心想，舟坂英明眞的是韓國人嗎？這一點令人有點意外，但似乎又是意料中的事。從舟坂英明的行爲舉止來看，倒是有幾分神似。

「對了，」龍雄突然想起來地說，「也許紅月酒吧的老闆娘知道，因爲她是舟坂的情婦。」

「可是，」田村意味深長地說，「梅井淳子與舟坂的關係，倒沒有我們想像得深。當然，他們之間多少有點瓜葛。舟坂這個人，並不是那種沉迷女色的人。他出點資金給酒吧是事實，但只不過是利用酒吧安插部下當酒保而已，似乎沒有讓老闆娘加入組織的意思。這一點我們已經向老闆娘調查過，有時候她確實會與舟坂燕好，但只是想拿到錢。事實上，我們做過調查，到酒吧消費的客人中就有老闆娘的情夫。我們策略失敗，不該把重心放在這女人身上。事實上，她對舟坂的了解非常有限。你還記得出現在宇治山田、舟坂下榻旅館的那名女子吧？我們一直以爲她是老闆娘，其實弄錯了，老闆娘根本沒離開過東京。」

龍雄當然知道那名女子是誰。然而，事情發展到這種地步，他難以向田村啓口。

「舟坂沒有妻子，也沒有兄弟或親人，孤獨無依。怎麼樣，他是韓國人的說法，是不是越來越可信了？」

「可是，」龍雄插嘴道，「山杉貿易公司呢？應該知道舟坂的來歷吧？」

「山杉喜太郎那邊，我們有另外的同事在調查。」田村說道，「他是個鼎鼎大名的高利貸業者。他們只是金錢關係的結盟，舟坂恐怕不會把他當作自己人。再說，山杉也沒必要打聽這些，他看重的是彼此的金錢往來。」

「那個國會議員呢？他跟舟坂交情不差，舟坂應該會透露一些吧。黑池在銀行的會客室騙走我們一張三千萬圓的支票，就是利用那個國會議員的頭銜。你忘了嗎？之前我們去找他時，他還當場發飆呢。」

「你是說岩尾輝輔嗎？他怎麼可能知情，他只不過是從舟坂那裡拿錢而已。」田村說完，突然想到什麼事似地說，「對了，岩尾好像是長野縣選出來的議員。」

「噢，是長野縣啊？」

龍雄當時沒多留意，這樣聽過就算了。

「我說萩崎啊，我不是從東京直接過來的。我從九州回到東京之後，立刻去了一趟木曾福島，然後才繞到這裡。」

田村有個習慣，每次一激動，那雙小眼睛就會睜得特別大。

「你是去調查瀨沼律師的事吧？」

「嗯，瀨沼律師的屍體在木曾山被發現的消息，我在九州出差時就知道了。真教人不敢置信，聽說是餓死的吧？」

「你查過了嗎？」

「嗯，餓死這種說法，有點不盡合理。四、五個人把他帶到山裡，丟著不管，這實在令人匪夷所思。難不成肉票在餓死之前，無法自行走下山嗎？餓死在山裡必須有幾個因素。比如，瀨沼律師沒有登山經驗，那天濃霧瀰漫，走進低窪的沼澤裡，根本走不出來，颱風來襲後，山區狀況惡劣，這幾種說法似乎有道理。不過在餓死之前，他沒辦法走到山下向村民求助，實在太說不過去了。」

「你到福島實地勘查過了嗎？」

「我找過解剖瀨沼律師遺體的醫生。他說，飢餓致死超乎想像得快。比如，精神受創、疲憊加上氣候嚴寒，又在大雨中待了一個晚上，都有可能加速餓死。此外，奇怪的是，屍體的後腦杓有裂傷，約有五公釐深。從解剖結果來看，皮下並沒有出血，這就有點玄妙了。」

「怎麼說？」

「既然有裂傷，皮下理應會出血，假如人還活著……」

「假如人還活著？」

「也就是活體反應。在下山總裁事件（註）中，新聞同業最常嚷嚷著這句話呢。」

龍雄這才恍然大悟。活人受傷時總會流血，死人受傷不會出血，這就是活體反應。

「所以你認爲瀨沼律師是死後摔落山崖嗎？」

「死人不可能自行摔下，我懷疑屍體是被丟下去的。」

「慢著！你是說那夥人把瀨沼律師帶進山裡，看著他餓死以後，把他丟下山崖嗎？」

「不是在山裡餓死的。我認爲他們在其他地方先將瀨沼律師餓死，然後把屍體帶到那座山裡遺棄。」

龍雄不由得緊盯著田村。

「你有什麼證據？」

「有。」田村充滿自信地回答。

註——一九四九年，日本國鐵總裁下山定則在上班途中失蹤，後來被發現遭火車輾斃。時值吉田茂內閣大量裁減國鐵員工之際，自殺、他殺兩說對立。

「我是從醫生那裡聽來的。醫生在解剖瀨沼律師的時候，發現他的內臟乾枯，連膀胱裡的尿量也非常少。來自東京的調查員，聽完報告便回去了。據說他沒把這件事說出來，可能是疏忽了。」

「這是怎麼回事？」

「據我推測，瀨沼律師根本沒喝水。」田村得意揚揚地說道。泡澡後的熱氣似乎慢慢消散，但是田村臉上仍然汗水直流。

「現場肯定是沒有水窪的地方。但颳過颱風，也下了大雨，他卻滴水未進，這不合情理。因此我的結論是，不是他不喝水，而是不給他喝水，目的是要讓他快點餓死，不給他喝水是很重要的原因。」

龍雄終於了解田村的弦外之音。

「你的意思是說，瀨沼律師被囚禁在某個地方，不給他水和食物，導致他餓死嗎？」

「沒錯。我是這樣推測。」

「可是，醫生不是從瀨沼律師的體內取出野草莓和通草籽嗎？」

田村聽到龍雄的疑問，不由得笑了起來。

「這是嫌犯故布疑陣，只要拿些山上的野草莓和通草籽逼瀨沼律師吃下就行了，警方完全被嫌犯耍了。」

龍雄佩服地看著田村，對他另眼看待。

「不過搭乘登山巴士，在木曾嶺下車的那夥人，其中不是有一個人很像瀨沼律師嗎？」

「那也是他們冒充的，那群人當中只有一個人服裝比較醒目，比如，深綠色帽子和長褲。他們故意引人注目，因爲那裝扮與屍身上的服裝一模一樣。」

「那是替身嗎？」

「嗯，那時候，瀨沼律師尚被囚禁在某個地方，正瀕臨餓死邊緣。」

「可是，」龍雄無法完全信服地說，「你的假設有個破綻。」

「破綻？你說說看。」田村聳了聳肩。

「那夥人爲什麼要如此大費周章？這一點我無法理解。」

「理由很簡單。」田村滿頭大汗地說道，「他們必須讓別人認爲瀨沼律師是在木曾山裡餓死的。兇手殺了人，最傷腦筋的是如何處置屍體。屍體又不能隨便丟，於是他們製造一個假象，是肉票走進山裡死亡的。這種餓死肉票的手法，可說是非常高竿。這樣一來，不就看不出是他殺的嗎？」

龍雄也同意田村的看法。

「這麼說，他們在很遠的地方殺害瀨沼律師嘍？」

「是啊。」田村目光炯炯地說，「我說萩崎，你不覺得這次的上吊事件，與瀨沼律師的死，也有相似之處嗎？」

3

當田村雙眼炯炯有神地說，這次的上吊事件與瀨沼律師的死，也有相似之處嗎？龍雄稍微思考了一下。

「你的意思是說，爲了看起來像自殺的嗎？」

「沒錯。」田村回答道，「這個上吊的自殺者，絕對不是嫌犯，搞不好黑池健吉還在某個地方活得好好的，正在嘲笑警方。」

「這麼說，」龍雄露出驚愕的表情說，「那個上吊的人是誰？」

「這我就不知道了，現在還猜不出來。照那些粗俗偵探小說的寫法，通常都會殺死別人做爲替身。然而，現實上是行不通的。」

他們沉默了下來，正在沉思上吊的人究竟是誰？那具吊死屍，已經過了數個月，幾乎化爲一副枯骨。看來應該是先將某人殺害，再把他綁上繩索吊上樹的，但直到現在，仍然找不出跡證。

「還有一個相似點。」田村接著說，「那具屍體是從嫌犯那裡運來的，與瀨沼律師的情況一樣。也就是說，嫌犯故意把死者扮成黑池健吉自殺的模樣。」

「運來的？可是，現在把屍體運到這裡可不容易，用什麼方法？用火車嗎？」

「不知道，可能用火車托運，陳屍現場離築場車站很近，這個可能性最大。」

田村說完，突然露出驚訝的表情，像是想到了什麼。

「怎麼了？」

「不，沒事。」

「可是，用火車托運屍體很容易曝光，屍臭味馬上會飄出來。」

「是啊。」田村的表情有點心不在焉。

「為什麼非要假裝黑池健吉上吊自殺？」

龍雄說完，田村猛然盯著他。

「你還不明白嗎？」

「明白什麼？」

「黑池在新宿情急殺了人，那夥人不是立刻綁走了瀨沼律師嗎？這次仍然用相同手法。警方查出槍擊犯的本名就是黑池健吉，那夥人感到危機逼至，自然得假裝把黑池幹掉。尤其在報紙披露消息以後，必須馬上付諸行動。」

「在一個星期之前嗎？這就怪了，人都已經吊死五個多月了。那時候，黑池剛殺了人，搭日直航空逃出東京，難不成那時候已經準備好替死鬼了？」

田村點點頭，搔著頭髮。

「你說的有道理。他們的動作不可能這麼快。」

田村面露苦悶的表情，他坦承自己的推論尚有破綻。

「這個問題待會兒再談吧。」田村把問題暫時打住，接著談起另外一件事，「我說萩崎，提起替身，我倒想起來，瀨沼律師應該也有替身吧？」

「你是指下車的四、五個登山客，其中那個穿綠色襯衫的男子嗎？」

「沒錯。」田村點頭說道。

「據我猜想，那個替身就是黑池健吉。」

「咦？是黑池健吉假扮的？」龍雄睜大眼睛問道，「你有什麼證據嗎？」

「沒有證據，憑我的直覺。你不覺得黑池健吉這個人什麼事都做得出來嗎？」

「嗯。」

龍雄陷入思考。經田村這麼一說，他也這樣認爲。

「不僅如此，我甚至認爲把屍體弄成上吊自殺，可能也是黑池的主意。」

龍雄贊成田村這樣的推論。黑池健吉的確給人這種感覺，似乎什麼伎倆都使得出來。

「問題是，黑池健吉寧願自我蒸發嗎？」

「詐死有什麼關係呢。」田村接著說道，「自殺比較有說服力，這樣可以讓自己徹底消失，而且警方追查到此，就得轉向了。」

「也就是說黑池安全無虞了？」

「是啊，搞不好他現在已經改名換姓，過著悠哉的生活呢。」

龍雄回想起黑池在紅月酒吧當酒保的身影。他的面貌沒什麼特徵，像沙丘上的細沙般平凡無奇，任誰都不會留意。依目擊者證詞所繪製的合成照片，也跟他本人不像。凡是見過他的人，都對他難以留下印象。

黑池健吉究竟在什麼地方？當關野課長被逼上死路時，龍雄想到嫌犯竟然逍遙法外，內心義憤填膺，現在這種感覺又湧升上來。

黑池健吉到底在什麼地方？

這時候，在龍雄的眼裡，黑池的身旁好像又浮現上崎繪津子的身影。黑池搭乘日直航空離開羽田機場時是這樣，上崎繪津子在瑞浪郵局也是如此，現在，她肯定在黑池的身旁。

他們到底是什麼關係？上崎繪津子只是那夥人的聯絡人嗎？還是跟黑池健吉之間有什麼關係？——龍雄感到眼前一陣發黑，每次想起上崎繪津子，心裡就特別不平靜，又不能對田村坦白以告，他總覺得對田村過意不去。

「你在想什麼？」田村點燃一根菸問道。

「我在想黑池的事，他現在可能在什麼地方享樂呢。」龍雄突然清醒似地答道。

「是啊，我們得趕緊追查才行。」田村吐了口煙，附和道。

「他會不會躲在舟坂英明身旁？」

「嗯，也有可能。不過未必躲在舟坂英明的身邊，也有可能在舟坂的庇護下，躲到什麼地方去了？」

「說到舟坂英明，上次把他的下落告訴你的宇治山田通訊處聯絡員，後來有沒有什麼消息？」

「沒有。我從九州回總社時，他沒提供什麼消息，可能再等幾天吧。」

目前還沒收到消息，看來是那個中年聯絡員忙得忘記此事，要不就是沒有最新進展。從田村的表情看來，似乎也沒抱多大期待。

「姑且不說，黑池的替身，那具上吊的屍體究竟是誰？」

「他們是在什麼地方準備的？」

準備一具屍體，是何等重大的事。採取什麼手段，實在令人猜不透。他們倆苦思這個問題。

一大清早，龍雄即被田村喚醒，田村已經穿好西裝等待了。

「你這麼早起床。」

龍雄抬起手看了看手表，還不到八點。

「嗯，我們這就去簗場車站吧。」

「簗場站？」

「我昨晚想起一件事。」

龍雄馬上整理行裝。

他們坐上旅館代叫的計程車，行經大町郊外，左邊即可看到木崎湖，清晨的陽光把湖面照得金光閃閃。

「你去車站是要調查裝屍體的行李幾點到站吧？」在計程車上，龍雄問田村。

「沒錯。我要依序查查看。」

「那具上吊屍已經在那裡五個多月了，也就是說，屍體運到車站也是那個時候。」

「五個月以前？說的也是。」

田村的表情有些疑惑。經龍雄提醒，才意識到這種情況，因而有些不好意思。

「調查五、六個月以前到站的貨物，很費事吧？」田村望著窗外的景色說道。

「如果鎖定裝著屍體的大型行李，倒也不怎麼麻煩。」龍雄提出自己的看法。

「如果屍體是零碎狀態，那就另當別論。不過，那具屍體是完整的。照以往的例子來看，可能裝在行李箱、裹在棉被裡或大型旅行箱內。總之，需要那麼大的尺寸。」

「之前也有人用茶葉箱裝過。」

「若以此容量爲標準的話，清查起來就容易多了。」

計程車開過木崎湖，沿著鐵路奔馳著，沒多久便抵達了簗場車站。

行李領取處，就在剪票口旁邊。

田村見過副站長，遞出名片後，表明是來採訪某個事件，想看看行李到站的存根。

「五個多月以前的嗎？」年輕的副站長略顯麻煩地說道。

「您放心，我們只看一眼就走。」田村請求道。

副站長從架上拿出一大疊簿冊翻找，田村和龍雄在一旁緊盯著。

重量、形狀和容量是調查重點。這裡是鄉下小站，商品很少，以包裹居多。根據副站長所說，收件人都住在偏僻地方，對他們的來歷非常了解。除了包裹之外，因爲附近有發電所，托運的電器機具也不少。

在五個月前的存根中並沒有他們要的線索，田村把範圍縮小到最近的托運單。

「一個月前的可能性不大吧。」龍雄低聲說道。

屍體已腐爛成一堆枯骨了。倘若是一、兩個月前，勢必奇臭無比，根本無法托運。最有可能的是，趁尚未發出臭味之前，亦即死亡後隨即寄出。根據法醫的推定，那具屍體是五個月前上吊的，因此龍雄認爲，即使清查最近到站的托運單，也是白忙一場。

然而，田村指著一張托運單問道：

「這件貨品是誰來取走的？」

龍雄俯身看了看。

「木箱一個，重五十九公斤。品名，絕緣電瓷。寄件人，岐阜縣土岐市××町，愛知商會。收件人，電力股份有限公司白馬村××發電所。」

寄達日期在一個星期前。

「啊，貨品寄達的那天傍晚，有兩個像是工程人員的人過來取走的。」副站長回想著說道。

走出車站，田村一邊往山路的方向走去，一邊說道：

「越來越有意思了。」

「你是指那只木箱嗎？」

「嗯。你還記得嗎？我們昨天下山，走到村落時，不是有個背小孩的老太太問我們是不是電力公司的工程人員嗎？她還說四、五天前，有幾個工程人員上山。這表示那夥人在車站領走木箱之後，再把它抬上山的。」

「依你的推論，他們是把裝著屍體的木箱運到現場以後，再把屍體吊上去嗎？」與田村並肩走著，龍雄不由得問道。

「嗯，我是這樣認爲。」

「可是上吊的繩索被風雨侵蝕斷掉了。」

「這點小把戲，要做假很容易。」

「屍臭怎麼辦？」龍雄追問道。

「這個嘛……」田村頭疼似地雙眉緊蹙地說，「昨夜，我連睡覺都在想這個問題，就是想不出其中原因。我一直在琢磨老太太的那句話，總覺得不對勁。我上山看了陳屍現場，那裡完全沒有架設高壓電塔的跡象。如果眞要架設高壓電塔，那裡肯定有工地，可是也沒有。我覺得奇怪，所以牽掛著這件事。其實剛才查到木箱的托運單時，心情非常激動。不過有關屍臭這一點，我也提不出有力的推論。屍體已腐爛成那種狀態，絕對是奇臭難聞，但是用布包裹妥當，再塞進木箱的話，也許臭味不會散發出來。」

「是嗎？」

龍雄仍持懷疑態度。他認爲，屍體腐爛得那麼嚴重，臭味肯定非常濃烈，難道寄貨站和收貨站的站務員都察覺不出來嗎？

「總之，我們先把木箱查清楚。不合邏輯之處，待會兒再研究看看。」田村略顯強勢地說道。

昨天走過的山路他們又走了一遍，來到之前的那個村子。

「好像是在這家門口。」田村抬頭看著低矮的房舍。

田村朝屋內喊了兩聲，有人在嗎？無人應答。喊到第三聲的時候，有個老婦人從屋後趕著雞隻走了出來。

「什麼事啊？」老婦人睜著紅腫潰爛的眼睛望了過來。

「昨天，謝謝您。婆婆，您昨天說，一個星期前有工程人員進入山裡，是嗎？」

「是啊。」老婦人茫然地望著田村。

「他們是來了兩個人，還是三個人？」

「我不記得了，那時候已經傍晚了。」

「什麼？他們是傍晚來的嗎？」

「嗯，是天黑以後來的。我問他們來做什麼？他們大聲說要上山架設高壓電線，說完便上山了。」

「那時候，他們有沒有扛著木箱之類的東西？」

「沒有扛著木箱，好像只有一個人背著一個工具袋。」

12 CHAPTER 第十二章

木箱與麻袋

1

「沒有木箱，這就怪了。」

田村向老婦人告別以後，沿著原路往回走，嘟囔著說：

「老太太說那夥人當中有人背著袋子。那袋子肯定大有問題。」

龍雄也覺得事有蹊蹺。

「會不會是老太太看走眼了？」

「不會，不可能把它看成木箱的。她說有人輕鬆地背著袋子，那可能是工程人員用的工具袋。」田村喃喃自語地說，「眞是怪事。難不成他們眞的是工程人員？這就變得前後矛盾了。」

發電所的白色建築物映入眼簾，周圍架設著許多電線，還有整齊的白色絕緣電瓷，看似戒備森嚴的禁地。

「我們進去問一下。」

田村說完，走進波斯菊盛開的大門內，通道上鋪著碎石，到處插著「危險」的警示牌。

走進發電所，各種機械的轟鳴聲不停地灌入耳內。

「請問有什麼貴事嗎？」警衛走了出來，擋住去路似地問道。

「我們想請教一些問題，請問所長或主任在嗎？」

警衛消失在建築物深處，沒多久便走出一個體型高大的男人，工作服的胸前口袋插著一把摺尺，自稱是發電所的主任。

「百忙之中打擾您，實在抱歉。」田村先表示歉意。機械聲轟隆作響，必須提高嗓門才行。

「一個星期以前，岐阜縣的土岐市是否寄了絕緣電瓷給貴所？」

「絕緣電瓷？」主任的聲音也不遜於田村，大聲反問道，「我們經常收到絕緣電瓷，可是一個星期以前並沒有。」

「簗場車站有保留到貨存根，寄件人是愛知商會，收件人是貴所，有一個木箱。站務員說，是個像電信工程員的人過來領的。」田村拿出記事本，一邊看一邊說道。

「所有備品的訂購，都由我們總公司的資材採購課處理，」主任接著說，「我們從未收過愛知商會這個業者寄來的貨品。而且，您說是木箱嗎？」

「是的。」

「電瓷通常不會用木箱裝運。大宗零件，比如高壓電線用的絕緣電瓷，都是用草蓆包裹後，再用木框固定；小零件則是用稻草捲妥，裝進草桶裡。電瓷的包裝有固定規格，絕不會用木箱裝貨。」

「這就奇怪了。」田村故意歪著頭說，「車站明明有到貨存根，而且又是一個電信工程員去取的。」

「他們弄錯了。」主任堅持地說，「就算我們不去取貨，貨運行也會送來，而且這裡跟工地不同，根本沒有電信工程員。」彷彿田村剛才那番問話，有損發電所的信譽似的，主任顯得有點不高興。

「您要問的就是這件事嗎？」

田村欠身致謝後，主任便又急忙地走進裡面。

「我猜得沒錯。」田村走出噪音轟鳴的發電所，來到外面時說道，「木箱根本沒送到發電所，裡面裝的也不是絕緣電瓷，而是那具用來上吊的屍體。」

「重達五十九公斤……」田村走出波斯菊怒放的庭園，放慢腳步繼續說道，「一具屍體加上一個木箱，剛好是這個重量。」

「可是這樣的重量，得兩、三個人才搬得動。」龍雄說道。

他們走下坡之後，往車站的方向走去。

「就是啊，一個人絕對搬不動。」田村點頭說道。

「當然，老太太應該看得很清楚，即使視力再差，也不可能沒看見。」

「不過，」田村平靜地反駁，「老太太說，那時候已經傍晚，天色太暗了，也許她眞的沒有看清楚。再說老人的視力也靠不住，就算有年輕人做證，也未必絕對正確。」

「你認爲是她把木箱看成工具袋了？」

「不是，也可能眞的是工具袋。也許從天色昏暗的遠處看去，眞的看不出那是木箱。」

田村斷然說道，「我們來做個推論吧。假如寄來的是木箱，只能是木箱，沒有其他東西，我們光是查這一點就行了。那夥人收到木箱以後，在天黑以後把木箱運上山。當然，這樣做是爲了避人耳目。他們來到山腳下的村子時，不巧被那個老太太撞見，但是最後還是安全過關了。」

陽光明亮耀眼，在將近正午的豔陽下，青木湖的一隅，湖景美麗，與昨日所見的景色截然不同。

田村看了看手表，說道：

「十一點四十分。我今天得趕去松本分社，跟幾個同事打電話聯絡。現在不比以前，必須彼此合作才行。」

田村之所以滿頭大汗，不是因爲被陽光曬得發熱，而是激動的反應使然。

「之後看情況，我打算到土岐一趟。」

「土岐？」

「嗯，我要調查寄貨的經過。說不定愛知商會是個虛設行號，也可能眞有其事。萬一眞有這家公司，那就是嫌犯盜用別人名義。不過，站務員應該記得寄件人的長相，只要從這裡著手，也許可以找出一些線索。」

「眞能找出線索嗎？」龍雄不由得提出質疑。

「當然可以。怎麼了?」田村不服似地反問道。

「那夥人心思細密,才不會輕易露出破綻。而且站務員也未必記得乘客的長相,他們每天接觸的乘客太多了。你還記得之前那起棉被裹屍案嗎?到頭來,無論是汐留站或名古屋站的站務員,都沒能記得兇手的長相。」

「嗯,這樣說也有道理。」田村並沒有反駁。

「但也不能因爲這樣,就放棄這條線索。總之,我若不親自查訪是沒辦法安心的。對了,你打算怎樣做?」

「我嗎?我不便影響你的工作,暫時留在這裡,之後再回去。」

田村已經由報社組織動員起來,成爲這起事件「特搜組」的成員之一,必須在團隊指揮下行動。龍雄之所以這樣說,是因爲考慮到他的立場。

田村坐上開往松本的火車出發了,龍雄來到月台上爲他送行。他從車廂上狹小的窗口探出身子,朝龍雄揮手向南而去了。

在陌生的車站爲朋友送行,龍雄心裡不禁湧起淡淡的哀愁。車站的木柵內,波斯菊恣意綻放,每片花瓣彷彿拚命吸取白色的陽光。

下車的乘客不多,龍雄跟在乘客後面,走到剪票口,正要把車票遞過去的時候,旁邊有人「喂」地喊住他。抬眼一看,原來是剛才協助他們查閱到貨存根的副站長。

「您是那家報社的人嗎？」

龍雄心想，田村剛才遞出名片，所以副站長可能認爲他也是報社的人。副站長好像有話要說，龍雄含糊地點點頭。

「那個木箱裡的貨品有什麼問題嗎？」

副站長的態度不同於剛才的不耐煩，臉上露出好奇的表情。

「沒什麼，只是有點小事想打聽一下。」

「是嗎？」

龍雄沒有詳細說明，副站長有點失望，不過他這樣說道：

「其實，在你們離開後，我突然想起一件事。那件貨品未送到之前，就有人來詢問過了。」

「咦？什麼時候？」龍雄朝副站長走近了一步。

「四、五天前。」

「喔，是什麼樣的男人？」

「不是男人，是個女人。」

「女人？」龍雄睁大眼睛問道，「喔，是個女人嗎？」

「她長得年輕又漂亮。這裡難得看到這麼標致的美女，從她的措詞來看，八成是東京人。」

是上崎繪津子！龍雄緊張了起來，她來過這裡了。

「她問了什麼事？」龍雄急切地問道。

「她清楚地說出寄貨站的名稱和品目，並詢問最近從土岐津車站寄出的絕緣電瓷是否到站。」

上崎繪津子既然知情，想必也知道屍體怎麼運送，不，恐怕所有內幕她都瞭若指掌。龍雄像遭雷擊般震驚。

「後來呢？」

「後來，我回答說，貨品送達後，已經有人領走了，她便禮貌地說聲謝謝，就朝出口方向走去了。」

「慢著，那是在山上發現上吊屍之後的事嗎？」

「嗯，山上有人上吊，在我們這裡造成騷動，內人還背著小孩上山去看，現場鬧得沸沸揚揚。對，對，那女人是在那之後來的。」

「噢，原來如此。」

上崎繪津子來這裡調查什麼？龍雄再次追問：

「那個女人大約幾歲？是怎樣的身材？」

「約莫二十二、三歲，是個身材苗條、氣質高尚的小姐。怎麼說呢，她給人的感覺像是芭蕾舞者那樣，身材稍微高一點。」

她絕對是上崎繪津子。

「我們這條大系線，最近全面通往新潟縣的系魚川站，以後從東京來的登山客當中，也會有那麼漂亮的小姐吧。不過，那件貨品跟那個美女有什麼關係呢？」

副站長的疑問，也正是龍雄想知道的。

龍雄走出車站，不知往何處去，站前有間簡陋的小吃店，他飢腸轆轆，便走了進去。這裡的名產是蕎麥麵。

在蕎麥麵還沒端來之前，龍雄雙肘支在餐桌上，茫然若失地抽著菸。幾個當地青年坐躺在角落，兩腳搭在窗框上，悠哉地欣賞收音機播放的歌曲。

上崎繪津子來到車站，詢問那件貨品是否送達。既然她知道貨品是從土岐津站寄來，也知道裡面裝著「絕緣電瓷」，想必所有的犯罪事實，她都知之甚詳……沒錯，她一開始就知道所有內幕。

她什麼都知道，那又來調查什麼？是來確認貨品寄達了嗎？不，不可能。她是在報上看到上吊屍體的消息之後才來的？她應該知道「貨品」已經送達了吧。

蕎麥麵送來了。湯頭太鹹令人食不下嚥，龍雄勉強吞下肚，又想著這個問題——她來確認那件貨品，究竟是什麼目的？其中必有隱情，是什麼原因？

龍雄只吃了半碗麵，又開始抽菸。角落傳來收音機的歌曲和那幾名青年打拍子的拍手聲。

忽然，他腦中掠過一個想法，便從矮凳子起身。豔陽高掛天際，把外面的小徑照得發亮，塵土輕輕飛揚。在半路上，他與兩個背著背包的年輕男女擦身而過，男子的腰際掛著一本鹿島槍岳五萬分之一的地圖。

龍雄又來到今早才來過的村子。這是他三度來此。

「請問，兩、三天前，有沒有一個年輕小姐來過這裡？她是一個人，從東京來的。」

這村子總共有十二、三戶人家，龍雄挨家挨戶探問。年輕人和女人都下田幹活去了，只剩下老年人和小孩。龍雄確信，像上崎繪津子那樣的女子來到這裡，任何人都會有印象。

果然被龍雄猜中了。

一名十二、三歲的少年這樣說：

「她去了那座山，是我帶她上去的。」

「你帶她去的？小弟弟，她有什麼事嗎？」龍雄按捺著內心的激動。

「她問我有沒有看到一個被丟掉的木箱。我說之前在山上看過，所以就帶她上去了。」

龍雄請那個少年帶路。

那裡並不是山上，只是離路旁約莫二十公尺處的灌木叢，那個被丟棄的木箱已損毀不堪。

木箱裡有許多陶瓷碎片，已經從破裂處散落出來。在陽光的照射下，在灌木叢中閃爍著純白光芒。

龍雄查看繫繩上的貨籤，上面沾滿了污泥，不過字跡尚可辨認。

寄件人 愛知商會　收件人××電力股份有限公司白馬發電所

龍雄雙手環胸，佇立沉思。

上崎繪津子肯定是來確認這件貨品。

2

少年不知何時離開了。龍雄坐在木箱上思索，他支著下巴，動也不動。風吹過灌木叢，蟲子在破瓷片堆爬行，所有思考像狂風般在龍雄的腦海中盤旋。不過，這件事必須冷靜追查下去。不要急，要沉著，龍雄頻頻這樣告訴自己。他左思右想，卻毫無頭緒，始終僵坐在那裡。

浮動的雲朵，不時遮蔽陽光，在地面上投下斑駁的影子，緩緩地移動著。

龍雄抱頭苦思，每次思索便像碰壁似地反彈回來。

那具上吊的屍體既然不是用木箱運來的，那麼是用什麼方法？

木箱裡裝滿陶瓷碎片，重達五十九公斤，顯然是特意把它僞裝成運載屍體。爲什麼要這樣故布疑陣？到底出於什原因？

上崎繪津子爲什麼要來這裡確認這個木箱？而她也親眼看到被棄置在灌木叢中的木箱

了。那時候，她是以什麼樣的眼神看著這一切？

各種線索錯綜複雜，令人找不到頭緒。儘管困難重重，卻不見得找不出破碇，屍體一定藏在什麼地方，非得藏在某個地方不可。

龍雄極度困倦，從木箱旁站了起來。鑽進破瓷片底下的蟲子，又往其他破瓷片爬去，動作非常緩慢。他怔愣地望著某隻蟲子。

他暫時從思索中解放，不，不是解放，而是從痲痺狀態中逃離。這時候，他腦中掠過一抹閃光，大腦有一部分已恢復思考能力，那不是意志力，也不是他努力，而是突如其來的靈光乍現。那種情境不像是藝術家的靈感，比較像天神的啓示。

龍雄取下木箱上以繫繩固定的貨籤，放進口袋，然後走下斜坡，枯草被踩得沙沙作響。回到路上，龍雄疾步走回村子。在秋陽之下，每戶住家顯得閑靜安謐。龍雄挨家挨戶地喊道：

「有人在嗎？」

屋簷下吊著柿乾，像念珠般映現在緣廊下的拉門。

「什麼事？」

老婦人走了出來，睜開紅腫的眼睛，看到龍雄，彷彿在說，你怎麼又來了？

「婆婆，工程人員扛的袋子眞的看起來很輕嗎？」

老婦人似乎覺得龍雄太煩人，緊閉著嘴，沒有立刻回答。龍雄從口袋裡拿出兩張百圓紙鈔塞進老婦人滿是皺紋的手裡，老婦人愣了一下，不知所措。

「嗯……，我也記不太清楚了，好像不是很重的樣子。」老婦人回答。

「看起來很輕嗎？」

「嗯，好像很輕。對了，我想起來了。那只袋子有點蓬鬆，對方還用單手提著。」

「咦？用單手提著？」龍雄趨前問道，「這麼說，他是時而提著，時而扛在肩上嘍？」

「好像是。」

龍雄火速趕往簗場車站。

大概是列車尚未到站，隔著辦公室玻璃窗可以看到副站長坐在桌前發呆。他認出了龍雄，便起身走了過來。

「您查清楚了嗎？」副站長說道。

「查清楚了，是這個吧？」龍雄從口袋裡取出貨籤給他看。

「就是這個、就是這個。已經找到了？」不明就裡的副站長微笑地說道。

龍雄沒有理會副站長，說道：

「不好意思，我想再向您打聽一件事。」

「什麼事？」

「我想知道這只木箱是什麼時候由貨車送到這裡的？」

「貨車？不是貨運喔，是客車。」副站長當下回答。

「咦？客車？」

龍雄感到驚愕。不過細想起來，客運比較合理。

「噢，原來如此。對不起，請問是哪一天送到的？」

「請稍等一下。」

副站長回到桌前，攤開帳簿。這次他不但沒有板著臉孔，還抄了張便條紙拿了過來。

「是到貨的當天早晨由起站寄出，再由一二三班次列車運來的。」

「幾點到站的？」

「十八點二十分。按照順序來說吧。九點三十四分由土岐津站發車，十三點三十三分抵達塩尻站。轉到中央線上，十四點十分發車，於三十七分抵達松本站，十五點三十分連接開往大町的火車，十六點三十六分到達大町。然後再連接我們這條支線，十七點五十分發車，十八點二十分抵達本站。這中間的轉接站很多，相當麻煩。不過，各站停靠的時間很充裕，裝卸貨品不可能來不及。」副站長詳細地說明。

「十八點二十分……就是傍晚六點二十分。」

龍雄抬頭看著窗外。傍晚六點二十分，天色應該微亮。走到那個村子，是薄暮時分，時間正好符合。龍雄又想，那夥人必須跟著貨物在各個車站上下車。換句話說，他們必須在貨品送達發電所之前先行取走。

「副站長，」龍雄問道，「十八點二十分木箱到站的時候，那個背著袋子的男子肯定在下車的乘客之中，不知道剪票員是否還有印象？」

「什麼樣的袋子？」

「有點鼓鼓的，不過看來很輕，單手就拿得動，可能是麻袋之類的。」

「大概不記得了。不過爲了愼重起見，我幫您問問看。」

副站長問過剪票員，對方回答說不記得有那樣的人。

龍雄向副站長致謝以後，返身離去。

然而，他又停下腳步。他想到人比貨物先下車，木箱從列車前頭的行李間卸下後，送到領貨處出站，少說也得二十分鐘。

那夥人如何打發那二十分鐘？所謂的那夥人，也就是站務員以爲是發電所員工，便把木箱交給那幾名工人裝扮的男子。

龍雄的目光突然落在車站前的小吃店。他剛才在那間店吃了蕎麥麵。

他們在傍晚六點二十分抵達，肯定很餓。在取走木箱之前，他們尙有二十分鐘的空檔。他可以想像飢腸轆轆的人，大概會出現什麼樣的舉動。

龍雄逕自朝小吃店的方向走去。

一個小時以後，萩崎龍雄坐上開往松本的火車。他拿出記事本，仔細琢磨著上面的紀錄。紙面上的字跡潦草，寫著各種事情，他所聽所想的全寫在上面。

其中，小吃店老闆娘曾這樣說道：

「我不記得是哪一天了。總之，是發生吊屍案的四、五天前吧。有三個工人裝扮的男子，各點了兩碗蕎麥麵，狼吞虎嚥地吃得很急。我記得有個男子提著袋子，是那種髒兮兮的粗織麻袋，袋口的確用繩子綁著。他進來的時候，是以一隻手提著，感覺好像不是很重。他們吃蕎麥麵的時候，把麻袋靠著椅子放在地上。出去時也是用一隻手提著。」

接下來只記重點，字跡潦草。

*麻袋事關重大，重量很輕，單手足以拿起，大概在十公斤以內。

*木箱裡塞滿破瓷片，重達五十九公斤，相當於一具屍體的重量。這是故布疑陣？爲什麼要故布疑陣？這是問題所在，是做給誰看的？

*上崎繪津子來這裡確認什麼？是主動來的？或是受人指使？

*三名男子領走木箱後，再扛進灌木叢裡，他們必須把木箱扔在那裡。後來，拿著麻袋上山，走到陳屍處。當時，湊巧被村裡的一名老婦人撞見。

*上吊的屍體是誰，可想而知。

*然而，那具屍體的死亡時間將近五個月，腐爛得幾近白骨。這一點有待釐清。死亡已五個月，這是不可能的，不需要法醫說明，外行人也知道。屍體爛成白骨，當然需要這麼久的時間，但是這樣就前後矛盾，這是推理最大的障礙。不，從根本上推翻決定

死者是誰的邏輯。解剖是科學的，沒有任何謬誤……不過，那是不可能的，對方不可能在五個月前即死亡。不懂，實在猜不透，想不出原因。

＊木箱的寄貨站是土岐津站，緊鄰著瑞浪站。這兩個地方有某種關聯。黑池健吉和上崎繪津子的確在瑞浪站出現過。

＊長野縣南佐久郡春野村字橫尾，黑池健吉的出生地。户口謄本上的記載，梅村音次。

＊土岐津站9:34發車，塩尻站13:33抵達；塩尻站14:10發車，松本站14:37到達；松本站15:30發車，大町站16:36到站；大町站17:50發車，簗場站18:20抵達。

——木箱與人搭乘同一班火車。

＊舟坂英明來歷不明，據説他是韓國人，敵對陣營説他是韓國人的根據何來？難道是舟坂英明自曝身分？這不是謠傳嗎？

＊舟坂英明——黑池健吉——上崎繪津子的關係。

＊黑池健吉的原籍是長野縣南佐久郡，瀨沼律師的陳屍地點在長野縣西筑摩郡。屍體上吊處是在長野縣北安曇郡。

這幾個地方全在長野縣。不僅如此，瑞浪站和土岐津站也靠近長野縣。爲何如此？箇中原因不難猜測。

記事本上字跡潦草，所寫的並無連貫，極爲紛亂。不過對龍雄來說，這可是一份比戰略圖更精細的地圖。

龍雄定睛看著記事本上的記載，所有可能或不可能的相關事項，形成各種線索在他腦海中浮現。

上吊者是誰，大致猜得出來。不過，至少一個月以前，他還是活著的。但就屍體而言，已腐爛得幾近枯骨，不需解剖也判斷得出死亡已經五個多月。龍雄實在不懂，這究竟是怎麼回事？

巨大的障礙橫亙在眼前，龍雄搔著腦袋。車窗外流逝而過的風景，預示著松本市即將到達，家家戶戶已點上燈火。

龍雄前往田村所屬報社的通訊處，它就位在鬧區附近的小巷子裡，門口掛著偌大的招牌。

一頭亂髮的通訊處主任走了出來。

「請問田村來過這裡了嗎？」龍雄問道。

龍雄話音剛落，主任便說：

「啊，您是萩崎先生嗎？田村先生中午來過，他跟木曾福島的通訊處聯絡後，就趕過去了。他交待說，您也許會來，有事可以打電話給他。」

龍雄向主任致謝後，問道：

「他已經到了吧？」

主任看了看手表。那是一只寬皮帶的手表。

「應該到了。請進來坐坐吧。」

三坪左右的通訊處，角落放著一張桌子，四周雜亂不堪。主任拿起桌上的電話，火速致電到木曾福島的通訊處。

「發稿時間快到了，對不起，我失陪了。」

主任沒理會龍雄，拿起粗紙急忙地寫起稿子來。也許是趕稿的關係，主任看也不看龍雄一眼。他把手表卸下來，放在面前，好像在跟時間競賽似的。

龍雄無意識地看著表帶想著，這條黑色表帶寬大粗獷。

皮革，腦海中倏然閃過一個聯想。

在八岳山麓的高原上，路草青青，此時出現了一台板車，車上載著幾罈用草蓆包裹的陶甕，那台板車駛向村子的皮革工廠。這段記憶像夢境般，還留在龍雄的腦海裡。

龍雄感覺心臟怦然直跳，不過那份直覺還沒有成形，毋寧說，仍處於抽象階段。可是好像有什麼東西在白色漩渦中，急欲跳出來似的。不，應該說有些部分已慢慢聚焦。

電話響了，龍雄回過神來，主任拿起話筒，問田村是否回來，便立刻把話筒遞給龍雄。

「喂。」話筒彼端傳來田村的聲音。

「你那邊有沒有找到新線索？」龍雄問道。

「我還沒去土岐津站，事情越來越有意思了。」

田村語聲歡快地說著，可以想像他滿臉大汗的表情。

「伊勢通訊處，就是宇治山田，說舟坂英明在兩個星期前失蹤了。」

「失蹤了？」

「嗯，東京方面也做了訪查，發現他並沒有回家，目前正在全力調查中。但根據伊勢通訊處的調查，舟坂很可能住進了精神病院。」

「咦？精神病院，在什麼地方？」

「詳細情形尚不清楚。另外，還發生了一件怪事。」

3

電話講到半途，接線生插進來「喂、喂」兩聲，被田村狠狠罵了一頓。

「所謂的怪事，就是半個月前，舟坂英明開始蒐購各種東西。」

「蒐購各種東西？」

「嗯。比如玩具、藥品、掃帚，碟子、空瓶子，或兒童帽……」

「慢著、慢著，他買這些東西做什麼？」龍雄問道。

「不知道。總之，就是大肆採買，然後把東西寄回東京的家裡，或分送給朋友。」

「這是怎麼回事？」龍雄緊貼著話筒，納悶地問道。

「所以我才說很奇怪，會不會是精神上出了問題？這是伊勢通訊處查到的消息，青山聯絡員倒是滿盡責的。」

「難道舟坂是得了精神病嗎？」

龍雄這樣說著，在心裡揣想，舟坂英明瘋了，其中必有蹊蹺。

「是啊，這是伊勢通訊處回報的消息。聽說有個像醫生的男子，前往舟坂下榻的旅館診療，沒多久就用車子把舟坂載走了。」

「是計程車嗎？」

「不是，所以才傷腦筋。來的是一輛自用車，裡面坐了兩、三個人，付完住宿費就離開了。聽說是醫生將舟坂帶走的，有人說被帶進精神病院。」

「有沒有記下那輛車的車號？」

「不知道。這些消息是從旅館女侍那裡打聽來的。」

「自用車是醫生的嗎？」

「好像是。嗯，是自用車。自用車……你等一下！」

話筒彼端停頓了三、四秒，龍雄知道田村正在極力思考，接線生又喂個不停。田村終於想到什麼似地說道：

「啊，對了，我想起來了！」

「什麼？」

「算了。有些部分尚未明朗，在電話中不便久談，我要掛了，時間快到了。接下來有得忙了，好多事情還得調查。」

接線生不容分說地講了一句「時間到了」，便切斷了通話。

田村依舊不改急躁的個性，龍雄不由得苦笑了起來。

然而，舟坂英明突然發瘋這件事，仍不可掉以輕心。不論怎麼想，都覺得不可能，這其中肯定大有文章。

玩具、藥品、掃帚、碟子、空瓶子、兒童帽……買下這些東西，然後運回家裡或分送給親友，這是爲什麼？這些東西沒有一致性，種類各異，眞的是精神異常者所爲嗎？

一旁的主任可能已經趕完了稿子，扔下鉛筆，像是獲得解脫似地伸展雙臂，打了一個呵欠說道：

「終於寫完了。」

接著，他轉身看著龍雄，眼神發出嗜酒的光芒，說道：

「我馬上打電話給總社，稿子大約四、五分鐘後就會傳過去，採不採用還不知道，快的話馬上就會整理。待會兒，要不要去喝兩杯？」

主任希望龍雄等到公事結束，但龍雄婉拒之後，便走了出去。

外面已是夜色深沉。

龍雄找了家旅館住下。其實，他還不知道要去哪裡，但覺得今晚先在松本市過夜再說，所有事情明天再做打算。

旅館座落在市郊的河邊，打開拉門望去，眼下即是潺潺河水。

女侍把晚餐端了進來。

「先生一個人來這裡旅行嗎？」肥胖的女侍問道。

「是啊。」

「來爬山嗎？」

「不是，我是來買東西的。」

「這裡沒什麼可買，您要買什麼東西？」

「我要買玩具、藥品、掃帚、碟子、空瓶子、兒童帽之類的東西。」

女侍驚訝得睜大眼睛。

「您買這些東西做什麼？」

「您不知道吧？」

「不知道。」

「我也不明白。」

女侍疑惑地盯著龍雄，懷疑他是否腦筋有問題，於是沒再多說什麼。

旅館人員帶著龍雄到公共浴池。在長廊上走著，龍雄仍在琢磨舟坂購買這些東西的動機，他試圖從紛亂中理出一條線索。

舟坂英明亂買東西，是爲了佯裝發瘋嗎？像他這種性格剛毅的人，絕不可能那麼容易精神失常。

問題是，他爲什麼要裝瘋賣傻？龍雄想不透其中道理，說他發瘋，也只是單方面的推測。他買了一堆雜貨，有個醫生過來看診，就把他當成瘋子，送進精神病院。這些消息都是伊勢通訊員提供的。

龍雄泡在浴池裡，仍在思索這個問題。浴池裡沒有其他房客，窗外的流水聲淙淙不息。

龍雄的腦海倏然掠過一個念頭。

舟坂買東西絕不能有關聯，必須零零散散，他想買的東西也許只有一種，多買的部分只不過是混淆視聽，都是不需要的。也就是以不需要的東西，掩飾需要的東西，藉此掩人耳目。

這時候，一名客人朝浴池走了進來，他先向龍雄點頭致意，然後泡進池子裡。龍雄無意間看著他的動作，熱水直沒到他的肩膀高度。

龍雄猛地站了起來，水花四濺，才剛下池的房客露出困惑的表情。

龍雄顧不得擦乾身體，穿上衣服便疾步走回自己的房間，各種想法在他腦海中翻騰。

他知道舟坂想要的是什麼了，是藥品！他眼前浮現行經八岳山麓下的那輛板車，以及車上用草蓆包裹的陶甕。

他拿起房間的電話，接線生迅即替他打到木曾福島的通訊處。櫃檯人員表示，時間已晚，得等上一陣子。
等了好一陣子，這段時間龍雄的腦子依舊忙個不停，他拿出記事本，細看上面的重點。隻手輕易提起的麻袋、幾近枯骨的腐屍、長野縣南佐久郡的偏僻村落、皮革工廠……
電話鈴響了。龍雄毫不遲疑地拿起話筒。
「喂，總社的田村先生在嗎？」
「不在。」對方冷淡地回答。
「請問什麼時候回來？」
「他們都到鎮上喝酒去了，不知道。」口氣依舊粗魯，令龍雄感到愕然。
早晨醒來，已經九點了，龍雄旋即打電話到木曾福島。電話未接通之前，他匆忙洗臉吃飯，吃到一半的時候，電話通了。
龍雄請對方把電話轉給田村，對方卻回答：
「他已經走了。」回話的就是昨晚那名男子。
「走了？去什麼地方？」
「名古屋分社。」
龍雄非常後悔，前天晚上應該把下榻旅館的電話告訴對方。
掛上電話後，龍雄立即請女侍拿電報用紙過來。他寫上電文：
請速查舟坂是否購買鉻硫酸，確認無虞後立即報警，恐危及另一人性命。明日下午，在瑞浪站等候。

電報內文如此。龍雄連續琢磨了兩、三遍，馬上請服務生到郵局發送，傳至名古屋分社轉交給田村。其實，舟坂英明想買的是「藥品」。

龍雄覺得事態緊急，容不得片刻延誤。他可以體會田村的求功心切，但是這已經不是報社搶獨家的問題了，有人可能因此喪命。爲了救人，必須請警方行使搜查權。

上午十一點，龍雄坐上「白馬號」的北上快車。車上有幾個登山裝束的男女，正興高采烈地聊起登山的事。

看到這些登山客，龍雄想起前往摺古木山的那夥人。其中有個戴綠帽子的瀨沼律師。不，那個人是假扮的瀨沼律師。這是一個月前的事。在那之後，那個人卻在青木湖畔的山裡上吊身亡，屍體被發現時，已腐爛得幾近枯骨，死亡時間超過五個月。

一個月前還活著的男子，死後的模樣卻像超過五個月。

龍雄從舟坂英明所買的物品當中，終於破解了箇中玄機。玩具、藥品、掃帚、碟子、空瓶子、兒童帽，這些都是不需要的東西。

火車行駛的速度很緩慢。塩尻、辰野、上諏訪，每一站都停。到了上諏訪站，又上來幾名準備回家的泡湯客。行車之慢，令龍雄焦急難耐。

在小淵澤站換車，經過八岳山麓，龍雄在海口站下車，已經下午三點多了。

他換搭巴士，在橫尾下車。

夕陽照著層巒疊嶂的八岳山，晚風吹拂過枯黃的草原，石塊壓頂的低矮農舍緊緊堆疊著。

龍雄逐戶探找，走到掛有「加藤大六郎」門牌的住戶門前。

一個老人坐在鋪草蓆的泥地間裡編草鞋。龍雄是專程來找他的。

老人聽到龍雄的叫喚，抬起頭來。

「喔，你不是之前詢問健吉和阿音的那個東京人嗎？」老人滿臉皺紋，睜大眼睛說道。他居然還認得龍雄。

「那次謝謝您了。」龍雄致謝道。

「請進來坐吧。」老人從草蓆上站起來，拍了拍身上的稻草屑。

「這次是爲了阿音的事來請您幫忙的。」龍雄客氣有禮地說，「老爺爺，您很了解阿音吧？」

「你這話問得見外了。我們同住一個村子，沒有什麼不知道的。我記得他小時候我還抱過他，結果他還尿得我一身濕呢。」

「是很久以前的事嗎？」

「嗯，很久了。」老人瞇起眼睛，彷彿勾起往日的記憶。

「現在見了阿音，您還認得出他的長相嗎？」

「當然認得。阿音這孩子離開村子時，已經十六、七歲了。小時候的模樣我可能認不出來，不過那時候他已經算是半個大人了。」

「伯父，」龍雄帶著熱切的目光說，「現在您可以跟我去見阿音嗎？」

「咦？去見阿音？」老人愣了一下，「阿音回來了嗎？」

「沒有，他沒有回來，在別的地方。我想請您到那裡見見他。」

老人直盯著龍雄。

「阿音這小子說要見我嗎？」

龍雄不知如何回答，只好撒謊說道：

「阿音見到爺爺您的話，一定會備感懷念。」

「阿音也不小了。他小時候就很倔強，到了東京，一定闖出名堂了。聽你這麼一說，我還真想見見他呢。去哪裡可以見到他？」

「在名古屋附近。」

「名古屋？不是在東京嗎？」

「他現在在名古屋。爺爺，說來失禮，所有旅費我來負擔。今晚我們先在上諏訪泡湯休息，明天一早就去名古屋。」

加藤老人又望著龍雄。

「你是阿音的朋友嗎？」

「嗯，我們認識。」龍雄不得已又說謊。

老人的表情似乎有點動心。

「我兒子和媳婦下田去了，他們就快回來了，我再跟他們商量看看。」

13 CHAPTER

第十三章

死的沸騰

1

萩崎龍雄帶著加藤大六郎坐上北上的列車，十二點四分在中央本線的瑞浪站下車。

昨夜十一點抵達塩尻，他們在當地住了一晚。如果前往上諏訪，就來不及坐這班火車。原本答應老人泡溫泉，只好改成回程再去，然後直接趕往這裡。由於昨天很晚才到站，今早又急著趕車，老人有點不高興，不過許久沒坐火車，一路上精神很好，一點都不像年近七十歲的老年人。

他們走出車站時，田村已大搖大擺地走了過來。

「你好。」

兩人同時伸出手來。

「看過電報了嗎？」龍雄立即問道。

「我就是看過了才趕過來的。」

田村神情激動，回過頭去，他身後還有三名龍雄不認識的男子。

「他們都是報社的同事，也是特別採訪小組的成員。」田村做了簡單介紹，然後看到站在龍雄身後的老人，不由得露出納悶的表情。

「黑池健吉是信州南佐久郡春野村的人。」

龍雄這麼一說，更讓田村摸不著頭緒。

「那麼，他是黑池健吉的……」

「嗯，總之待會兒你就知道了。」

龍雄先把老人帶到候車室的長椅休息，旋即回到田村面前問道：

「怎麼樣，查出舟坂英明買的是什麼藥品了嗎？」

「查到了。昨天早上我們火速前往伊勢市分頭調查。」

田村將記事本遞給龍雄看。舟坂蒐購了大量的濃硫酸和重鉻酸鉀。

「這是工業用硫酸，不是一般藥品，光是買這兩種東西，可能會引人側目，所以他還買了玩具、碟子、掃帚等等，藉此混淆視聽。讓人家誤以為他精神失常，他的目的正是製造發瘋的假象。」

龍雄說到這裡，田村旋即問道：

「他買這麼多硫酸和重鉻酸鉀做什麼？」

「簡單來說，就是要處理吊掛在青木湖畔的那具屍體。」

田村和三名記者不約而同地看向龍雄。

「我先從結論說起吧。那具腐爛成枯骨的屍體就是黑池健吉。」

「你說什麼？」

田村驚愕得簡直不敢相信，他始終認爲那具屍體是假扮黑池健吉的替身，而龍雄卻持相反觀點，斬釘截鐵地表示上吊者是黑池本人，難怪連田村都要瞠目結舌。

「我從頭說給你聽吧。那個頭戴綠色帽子、扮成瀨沼律師模樣，爬上摺古木山的男子，八成是黑池健吉。那時候，眞正的瀨沼律師可能被藏在別的地方，被迫吃下野草莓和通草籽，瀕臨餓死邊緣。歹徒爲了製造瀨沼律師在山裡遇難的假象，必須設法讓第三者看到律師活著登山的模樣。而假扮律師的人，應該就是黑池健吉。目擊者只看到服裝的顏色，沒有看到死者的容貌，黑池這一招實在高竿。」

龍雄開始說明自己的推論。

「當然，這一切都是舟坂在幕後操縱。瀕死的瀨沼律師可能被那夥人塞進汽車內，趁晚上行經人煙稀少的大平街道，從木曾嶺被抬到現場丟棄。第二天又遇到颱風，氣溫急遽下降，可憐的瀨沼律師就在山裡氣絕身亡。」

「這段經過我們都知道。現在令人不解的是，這些事情是發生在一個月以前。那具化成枯骨的屍體，如果是黑池健吉的話，那他豈不是五個月前就死了？」

「能解開這個謎底的，就是這些藥品。」

龍雄指著記事本上的化學名稱說道：

「如果混合濃硫酸和重鉻酸鉀，就會變成一種具有強烈腐蝕性的溶液。加上若干葡萄糖，就可以使它還原，減低溶解能力，再摻上適量的水，溶液會變得稀薄，可以用來軟化皮革。這兩種酸的混合溶液俗稱濃鉻硫酸，任何有機物只要泡在裡面都能溶解。倘若澡盆大的容器裝滿這樣的溶液，將一具屍體泡在裡面，一個晚上即會被溶成一堆白骨。」

「這麼說，那具屍體化成白骨也是……」田村捂住嘴巴驚聲叫道。

「沒錯。黑池健吉遭殺害之後，就被丟進濃鉻硫酸池裡。大概經過四、五個小時，屍體溶解到剩下白骨時，才被撈上來的。然後，再用水把幾近白骨的屍體沖洗乾淨，沖掉殘餘的藥液，再把它裝入麻袋，由那夥人帶上火車。」

「麻袋？這麼說，那個老太太說的麻袋是眞有其事嘍！」

「嗯，單手提得動的屍體，重量應該很輕，大概只佔全屍的七分之一吧。用火車運送，又不會散發臭味。對於那夥人來說，沒有比這更方便的了。」

龍雄繼續說：

「後來，他們把麻袋扛上山，將屍體丟在現場，再把備妥的腐爛繩索套在屍體脖頸上，剩餘的繩索繞在樹幹上，佯裝是承受不住重量掉下來的。屍體在三天後被發現。經過三天，殘留在屍體上的溶液已經氧化，屍體呈現自然腐爛現象。換句話說，當屍體被發現時，就像是已經過了半年以上。連驗屍的法醫也被騙了，弄得大家滿頭霧水。」

龍雄說到這裡，田村的紅臉頓時變得煞白。

「可是，他們爲什麼要故布疑陣，弄來塞滿電瓷的木箱？」田村問道。

「那是爲了讓某人相信，裝著屍體的木箱是從土岐津站運來的。」

「爲什麼要這樣做？某人是誰？」

龍雄陡然露出苦澀的表情。

「這個待會兒再說。」

田村凝視著龍雄，接著問道：

「你從哪裡得到啓發，聯想到鉻硫酸的？」

「這個也等一下再說吧。」

「好吧。」田村接著問道，「黑池健吉爲什麼會被殺？」

「他的眞名曝光後，他的同夥深感危機，於是就把他幹掉了。他們認爲只要把他弄成自殺，警方就不會追查下去。」

「原來如此。」

三名記者默默地聆聽龍雄的敘述，有個記者趨前說道：

「東京的搜查本部已經解散了。」

「這就是那夥人的算計。」龍雄回答道。

「知道主嫌在什麼地方嗎？」

「知道。」

語畢，龍雄看到車站前的公共電話亭裡面有一本電話簿，便大步地走進去，迅速翻查了起來。他找到一個名字，便向田村招了招手。

「你看這個。」

田村看著龍雄指著的地方，在眾多電話號碼中，龍雄指著「清華園」三個字。

「清華園是什麼？」

「你再看這個。」

龍雄指著一則醒目的廣告「清華園精神科醫院院長．岩尾輝次」。

田村的眼睛睜得很大。

「精神科醫院。啊，他在那裡。」

這時候，不論是龍雄或田村都愣住了。

岩尾輝次、岩尾輝次……歹徒騙走支票時所使用的名片，那個議員叫做岩尾輝輔。

「這麼說，院長跟那個右翼派系議員岩尾，不是兄弟就是親戚。」

在他們眼前，舟坂英明和岩尾議員之間的關係彷彿清晰浮現。

龍雄驀然感到一陣焦慮。

「你把所有事情都告訴警方了嗎？」龍雄問田村。

「還沒，我只看到你的電報，不知道是什麼狀況。」

田村這樣說也有道理。龍雄心裡十分清楚，現在片刻也不得耽誤，他算了一下人數，總共有五個人，大概應付得了。

「沒辦法，必要的時候，我們一起衝進去。」龍雄下定決心說道。

「舟坂的情況我已經了解，他現在大概住進了清華園精神病院。另外，你在電報中提到

『可能危及某人性命』，某人是誰？」田村問道。

「是個女人。」龍雄立刻回答。

「女人？」田村驚訝地望著龍雄，「是誰？莫非是紅月酒吧的老闆娘？」

「總之，你去了就知道。現在最重要的是先趕去醫院。」龍雄幾近叫嚷地說道。他打算稍後再說明經過。

鎮上叫不到計程車，大家決定快步前去。龍雄走到候車室，對坐在長椅上的老人說：

「爺爺，我們現在要去見阿音，時間有點趕，不巧鎮上沒有公車，您走得動嗎？」

老人露出缺了門牙的嘴巴，笑道：

「什麼話嘛，我雖然有點歲數，不過這兩條腿在田裡可是幹活用的，一點也不輸給鎮上的年輕小伙子呢。阿音就在這鎮上嗎？」

「是的，請您去見見他吧。」

老人嗨喲一聲站了起來。

從車站到清華園有段距離，龍雄、田村和三名記者大步向前走去，老人走起路來腳步穩健，怪不得如此誇口。

一行人來到龍雄曾經走過的那座橋，印象中樹林裡的長屋頂正映入眼簾，他來過這裡，所以熟知路徑，找起來並不困難。

來到正門，就是那棟陰森森的建築物。龍雄率先走到辦公室門口，心跳急遽加快。

病房大樓在旁邊，狹小的窗戶均加裝鐵窗，外面沒有任何人影。

田村推了推龍雄，低聲說，「你看！」

辦公室旁邊是車庫，看得到那輛車的車尾。

「上次，我去伊勢的時候，在舟坂下榻的旅館看過那輛車。」田村說道，「前天，你打電話過來時，提到自用車的事，我突然想起來。我懷疑瀨沼律師在餓死之前，說不定就是被這輛車載到木曾嶺的。於是我打電話給伊勢通訊處的聯絡員，請他去旅館查一下。結果，你猜他怎麼說？他說，颱風來襲的前三天，那輛車就不知去向了。五、六天來都沒看到那輛車的蹤影，聽說是舟坂抵達旅館時開走的。」

「大概是吧。」龍雄點點頭，「說不定他也是用這輛車把硫酸甕和濃鉻硫酸運到這裡。現在事情終於弄明白了。」

龍雄用力推開門，五個人連同老人一起衝了進去。

男職員詫異地望著他們。

「我們要見舟坂英明先生！」

龍雄話聲方落，男職員裝迷糊地說：

「是住院病人嗎？」

「嗯……我們不確定他是不是病人，總之他應該在你們這裡。」龍雄察覺這麼說有欠妥當，於是連忙改口說：

「我們想見見院長。」

「請問您是……」

田村見狀，旋即遞出自己的名片說道：

「我們是報社記者，不會耽誤太多時間，請您知會院長一聲。」

男職員拿著田村的名片，往裡面走去。

他們正擔心可能遭拒時，一名體型高大、身穿白大褂，戴著眼鏡的五十歲男子，從裡面走了出來。他的神態顯得高傲。龍雄一眼即看出，對方與那位有過一面之緣的岩尾議員非常相像，他們肯定是兄弟關係。

「我就是院長。」他打量著在場的每個人。

「舟坂先生來到貴院了吧？我們不知道他是不是住院病人，但是很想見見他。」龍雄開門見山說道。

「他沒有來。」院長不加思索地說道。

「也許登記的名字不同。不過，確實是您開車從伊勢市的旅館載他過來的。」

院長頓時板起臉孔，喉頭動了一下，嚥了嚥口水。

「不知道，反正我不記得有這件事。」

「不管您記不記得，總之我們想見舟坂先生。」田村嘶嘴大聲嚷道。

「他不在這裡。」院長瞪視著田村，不服輸地高聲反駁。

「他應該在這裡。您不要把他藏起來，請他出來！」

「不在！你這個人眞不講理！」

「他在！我們就是知道他在才過來的。」

「不在就是不在。」

他們正在爲舟坂是否在這裡大聲爭執。這時候，裡面的門突然被打開，一名男子走了出來。

「你們在幹什麼！」

聲音響徹整個辦公室，龍雄、田村和其他三名記者紛紛愣住了。這名身穿立領服的男子理著小平頭、顴骨突出、一臉漲紅的怒容，眉宇間堆著皺紋，一雙大眼彷彿燃燒的火球，威風凜凜地插腰站在門口。

「是山崎總幹事！」田村這樣驚呼的同時，又聽到老人說，「噢，你不是阿音嗎？阿音、阿音，我好想你。」

站在後面的加藤老人，張開缺牙的癟嘴，喃喃自語地邊說邊走上前去。

「什麼？他是阿音？」

龍雄大吃一驚，睜大眼睛凝視著山崎，田村也怔愣地望著。

「噢，原來你就是舟坂先生啊！」

眼下露出眞實身分的舟坂英明，根本不理會他們倆，只是驚愕地看著老人，遲疑了兩、三秒，身子才顫了一下。

「阿音，你眞能幹呀。二十幾年不見了。」老人滿是皺紋的手，幾乎快碰到舟坂的立領服，懷念似地說道。

「嗯，你是加藤伯？」舟坂直盯著老人說。

「是啊，你還記得我？我年紀也大了。他說你想見我，所以就帶我來這裡。」老人指著龍雄說道。

舟坂以充滿怒火的眼神看著龍雄。

「你到底是誰？」依舊是暴怒的聲音。

「我是被你騙走三千萬圓的昭和電器製造公司的職員。」

龍雄銳眼盯著舟坂英明，話語裡充滿言之不盡的恨意。

舟坂吃驚地凝視著龍雄。

「我眞佩服你啊！」舟坂只說了這麼一句，停了一下又說，「你眞有辦法，居然把事情查出來了。」

他指的是龍雄把加藤老人帶來這裡。這話出自這個叱吒風雲的右翼頭子口中，已失去從容的氣勢，像是勉強從喉嚨擠出來似的。

「舟坂，你去自首吧！」龍雄喊道。

「說什麼蠢話！僅僅一張三千萬支票就要我自首？」舟坂嘲諷似地笑道。

「不僅這樣。你還唆使手下殺害瀨沼律師和黑池健吉。黑池健吉可是你的表弟！」

「混蛋！」舟坂露出恐怖的表情嚷道。

「不止如此，你還打算殺死另一個女人。她也在這裡，放她出來吧。」

「女人？」

「少裝糊塗！她是健吉的妹妹，化名爲上崎繪津子。」

「沒想到連這個你也查出來了！」

舟坂從肺腑擠出這些聲音的同時，外面傳來了緊急煞車的尖銳聲。

「是特勤小組！」院長喊道。

這時候，龍雄、田村和其他三名記者跟著轉頭看去，一群黑衣黑帽的特勤人員正從卡車上跳下來。

爲什麼特勤小組會在這裡出現？舟坂英明和院長幾乎沒有思考的餘地，便朝裡面急奔而去，其餘人趕緊追上前去。

立領服男子從陰暗的走廊，往幽暗地下室奔去，五個人緊追在後，凌亂的腳步聲不斷地傳來。在兩旁病房鐵窗內的精神病患，像暴風般狂鬧了起來，身穿白衣的護士嚇得縮成一團。

眼看舟坂英明衝進地下室一隅，龍雄和田村在用力撞開房門的同時，傳來一陣流水聲和慘叫。水聲汩汩而沉悶，一股臭腥味撲鼻而來。

「危險！」龍雄拉住險些往前滑倒的田村說道。

這是一間浴室，鋪著白色磁磚，角落有個可容納兩人的方池，裡面裝滿了黑色溶液。穿著立領服的舟坂跳進黑池裡，痛苦地掙扎著，黑水淹沒了他的身體，隨即冒出無數泡沫和濃烈的白煙。那泡沫像煙火般在舟坂的四周不斷地噴冒而出，極其慘烈。

「舟坂英明正在溶化！」龍雄凝視著這幕情景說道。

田村和其他三名記者也看得目瞪口呆，半晌說不出話來。

「舟坂英明在濃鉻硫酸池子裡溶化了！」

泡沫不斷地噴湧上來，地下室瀰漫著異樣刺鼻的白煙。舟坂的衣服和肉體都腐爛了。沒多久，部分浸泡人體的黑水，開始變成銅綠色。這表示舟坂英明的肉體逐漸被溶解了。

隨後趕到的特勤小組一陣騷動，但他們也無能為力，只能在旁觀望著。

2

銀座附近已華燈初上。龍雄和田村並肩漫步在有樂町街上，他們經過數寄屋橋，立即往北走去。目前，這一帶正在大興土木，周邊環境很髒亂，在單邊的道路上，人群熙來攘往。

他們從擁擠的人潮中走出來，走到路旁的地下室，那裡有一家美味的餐館，田村報社的人經常到此光顧。

「歡迎光臨！」女服務生看到田村，隨即笑臉迎了上去，「聽說田村先生鴻運當頭，恭喜！」

「消息這麼快就傳進妳耳朵裡了。」田村瞇著眼睛說道。

「聽說得了局長獎？真了不起，獎金有多少啊？」

「沒幾個錢啦，付掉貴店的賒帳，可能剩下不到一半。」

「趁你還沒花完之前，先把前帳結清吧。」

「少虧我了。」

他們倆走進包廂，空間狹小但很雅致。料理上桌後，龍雄拿起杯子說：

「你得了局長獎？」

「嗯，進報社十年，這是頭一次呢。」

田村笑得格外開心。這次的舟坂事件，他以頭版頭條新聞，搶在其他報社之前發表。這些榮光彷彿夢幻般在他眼前搖晃。

兩人碰杯慶祝。

「好漫長的戰爭啊。」

「是很漫長。」龍雄附和著說，「剛開始，天氣還有點涼，不知不覺間，又變得更冷了。」

「從支票詐騙案開始，後來意外演變成這種結局。當初聽你提起這件事的時候，想不到會發展到這種地步。」田村挾了一口菜送進嘴裡。

「舟坂大概也很意外吧。他做夢也沒想到自己居然會走上絕路，只因黑池健吉太衝動，殺死了瀨沼律師的職員，情勢因此急轉直下，逼得他們出手綁架瀨沼律師。又因爲無法安全藏匿肉票，便動了殺機。後來，搜查本部查出新宿槍擊案嫌犯的眞名，舟坂只好狠心殺了自己的表弟黑池健吉。也因爲這樣，使得案情露出些許曙光。」

「是啊。」田村說道，「你是什麼時候發現健吉就是舟坂的表弟？」

「上次去八岳山春野村的時候，我曾經到村公所查閱黑池健吉的戶籍謄本。也就是你到九州出差的那時候。當時，我就知道健吉有個妹妹和表哥，他的表哥名叫梅村音次，生於一九一四年四月十七日，四十三歲。不過，我沒想到他就是舟坂英明。」

「他們爲什麼不同姓？」

「因爲健吉的母親再嫁。音次的父親，也就是健吉的舅舅，繼承了家業，所以不同姓。簡單來講，就是這種關係。」

龍雄拿起鉛筆，一邊看著記事本，一邊在紙上畫了起來。

梅村寅松
- 長女　靖子（黑池仙太郎之妻）
  - 健吉
  - 幸子
- 長男　文男（死亡）
  - 音次

「健吉還有個妹妹。」田村說，「你怎麼沒告訴我？」他盯著龍雄問道。

「因爲沒想到她居然就是上崎繪津子。」龍雄回答，「而且我始終認爲他妹妹沒有涉案。」

「那你又爲何知道音次就是舟坂英明？」

「是從那具上吊屍聯想到的，也就是知道濃鉻硫酸能溶解屍體以後的事。之前，我去春野村橫尾的時候，曾經看到一個村民拖著板車運送烈性化學藥品到皮革工廠。皮革工廠必須使用這種烈性化學藥品鞣製皮革。我是在信州松本的旅館裡泡澡時，才把這些藥品和那具屍體聯想起來。當時，有個房客入池泡澡，我才恍然大悟。我們公司生產蓄電池，經常使用濃硫酸。以前，有個工人因爲操作不慎，被濃硫酸嚴重灼傷。所以，我對硫酸多少還有點知識。這讓我產生聯想，如果將人體丟在濃硫酸池裡，是否會變成上吊屍那樣，爛成一堆白骨？想到這裡，我更加確信這種推論。終於弄清楚那夥人把屍體裝入麻袋，卻能隻手輕易提起的箇中玄機，因爲屍骨本身就很輕。後來，我發現最了解濃鉻硫酸的效用，莫過於在皮革工廠工作的當地人了，於是我又想到健吉有個表哥，在十五、六歲時離開村子，前往東京發展卻音訊全無。」

「原來如此。」

「你說過舟坂英明是韓國人。可是調查之後，他的身世還是一個謎團，這更增添了他的神祕性。看來散布舟坂是韓國人的傳言，恰好是他自己。」

「他為什麼要這樣做？」

「也許可以從舟坂英明，也就是梅村音次的生長環境來說。附近的人都知道，橫尾這地方全是貧苦的農民，音次受不了貧窮，便離開村子。瞧不起貧農，是當地人一直以來的偏見。」

「這種觀念是不對的。」

「是啊。」龍雄說道，「這種觀念非常要不得。這也讓音次產生反抗心理，憤而對歧視自己的社會展開報復。」

「你說的有道理。」

「所以他改名為舟坂英明，投靠右翼陣營，他很想在右翼組織闖出名號。此人原本就很有才華，又有膽識。不知不覺間，他的手下越來越多，他也當上了一方之霸。總之，他終於向社會展開報復的第一步。」

「嗯。」

「不過最近許多右翼小團體很缺錢。」龍雄接著說道，「在二次大戰前，右翼的財源主要來自軍方的機密費。對右翼組織來說，軍方是他們的財神爺。可是戰爭結束後，他們頓失這個大金主，新興的右翼團體，就得透過非法手段取得財源。光靠少額捐款，終究是杯水車薪。於是許多沒品、行徑惡劣的右翼組織，便利用恐嚇、詐欺、盜領等卑鄙手段賺錢。像舟坂就跟高利貸業者山杉喜太郎勾結，從山杉那裡取得情報，誘陷需錢孔急的公司開出支票，從中進行詐騙。當然，他會把詐領的錢分給山杉，而這些贓款便成爲舟坂組織重要的資金。所以，他用這些錢豢養了十幾名肯爲他賣命的手下。而黑池健吉；也就是舟坂（梅村音次）的表弟，也是他的馬前卒之一。」

另外還有一個人，就是在山杉身邊擔任祕書、居中聯絡的上崎繪津子。不過龍雄不敢向田村提起她。這時候，店員又端來了新的酒菜。

酒溫得太燙，田村朝酒杯猛吹。

「可是，」田村打量著龍雄，「你當時在精神病院突然對舟坂說，快把黑池健吉的妹妹放出來，我著實嚇了一跳。你是什麼時候發現那個女人的？」

田村的口氣頗有埋怨龍雄的意味，彷彿在說，你居然把我矇在鼓裡！

「我是從舟坂一夥人把裝著電瓷、佯裝藏屍的木箱寄到瀨場站時發現的。」龍雄說到這裡，內心驚懼了起來，但仍接著說明，「舟坂他們巧設疑陣，讓人誤以爲在青木湖畔上吊的那具屍體即是黑池健吉，想不到連警方也上了大當。幸好，我們推斷上吊者不是黑池健吉。而這正是舟坂的目的。屍體被發現的前三天，他們從土岐津站寄出裝滿電瓷的木箱，然後在瀨場站取貨，再由扮成工程人員的幾個手下把木箱扛到深山的現場。這是爲了暗示某人，屍體已從別處運來。至於他暗示誰，你自然不得而知。我當時因爲留下來，便去丟棄木箱的現場勘察。木箱被丟在灌木叢裡，箱內裝滿破瓷片，根本沒有什麼屍體。這時候，我想起老太太說看到麻袋的事。後來，我又聽村裡的少年說，那個女人已經來過現場了。」

「原來如此。」

「那個女人先到車站打聽行李，顯然是爲了確認木箱而來的。她爲什麼要來確認？目的是爲了證實從土岐津站寄出的木箱裡，是否眞的裝著屍體？她的動機是什麼？依我推測，她非常關注黑池健吉。你可以試想，上吊者是黑池健吉的替死鬼，這是舟坂原本的計畫，那女子是這樣被告知的。當然，她也是他們的同夥。她之所以隨後趕來確認，大概是懷疑那屍體究竟是別人的，還是黑池健吉本人的。那時候，我就猜想，這麼關心黑池健吉的人到底是誰？於是這才想起健吉在戶籍謄本上還有個妹妹。」

「嗯，你說的太複雜了。」

「聽起來是如此，但細想並非沒有道理。警方查出黑池健吉是殺人兇手，舟坂很可能動了殺機。原先打算用借屍頂替的方式，僞裝黑池健吉自殺身亡，阻止警方追查下去。因此，決定在土岐市的鄉下墓地盜屍，再裝入木箱裡運到簗場站。土岐那邊以土葬居多，要偷屍體很容易。這樣一來，健吉表面上是自殺，其實還活著。這個計畫健吉本人也同意，並告訴他妹妹幸子，也就是改名換姓的上崎繪津子。」

「你說得有道理。」田村點頭說道，「離土岐市三里路程的菅島，是個鄉下地方，之前曾經發生過掘墓的怪案。墓中死者已死了八個月，但屍體卻未被盜走。地方版報紙還登過這起前所未聞的掘墓奇案。」

「沒錯，這正是舟坂的意圖。雖說健吉是舟坂的表弟，但他對這個表弟不敢掉以輕心。

新宿的槍擊案就是因爲健吉太急躁才惹出來的，將來會捅出什麼婁子也不得而知。健吉絕不是一個安分守己、願意隱姓埋名的人。舟坂大概是在這時候動了殺機。據此推估，健吉可能先在精神病院的地下室遭到殺害，然後被丟到腐蝕性強烈的藥池裡，不消幾個小時即被溶解成一堆白骨。到了這種地步，他們之間實在談不上有表兄弟的情分了。」

龍雄繼續說道：

「剛才我已說過舟坂了解濃鉻硫酸的效用。問題是，精神病院不需要這種強烈藥品。溶解一具屍體，需要相當多的藥量，由醫院出面購買，可能會引起懷疑，因此他便略施小計，自己裝瘋賣傻，四處亂買各種東西，其中包括他們需要的濃硫酸。他裝瘋還有一個目的，這樣可以住進清華園，親手殺死健吉。精神病院與世隔絕，最方便不過。我是在事發之後，才知道那裡是他們的祕密巢穴。」

「慢著，你是怎麼發現清華園的？」

「之前我去追查黑池健吉的下落，在瑞浪鎮上閒逛的時候，無意間發現了那間精神病院。於是，我立刻聯想起來。」

「院長是岩尾議員的弟弟。我原本以爲岩尾與舟坂勾結，讓弟弟居中撈到好處，結果剛好相反。他弟弟和舟坂也是同夥，哥哥反倒被利用而不自知。」

「是啊，他們殺死了健吉，當然不可能讓他妹妹幸子知情。只是騙她說，健吉暫時在外面避風頭，他們不但拿掘墓奇案的新聞給幸子看，讓她以爲事情依計畫進行，還說替屍已用電瓷混充從土岐津站寄出，但幸子越想越不對勁，追問哥哥的藏匿處，舟坂大概是答得含糊，說不出個所以然。於是，幸子便決定到實地確認，特地去土岐津站打聽，裝滿電瓷的木箱確實已經寄出，她又到掘墓現場勘查，墳墓被挖開了，屍體卻安然無恙。後來，她還跑到貨物寄達的簗場站查看，木箱的確已經寄達。不過她到山腳下灌木叢裡看到的木箱，並不是取出屍體的空木箱，而是裝了電瓷碎片。這時候，幸子終於明白眞相，那具上吊的屍體，不是哥哥健吉的替身，而是健吉本人。」

「你能推理到這一步，眞是了不起！」田村略帶調侃地說。

「只要掌握事情的重點，就能融會貫通。」

「重點是知道那女人是健吉的妹妹嗎？」

「嗯，接下來就靠事情的發展推演。」

「可是，光憑確認木箱這件事，即斷定她是健吉的妹妹，未免太令人難以信服了？」田村笑容詭譎地說，「你知道這女人的存在，可能不是在她查看木箱的時候，恐怕是很早以前就有線索了吧？」

田村說得沒錯。上崎繪津子經常在黑池健吉的身邊，無論是健吉在羽田機場搭乘日直航空，或是在瑞浪郵局兌換現金。然而，這些事情都不能告訴田村。

「你爲什麼要瞞我呢？」

「我不是有意瞞你，而是那時候我才剛發現而已。」龍雄始終不鬆口，臉色微微漲紅，宛如被人看透心事似的。

「後來，你發現健吉的妹妹也有生命危險嗎？」田村改變話題問道。

「是的，爲此幸子大概當面質問過舟坂。她原本就是被哥哥拉進組織，不得已成爲那夥人的手下，健吉被殺害，她當然要斥責舟坂。但是這樣一來，她的處境就更危險了。我們闖進醫院時，她大概已經被關在布滿鐵窗的病房裡了，很可能當天晚上就會遇害。」

「不過，你沒有發現在這之前，她已經寫信向搜查本部報案了嗎？」

「嗯，這一點倒是令人意外。特勤小組趕來時，我嚇了一跳。不過，幸虧他們及時趕到。」

「舟坂蹤身自盡的濃硫酸藥池，很可能是爲幸子準備的。」

「是啊，眞是千鈞一髮，再晚幾個小時，她的下場大概就跟舟坂一樣了。」

「舟坂的自裁眞是慘烈。由於工作的關係，我看過不少悽慘的場面。但是那瞬間的恐怖慘狀，我永遠也忘不了。」

「話說回來，山崎就是舟坂本人，實在教人意外，我當時都愣住了。」

「我也是。在伊勢見到的舟坂，居然是他手下假扮的。」田村手中的酒杯溢了出來。

「仔細想來，舟坂英明這個人也很可憐。」龍雄如此感嘆。

「是啊。」田村也深有同感。

跟田村分手以後，龍雄獨自在街上走著。他漫無目標，從銀座大街上，慢慢地往暗淡的後街走去。這一帶行人不多，燈光昏暗，建築物蓋得宏偉壯麗，卻予人一種荒郊野外之感。

所有的事情都落幕了。長久以來，他像是在經歷一場風暴，強風消失之後，隨之而來的是一股虛脫感。

明天起即恢復正常上班，他昨天見了社長。報上刊登的事件經過，首謀自殺、八名黨羽全部落網，連同一名女子。社長說，看過報導後大快人心，感謝龍雄為此奔波等等，因為田村在報導中提及龍雄的名字。

然而，龍雄並沒有歡欣的喜悅。也許關野課長就此可以含笑九泉，他的遺孀也該心滿意足了。不過，龍雄仍感到難以言喻的落寞。

他獨自踱步著。

路上有許多情侶，彼此依偎著從龍雄身旁走過。抬頭看向黑漆漆的高樓上，星光點點，寒風吹拂。這些情侶出其不意地出現在他面前。

龍雄突然有個幻覺，彷彿上崎繪津子跟他並肩在街上漫步著。她那白淨的臉龐、高䠷窈窕的身材，就在他身旁走著。腳步聲重疊，步調一致。他努力走著，試圖不讓這幻想的跫音消失。

對了，難道這不能變成事實嗎？

並非不可行！也許需要一年的時間，或者更久，說不定也很快。不管怎樣，龍雄下定決心，只要過了那段時間，就要向她表白。總之，在她被判決的同時，也是自己向她表達愛意的時候。想到這裡，龍雄內心不由得感到溫暖充實。

龍雄朝熱鬧的地方走去。也許是心情改變的關係，連去處也跟著轉變了。行人熙來攘往，燈火輝煌。他覺得上崎繪津子仍在他身旁。

抬頭一看，龍雄已來到一家西式點心店前。他還記得這條小巷，走進巷子裡，他看到紅月酒吧暫時歇業，正在重新裝潢門面。

「老闆換人了。」

隔壁的酒店小姐回答了龍雄的提問，於是龍雄又回到街上，儘管事過境遷，那裡曾是掀起颶風的所在。

樓廈、電車、汽車，包括摩肩擦踵的人群，無端地映入他的眼簾。他懷疑這是不是眞物實景？事實上，現代社會的眞相，存在於我們視界的彼方，而我們只是在眺望這堵遮蔽眞相的高牆而已。

人群快活地從街上走過。龍雄這樣認爲，或許是因爲他本身也感到些許興奮吧。

他覺得，上崎繪津子那白皙的臉龐，彷彿在他身旁。

這時候，他腦海中掠過這樣的詩句。

幻女與同行　八角金盤花（註）開夜

註——八角金盤，五加科常綠灌木，高約兩公尺。葉呈大形掌狀，晚秋在莖頂開白色球形花，可作爲庭園植木。

譯後記

用悲憫目光來觀照筆下弱勢者的推理大師

邱振瑞

（本文涉及謎底，未看正文勿看。）

近幾年來，自從松本清張的《砂之器》和《黑革記事本》以及《獸道》等原著，被改編拍成電視連續劇以後，深獲視聽大眾的好評，許多已經絕版的作品，紛紛重新改版上市，再度掀起閱讀松本清張的熱潮。

或許有讀者會感到疑惑，我們現在爲什麼要閱讀松本清張？松本清張的小說意義何在？其所影響層面到底有多麼深廣？與我們有何密切相關嗎？

先從當時的關鍵詞說起。

一九六〇年左右，日本的傳播媒體開始流行「清張之前．清張之後」這句話。意思是，松本清張於一九五八年出版《點與線》和《眼之壁》後，成爲暢銷書的金字招牌，還在各雜誌上大量撰寫連載小說，躍升爲文壇的重要寵兒。後來，其挖掘各犯罪事件和揭露社會弊端的系列小說，博得「社會派推理小說」的美名，使得之前被視爲不登大雅之堂的推理小說，因而擴大並走進大眾讀者的視野。

正如文藝評論家荒正人在光文版《眼之壁》的前言中所說：「在此，我要向長期以來認爲推理小說不是正經小說的讀者們，強烈推薦這部長篇小說。小說中展現的犯罪案件，並不只是單純的殺人事件，而是有更深刻的現代意涵和歷史脈絡。」確切地說，正因爲松本清張其獨具魅力的小說特色，爲當時的推理小說開闢更寬廣的道路，改變諸多日本讀者對推理小說的刻板印象，甚至改變了推理小說的出版形態。

尤爲令人注意的是，松本清張在小說中所描寫的五〇年代至六〇年代的日本社會，正值「戰後」和「冷戰」時期。那段期間，正是戰後日本社會內部結構急遽變化的時期。日本國民無不試圖從戰後的廢墟中站起來，努力要擺脫貧困的陰霾，而這也促成貧富階級的形成。出身貧苦，備受社會階級歧視，在中年之前始終不得志的松本清張（可參看他的自傳《半生記》），或許是有其感同身受，他總是用悲憫的目光來觀照筆下的弱勢者，亦即那些跟不上社會潮流，因爲出身卑微而遭到社會冷漠對待或歧視，找不到人生的出口，最後因而走上極端反社會行爲的可憐人（比如，《砂之器》的主角和賀英良爲隱藏過去的身分，保住好不容易得到的榮光，無奈殺死恩人三木謙一；或《黑革記事本》中的女銀行員得知銀行內部的諸多弊端，進而向銀行勒索，離職後因開設酒店，輾轉抓住婦產科院長逃稅的弱點，並向和政客勾串收賄的補習班業者敲詐勒索；或《眼之壁》中的在日朝鮮人舟坂英明因成長過程中屢遭歧視，最後成爲右翼團體的老大。）

確切地說，透過松本清張的小說呈現，讀者可以生動而具體地了解他們所處的時代現況，以及民眾對社會和時代的疑惑和不滿，或其背後的原因所在，讀完其小說皆能得到啓發性的答案。光是《點與線》和《眼之壁》以及《日本的黑霧》這三部作品，即爲讀者清晰地勾勒出昭和時代的面貌來。推理小說既發揮娛樂功能，又能彌補正史的不足，松本清張絕對是箇中翹楚。

儘管《眼之壁》的成書動機，起因於松本清張受當時的東京地檢檢察官河井信太郎的建議，何不把偵察二課專辦智慧型犯罪（恐嚇、貧污和詐欺等）的案件寫成推理小說？不過，我們仍不得不佩服作者優異的資訊收集和整理能力，以及豐富的想像力。他從細微的日常生活部分，擴展到社會事件的隱敝部分，用其獨特的嗅覺，將這些隱藏在社會暗處的東西，逐一攤在陽光下讓讀者檢視，功力之高令人折服。會計課長因被詐騙集團騙走鉅額支票而自殺身亡，其同事荻崎龍雄爲伸張正義不惜辭工作也要揪出眞兇；新聞記者田村滿吉爲協助朋友龍雄四處奔走追查的執著精神；黑池健吉最後落得被殺滅口的命運；舟坂英明如何與右翼團體玄洋社勾串，如何與日本軍方互通鼻息接受其金援，在經費短缺之下，設局向公司行號詐騙的卑劣行徑；龍雄對地下錢莊的美女祕書上崎繪津子謎樣般的思慕；瀨沼律師被抬到長野縣深山絕壁棄屍的慘狀，和山區環境的細緻描繪，無論是在文字呈現或拍成畫面，無不栩栩如生，令人心弦震顫。

當然，小說中所描寫的戰後社會現象，在現今日本已經不存在，犯罪手法推陳出新更爲細膩，但是至今讀來仍歷歷在目。即使時代已進入二十一世紀，在中產階級逐漸消失、貧者越來越貧、加上十幾年來經濟蕭條，民眾對未來充滿不安的日本社會裡，這部小說依然具有警醒與回顧作用。

在日本諸多推理小說家之中，松本清張其獨樹一幟的歷史觀，特別是其挖掘歷史黑暗面的獨特視野，贏得歷史學家對其「黑幕史觀」的肯定。讀者在閱讀其相關推理小說之餘，若能進而參看他的「昭和史發掘」系列著作，相信更能體會其黑幕史觀與小說的連結關係。

至於《眼之壁》想呈現什麼的意義，小說結尾處那段感慨頗能傳達作者的心聲：「……樓廈、電車、汽車，包括摩肩擦踵的人群，無端地映入他的眼簾。他懷疑這是不是眞物實景？事實上，現代社會的眞相，存在於我們視界的彼方，而我們只是在眺望這堵遮蔽眞相的高牆而已。」換句話說，只有拆掉這堵聳立的高牆，才能打破日本這層層封閉的社會，讓新鮮空氣吹灌進來，讓弱勢族群看見明朗而開闊的未來。其實，說松本清張畢生都在爲這個使命努力，爲揭發或摧毀這個看不見的黑暗勢力，並非過分之詞。而身爲台灣的讀者，在透過松本清張推理小說回顧激盪的昭和史時，是否也激發出重新審視自身社會歷程的熱情來呢？

原著書名／眼の壁・原出版社／光文社・作者／松本清張・翻譯／邱振瑞・責任編輯／王曉瑩（一版）、張麗嫻（二版）・編輯總監／劉麗真・總經理／陳逸瑛・榮譽社長／詹宏志・發行人／凃玉雲・出版社／獨步文化 城邦文化事業股份有限公司104台北市中山區民生東路二段141號5樓 電話／(02) 2500-7696 傳眞／(02) 2500-1967・發行／英屬蓋曼群島商家庭傳媒股份有限公司城邦分公司 台北市中山區民生東路二段141號2樓・讀者服務專線／(02)2500-7718; 2500-7719・服務時間／週一至週五：09：30-12：00、13：30-17：00・24小時傳眞服務／(02)2500-1990; 2500-1991・讀者服務信箱E-mail ／ service@readingclub.com.tw・劃撥帳號／19863813書虫股份有限公司・香港發行所／城邦（香港）出版集團有限公司 香港灣仔駱克道193號東超商業中心1樓 電話／(852) 2508 6231 傳眞／(852) 25789337 E-mail ／ hkcite@biznetvigator.com・馬新發行所／城邦（馬新）出版集團Cite (M) Sdn. Bhd. (458372 U) 11, Jalan 30D/146, Desa Tasik, Sungai Besi, 57000 Kuala Lumpur, Malaysia 電話／(603) 9056 3833 傳眞／(603) 9056 2833 E-mail ／ citecite@streamyx.com・封面設計／廖韡・印刷／中原造像股份有限公司・排版／陳瑜安・2008年（民97）1月初版、2021年（民110）10月二版・定價／480元 ISBN 978-986-5580-89-6 Printed in Taiwan

眼之壁

日本推理大師經典

ME NO KABE

ISBN 978-986-5580-89-6

國家圖書館出版品預行編目資料

眼之壁／松本清張著；邱振瑞譯. 二版. -- 臺北市：獨步文化，城邦文化事業股份有限公司出版：英屬蓋曼群島商家庭傳媒股份有限公司城邦分公司發行，民110.10
面； 公分.（日本推理大師經典；02）

譯自：眼の壁

ISBN 978-986-5580-89-6（平裝）

861.57 110013913

城邦讀書花園
www.cite.com.tw